人來人往

金聖華 著

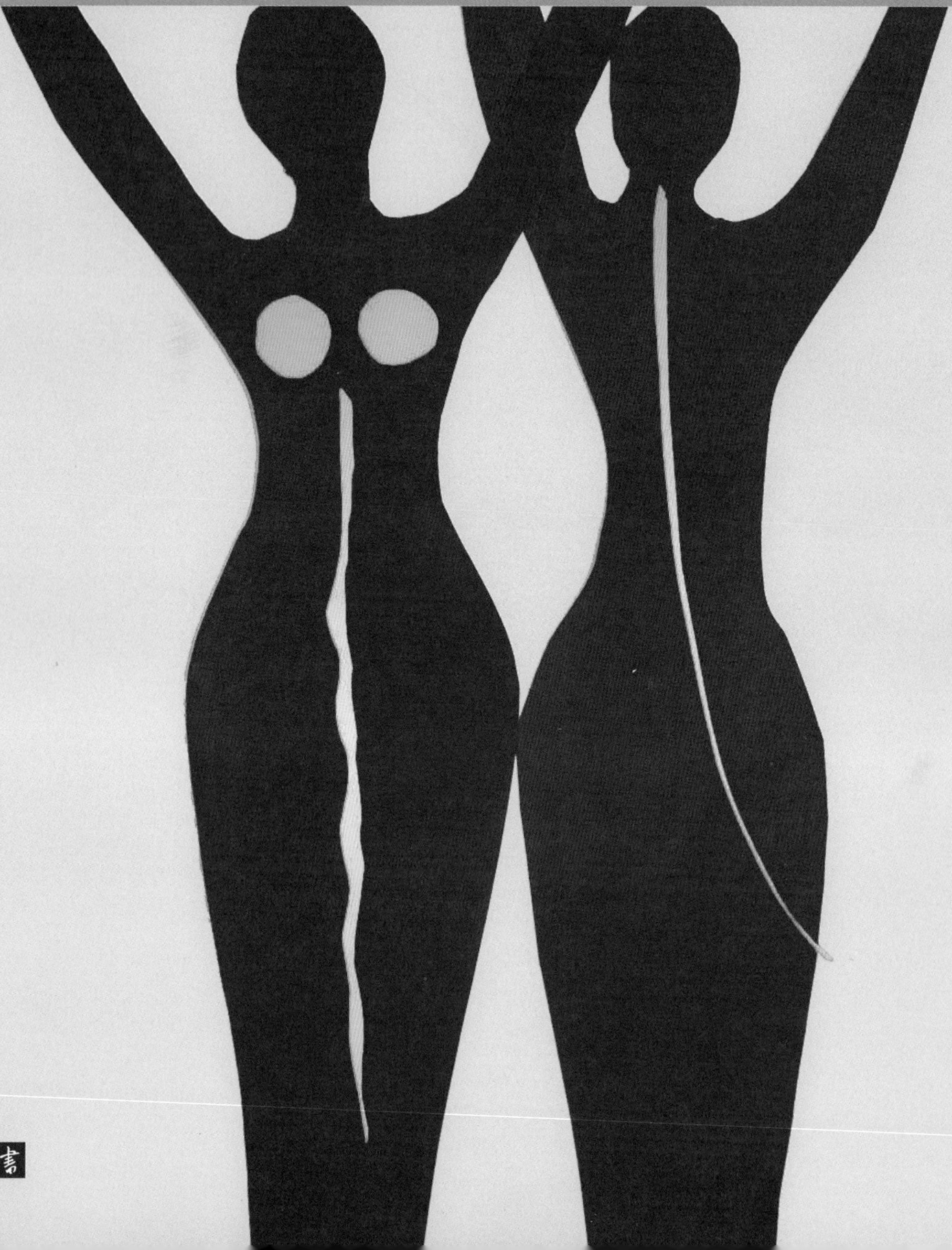

天地圖書

獻給——

在生命的列車中，

曾經相伴共度美好時光的親友。

目錄

三、生活點滴

四、回首往昔

五、巴黎歲月

六、追思故友

序

為霞尚滿天——金聖華著《人來人往》序

（一）

認識金聖華教授已經半個世紀了。一九七七年我出任香港中文大學新亞書院院長，書院是一「共和國」，金聖華是共和國「校園生活及文化委員會」的靈魂人物。新亞八年院長任期中，我們成為相知相識的同事。院中同仁多以「大金」「小金」稱呼我與聖華，我們彼此則以「本家」互稱。那時，我剛過「不惑之年」，「小金」小我幾歲，風華正茂，嬌柔優雅，妻元禎一直以「嬌滴滴」稱她而不名。一九八五年離任院長，回到本職的社會學系。在中大三十四年中，我夫婦與聖華和她夫婿 Alan 一直有來有往，可說是通家之好。二〇〇四年我自中大退休，我與本家見面雖少了許多，但我每月在《明報月刊》總看到她的專欄，看完就交給妻分享，元禎總不忘讚「她寫得很美」。八十年代後，金聖華在翻譯專業上，又出書，又演講，又舉辦國際學術研討會，成就卓越，聲名日盛，一九八七年《牛津高階雙語詞典》的序文，就是請金聖華、余光中、陸谷孫三位撰寫的。一九九一年金聖華更當選為「香港翻譯學會會長」。當看到她譯的《傅雷家書》時，我脫口說「聖手譯華章」，聖華已是譯壇「聖」手，她譯的文字也成為篇篇「華」章了。近二十年來，為林青霞視作文學「繆司」的金聖華，除了鑄刻翻譯的華章，更撰寫金雕玉琢的散文，翻譯與散文是金聖華的文學雙璧。聖華的散文不止精，而且多，這些年來，我曾先後為她其中三本散文集題簽，即《打開一扇門》（一九九五）、《友緣．有緣》（二〇一〇）與《樹有千千花》（二〇一六），我禁不住暗讚聖華筆耕的勤奮。二〇二二年，聖華贈我《談心：與林青霞一起走過的十八年》，一見驚艷。此書所展現的是金聖華陪伴、見證一代巨星林青霞從影壇向文壇半個成功轉身的絢爛畫卷。《談心》問世不及一年，二〇二三年六月聖華又交來厚厚一大疊以《人來人往》為名的書稿。這是本家第一次開口要我寫序，我自然是欣然應命。

（二）

《人來人往》共四十六篇文字，分為六輯，每輯有個主題。

第一輯「文藝漫筆」，是聖華寫她文藝生涯中所結緣的人與事，她寫林青霞、白先勇、宋淇、楊憲益、莫言、李景端、徐俊、黃秀蓮等，在她生花之筆下，每一篇都是一個文藝世界有光有熱的故事。

第二輯「暖心親情」，我們看到了聖華的私己世界，她用最有溫度的筆法寫出了她的三代親情。此輯寫的：有母親手溫的拐杖；老父送給他老妻親繪的一束紅玫瑰；夫婿Alan溫良恭儉讓的「忘我」；女兒的體貼與善良；兒子有一個「老是笑臉迎人的面龐」；還有經年參商萬里相隔、卻感常在身邊的大哥。聖華經歷過家人的生離死別，但她一輩子都沐浴在溫馨的親情中。

第三輯「生活點滴」，這一輯聖華寫的是自己。看到她寫〈不厭其煩與不勝其煩〉，不禁會心失笑，日常之事，有的是不「厭」其煩，蓋心之所欲，樂在其中；有的是不「勝」其煩，蓋浪費生命，苦不堪言耳。一字之別，盡見她的生活姿態。有意思的是，作者從「走路」，zoom，磁力共振體驗這樣生活點滴的經驗中卻引發出對生命真諦的悟覺。

第四輯「回首往昔」，暮年晚秋，撫今思昔，聖華的彩筆讓我們見到她濃濃詩情的少女歲月，看到她青春時代的喜與愛，樂與怒。聖華不悲秋，不傷春，在回顧青蔥華年的時刻，總是聲氣風發地説，「珍惜今朝」！

第五輯「巴黎歲月」。巴黎是作者的夢鄉，她的文學博士學位是在巴黎大學獲得的。但她寫讀書時最初寄住的「婦女宮」（救世軍宿舍的別名）卻是一所奇葩「集中營」，她曾受到「揪耳朵」的「一輩子從來沒有過的侮辱」，我看得開心（對不起，本家）的是聖華「冒火」的樣子，看到她「法文説得最多最沒有顧忌」的樣子。聖華還是深愛她的夢鄉，愛到不敢寫，「怕寫不盡她的好，道不清她的美」，所以她不寫巴黎，而是寫「花都三劍客」，那是她三位巴黎的妙友。「巴黎歲月」是聖華常存心中如霧如嵐的回憶。

第六輯「追思故友」，這一輯寫的是聖華對逝去友人的追思。〈一斛晶瑩念詩翁〉寫的是大詩人余光中，〈將人心深處的悲愴化為音符〉寫的是鋼琴家傅聰；〈淡泊自甘的「傅譯傳人」〉寫的是傅雷的入室弟子羅新璋；〈當時明月在〉寫的是至交大才女林文月。聖華是香港中文大學的榮譽博士、院士寫讚詞的特聘撰稿人，她總是在不失「真」的底線上，以最恰當的文學語言寫出各個「主人翁」的大德大美。且看她以〈萬古長青憶神農〉寫「雜交水稻之父」的袁隆平；以〈為人不忘「悟聖」，處事樂聞「和聲」〉寫中大和聲書院創立人李和聲，真是善頌善禱！

（三）

通讀了《人來人往》六輯四十六篇的散文，這是一次愉悅的閱讀經驗，我有很多的「讀後感」，在這裏，我樂於與讀者分享我三點感受。

第一點，這本散文集，最能顯示金聖華對生活的熱情，有時還可以聽到她對生命的冷靜解讀。讀者且不妨聽聽她是怎麼說的：

「年少時，來日方長；桑榆時，去日無多。然而，這又有何妨？既然逝去的歲月永不再回，未來的日子不會比今天更年輕，那麼，何不在每一天中，好好度過每一分每一秒？」

「慢慢來，好好過，把每一個」今天「過得猶如一顆圓潤的珍珠，一顆顆相聯，就會變成一串晶瑩奪目的珠鏈」（見〈這輩子最美的時刻是今天〉）。

「人生的聚會，每一次都獨一無二，不可重複，每個瞬間的機緣，來去匆匆，常使人未來時期盼，已去時感嘆……，只須相聚時牢牢把握，好好珍惜。」（見〈一期一會三部曲〉）

聖華做體檢，躺在磁力共振的機器中，她竟然有這樣的體悟：「原來，吾人勞碌一輩子，所佔的地方，生前一大格，身後一小格，人人都差不多，又有啥可

以爭奪得頭破血流，爾虞我詐的？」（見〈磁力共振的聯想〉）

金聖華是看「透」人生，但不是看「破」人生，所以她能直面人生，坦然豁達，她是生命的勇者。

第二點，這本散文集最多見到金聖華禮讚人間的「善」與「美」。金聖華的愛美是朋友圈中的共見。聖華的愛美是天生的，但也是受她至愛的父親啓發的。她說：「老爸自己愛美，對身邊至愛的女兒，當然更要灌輸美的教育，維護美的尊嚴了。」她的父親有個信念，「人類應走在『向上』和『向善』的路上，而電影就是『導上』和『導善』最有效的工具」，這是為甚麼她的父親會不惜工本，「燒鈔票」來拍攝《孔夫子》這部已成經典的電影。在此，我要指出，根據《說文解字》，「美」與「善」原本是同義字，美就是「好」，好就是「善」，善也就是「美」。聖華憶起她老爸時說，「他那對美對善追求不懈的生命力，因為他，我學會了感恩，對於日常生活中每一樁平凡而美好的事物，必存感激；因為他，我學會了讚美。」

就我對聖華書寫的認識，聖華的文章是以善與美為「文心」的。聖華不止講美、講善，她更能「發現」、「發掘」美與善。聖華寫的人物，她的讚美是充滿真摯之情的。讚美是一件美德，讚美更是一種藝術，聖華把讚美的藝術發揮到了一個境界。

第三點，好的散文，必然是美文。金聖華的散文素有美文之稱。她散文之所以為美，以我看，除了「美」與「善」是她的「文心」之外，更因為她有出色的「雕龍」本事。聖華對中國文字（文與字）的美是十分着緊和敏感的，像余光中、黃秀蓮一樣，她是一個忠誠的中文守護者，她很見不得五四以來中文的歐化；說來很妙，聖華之所以能守護中文的純潔性，正與她必須與外文（英、法）打交道的翻譯專業有關。八十年代，聖華在巴黎大學完成博士學位後，又有《傅雷與他的世界》問世，並承傅雷之子傅聰及其弟傅敏之重託，翻譯了《傅雷家書》（十七封英文信和六封法文信）。聖華在《傅雷家書》的翻譯上淋淋漓漓地展露了專業的學養與才華。一九九〇年四月十八日，為金聖華指點譯途的「領航人」，也是傅雷的知己宋淇先生給聖華的信中說：「讀到《傅雷家書》第三版，內有大作〈譯注《傅雷家書》的一些體會〉，不禁佩服得五體投地。你現在的眼光和手法遠超過高級翻譯，是任高級翻譯的導師而有餘，……將 sweetness 譯為『甜膩』，是神來之筆；把 automatic 譯為『得心應手』，好得不能再好，我試掩卷默思，自承未必一時想得出，或許一直想不出來。」（見《潤物無聲憶隆情》）

這些話出自一生與文字為伍的文藝高士宋淇之口，不能不說聖華的譯筆豈只「了得」而已。傅聰，一位把中國文字看得像琴符一樣莊嚴的琴聖，看到聖華翻譯父親傅雷給他的法、英文的家書時，對着聖華說：「你翻譯的家書，我看起來分不出哪些是原文，哪些是譯文」。金聖華說，「他的這句話，是我這輩子從事翻譯所得最大的鼓勵」。（見〈將人心深處的悲愴化為音符〉）誠然，傅聰的讚語，不啻是說聖華的翻譯已達到錢鍾書所說的「入於化境」，也即已至「文學翻譯的最高理想了」。（參看鄭延國《錢鍾書翻譯理論與實踐》，香港：文思出版社，二〇二三，頁四十九）。

（四）

為了寫序，我用了好幾個日夜，通讀了《人來人往》四十六篇散文。在《人來人往》裏，聖華憶述一生幾個階段的歲月，她在自序中說：「本書所說的是生命旅途上，生活列車中所邂逅的人與事。」

看了她的書，我們登上了她的生活列車，也參加了她的生命之旅，在大半個世紀裏，聖華在生活列車上邂逅的人來人往何止萬千？但她筆下一一憶寫的則是她「生命意義的網絡」中一個個眉目清晰的人物（對了，聖華也生動地描寫了她自己）。我發現《人來人往》四十六篇文字，幾乎都是二〇一八年至二〇二三年間寫的，即是說，都是聖華進入桑榆之年後的作品，這使我對聖華不能不產生由衷敬意。我與她相識於上世紀七十年代，當年剛過「不惑」之齡的「大金」的我，如今已經是八十八歲「望九」之齡的「金老」，但不可思議的是，當年的「小金」，看她的人，依然是優雅亭立，風華無減，見到她與大美人林青霞合影近照，妻讚美曰「像一對美麗的好姐妹」；看聖華的文，柔中帶剛，仍然充盈着生命的熱和光。歲月如水，不捨晝夜，但在聖華身上，看到的不是「老去」，而是「成長」。昔日年輕的老師，如今已是祖母級的資深教授。聖華的「副業」文學散文，樹色青青，也已成為亭亭如蓋的大樹。

今天，聖華的生命之旅，又到了新的一站。雖然已是桑榆之晚，惟彤彤的一片彩霞，佈滿天際，看不見半點暮色的惆悵。我不由得要用唐代詩豪劉禹錫的著名詩句：「莫道桑榆晚，為霞尚滿天」贈給本家，是為序。

金耀基

二〇二三年八月八日

向晚意不適
驅車登古原
夕陽無限好
只因近黃昏
易李義山原詩一字
用況我輩老境並呈
聖華女史方家一哂
金耀基

CONFERENCE ON TRAN

自序

一九四九年九月五日，我離開出生地上海，隨媽媽，娘娘（祖母），四爹（四叔）一起上路，經天津輾轉赴台，跟早已在那裏工作的爸爸會合。那時懵懵懂懂，根本不知道時代變遷，此去經年，再返回故里，已經是悠悠三十載後的事情了。

從上海出發，要先坐四小時火車去南京，然後擺渡到浦口，再坐津浦路到天津，在天津乘船，經香港再前往台灣。那是我第一次坐長途火車，一路上，只覺得路遙遙而人茫茫，彷彿一直走不到盡頭。當年幼小的自己，雖然面對四周的一切感到新鮮好奇，然而心底卻已泛起絲絲莫名的離愁——想念熟悉的環境，想念留在家裏的哥哥，想念窗前的碧茵屋後的樹……

此行路途迂迴而曲折，回想起來，那時媽媽一個弱質女子，扶老攜幼，萬里投親，真不知道她是怎麼挺過來的，只是當年的我，少不更事，媽媽的艱辛奔波一點都記不起，只記得火車上人頭湧湧，眾聲喧嘩，列車沿途一站站的停，停站時小販一擁而上，叫賣食物雜貨，有一種燒鷄特別好吃，味道甘香，至今難忘。車廂中有人上，有人下，人來人往，川流不息，然後，又在隆隆車聲中，各自奔向不同的前程了。

＊　＊　＊

長大後，從台灣搬遷到香港，在此接受中學和大專教育，接着成家立業，生兒育女。也曾到過美加歐洲進修，紐澳亞非遨遊，行履遍及大江南北，五湖四海，然而，真正安身立命的場所，卻是我駐足超越半個世紀的母校香港中文大學。從學生年代到執教時期，眼看着背山面海的校址，從草創階段發展到高樓林立，我追隨着中大的足跡，亦步亦趨，在此成長，在此拓展，在此邁上漫漫人生路。

每次上學或上班，從中大的前身崇基學院開始，都是搭趁火車往返的。在沒有電氣火車的日子，設備簡陋的舊車，在鐵路上搖搖晃晃，一路汽笛長鳴，穿山越洞而馳，路旁一邊綠田伸展，一邊碧波蕩漾，倒也別有風味。那時候，列車上擠滿了窗友或同儕，大家都青春年少，心中懷着一個浪漫的夢，期望着有一天能施展抱負，仗劍走天涯！

多少年過去了，如今的列車，風馳電掣，速度驚人，在急劇的節奏中，車站更加熙熙攘攘，車上更加人來人往，不知眾人心中是否懷着更加繽紛的夢？

＊　＊　＊

生命，是一列火車，從啓程到終點，要經歷過遙遠的路程，此中有高山，有低谷；有大城，有小鎮；有遼闊的草原，有狹隘的關卡，甚至還有黑黝黝的漫長隧道。

每到一站，都有人上車下車，來也匆匆，去也匆匆。

這本書記錄的，就是在生命的旅途上，生活的列車中，我所遇見的人與事。人生如羈旅，你我皆過客，大千世界，芸芸眾生，那麼多來往的人群之中，為甚麼我會邂逅他或她？邂逅了，又留下甚麼難忘的片刻，銘心的交匯？

都說，從出世的那一刻起，我們由父母帶領，協同踏上生命的列車，儘管周圍噪雜，我們仍能坐看人潮，好整以暇，因為有椿萱依傍，世界在面前踏步邁進，或碎步走過，我們都不孤單。然後，到了某一站，他們抵達終點了，不得不打開車門，揮手握別而去。

接着，火車前行，人來人往，我們又遇上了形形色色的他鄉客，在孤獨的旅程中，縱使萍水相逢，卻也會找到志同道合的知音，共度溫馨怡情的片刻。多少次，在火車停站的時刻，我們曾經攜手共遊，到站旁的草原上去閒眺，去採擷，直至採得滿懷芬芳，才盡興而返。火車再次啟動，有的朋友提前退場，然而他們的音容笑貌，他們的溫言細語，卻縈繞腦際長相憶，常駐心中永難忘。有的朋友卻留下相伴，我們日日相依，夜夜談心，在晨曦夕照中，言笑晏晏，共賞窗外的景色，閒看風雲的變幻。

這本書所收錄的，大多是二〇一八年以來發表在各種報章刊物（其中以《明報月刊》為主）上的散文，涉及文藝漫筆、暖心親情、生活點滴、往昔歲月等範疇，主要分為寫他人、說自己、思故友三類，記述熙來攘往的生命之旅中，值得追憶的人與事，願以此與長長列車、迢迢旅途上往返的朋友共享之。

金聖華

二〇二三年六月二十二日

一、文藝隨筆

從白襯衫到博士袍——
記林青霞榮獲香港大學名譽社會科學博士學位

二〇二三年四月三日，下午五時半過後，香港大學百年傳承的陸佑堂中，音樂響起，一列身披禮袍的教授學者與名譽博士領受人，在高聳巍峨的拱頂下、莊嚴肅穆的氣氛中魚貫進場，慢慢前行，緩緩踏步，走上鋪着紅色地毯的梯階，在台上分列左右，依次入座。

久違了，這樣富有學術氣氛的場面！三年來，因為新冠肆虐的關係，多少大型的活動不幸延誤，多少精彩的節目遭受停擺，這一次，能夠親身經歷好友林青霞榮獲香港大學頒發名譽社會科學博士的重要時刻，除了欣喜激動，竟然還有一種似真似幻的感覺！從最初得知喜訊並與之同樂開始，到官宣之前守口如瓶的數百個日子，曾經跟她一起暗暗興奮着，悄悄叨念着，靜靜倒數着，殷殷期盼着，如今這一天，終於來到了眼前。施南生和我坐在台下第一排靠左（感謝青霞的悉心安排），望着台上第一排最左邊的青霞，我們近距相對，眼神交流，心有默契。她在台上微微含笑，那麼神采飛揚，華光四射！我們在台下滿懷感恩，讀懂了她的微笑，讀懂了她的內心。

講台上，港大的黃心村教授正在為各位名譽博士領受者宣讀讚詞。由於上次二零七屆典禮受八號颱風影響，延期至今，與第二零九屆一併舉行，因此，是次大典非同凡響，共有七位傑出人士同台接受殊榮，包括四位名譽科學博士朱棣文教授、Jack Dangermond 博士、John L. Hennessy 教授、楊振寧教授；以及三位名譽社會科學博士 Carol M Black 女爵士、林高演博士，以及眾所矚目的林青霞。這一列響噹噹的名字之中，有兩位諾貝爾物理學獎得主；一位環境科學的領航人物；一位電機工程和計算機科學專家；一位醫學領域及推廣社會福利的翹楚，一位香港商界及慈善機構的知名人士，林青霞能身列其中而並不遜色，實在為她感到無比的榮幸與由衷的喜悅。

黃心村是林青霞行山的同好，自從防疫開始，兩人幾乎每週都相約一天在山頂相見，並在環山繞行中談詩論書，研究文學。「剛才行山回來了，很開心，一面走一面聊，很有養份啊！」青霞每次行山完畢後都會如是說。因此，這回香港大學委任比較文學系主任黃心村為大學讚詞撰寫人，的確讓青霞感到深慶得人，在她的心目中，恰似大學容許她將一把開啓無比貴重物品的鑰匙，交託給值得信任的朋友保管，因此使她覺得妥當安穩，可以放心前行，而無後顧之憂。

「Last but not least」，黃教授在台上以字正腔圓的英語，清脆悅耳的聲音，讀出依照英文姓氏排列最後一位名譽博士林青霞的讚詞。此時，這位華語電影界家喻戶曉的天皇巨星，跨越數十載而盛譽不衰的傳奇人物，正以最雍容莊重的姿態，端立在台前，身披紅綠相間的禮袍，手攜黑色金穗的禮帽，嘴角含笑，雙眼凝視着遠方。那神情，真摯、謙遜、恭謹、虔誠，充滿喜悅而略帶靦腆。的確，她的演藝事業，傲視群倫，曾經拍攝過百部電影，經歷過文藝片、喜劇片、武俠片三個不同的階段而皆表現優越，卓然有成，然而她從一九九四年開始，已經淡出影圈，今日的榮譽，意義重大，絕非僅僅局限於她對電影方面的貢獻。也許是機緣巧合，也許是天意垂成，青霞平時的穿着，偏向素淨淡雅，如今身披的名譽社會科學博士袍，卻色彩明麗，艷艷生輝的紅，瑩瑩閃光的綠，紅綠相映，恰好象徵了她在人生道上努力的方向：曾經在電影界叱吒風雲，在紅毯上顛倒眾生，然而，她清楚知道自己內心的所欲所求，近年來選擇了轉換跑道，從紅毯踏上了綠茵，從此奮勇向前，力求上進，毅然邁向了寫作之途的不歸路！記得我在拙著《談心——與林青霞一起走過的十八年》中，曾經以「綠肥紅不瘦」一語作為總

二〇二二年，作者在《談心——與林青霞一起走過的十八年》新書發表會，與身穿白襯衫的林青霞合影。（林青霞提供，SWKit 鄧永傑攝影）

結，這也恰恰是今時今日身披紅綠禮袍的青霞博士的寫照！

青霞在台上接受副校監李國寶爵士授予的榮銜，轉身，戴上博士帽，向觀眾深深鞠躬致意，這時候，台下除了如雷掌聲，忽然響起了一片震耳的歡呼，這是我歷來參加無數次大學學位頒授典禮從未遇過的情況——是大家自然的反應，難抑的感動，因見證了這位自強不息，永不言休的女士，獲得了學術界中最高榮譽而發自內心的喝彩！這時候，腦海中不期然浮現出一個十七歲年輕女孩的影像，身穿白衣黑裙，睜大了天真無邪的雙眸，對生命充滿了好奇，東張西望，行走在台北西門町的大街上。是的，因為當年考不上大學，她這輩子最仰慕的是學苑中人，最喜歡的是去課堂學習，「我在老師的畫室上課，以前做學生沒做夠，很喜歡做學生的感覺，每次上課都穿上我的白襯衫」，這是青霞在〈畫我眼中的你〉一文中的剖白。如今，這個常穿白襯衫的女孩，換上了鮮艷奪目的博士袍，傲然挺立在眾人眼前，那形象的切換，身份的轉變，怎不叫人心為之悸動！回首往昔，這一條曲曲折折的成功路行來不易，而她，無畏無懼、不屈不撓的走了整整五十年！

典禮過後，青霞在禮堂的側室中與來賓合影，並接受眾人的祝賀，她笑靨如花，容光煥發，大家都為她興奮不已，一起沉醉在鮮花芬芳，友愛洋溢的歡聲笑語中。當晚七時半，港大在港麗酒店為名譽博士舉行晚宴，每位領受人都依次發表演説。青霞的演講，精簡扼要，首先表示能夠與六位對世界貢獻良多的傑出人士，同獲港大名譽博士學位，是自己做夢也想不到的殊榮。接着，她以情真意摯的語調説出了這一番話：「我的母親年輕的時候，因為戰爭和種種原因，沒能完成學業，這是她一生最大的遺憾，所以對博士特別有情意結，現在自己的女兒竟然有一天成了博士，相信她在天國必定感到莫大的欣慰。」不錯，當年曾經以為女兒唯有高中畢業，只盼望她將來能嫁個小學老師的母親，又怎麼會想到日後的女兒，竟然這麼出色，竟然有如此光宗耀祖的一天？最後，青霞衷心表示，「香港大學是國際知名的高等學府，能夠對我有如此的認可，實在是非常非常的榮幸，我必定要奉獻出最好的自己，多做些對社會有意義的事。這樣才不辜負香港大學對我的期望」。與青霞相交多年，我深信，這位一諾千金，人美心善的朋友，一定會言出必行，以實際行動來兑現她今日許下的承諾。

二〇二三年，林青霞榮獲香港大學榮譽社會科學博士學位，會後與作者合影。
（林青霞提供，SWKit 鄧永傑攝影）

在席上，我詢問坐在身旁的施南生，這天目睹青霞接受殊榮的感覺如何？南生是青霞的知交摯友，她的想法是極為重要的。「爭氣啊！太爭氣了！」南生一開口，就忍不住讚嘆起來，「認識青霞多少年了，她一結婚就勸她要好好學英文，學電腦，她是可以完全不聽的，可以天天耗在麻將桌上啥也不幹的。」南生接着說，「我們一起經歷了那麼多高高低低，起起落落。想當年，她除了拍戲，家裏一個字都沒有啊！哪裏想到會像今天這麼上進，這麼努力用功、無書不歡呢！」南生又悄悄加了一句，「剛才在禮堂上，她一進場，我的眼淚就忍不住湧出來了！」南生一定慶幸我當時專注着前行的隊伍，無暇盯着淚流滿面的她瞧，我心裏想。

跟青霞相交二十載，親眼目睹她驚人的進步與蛻變。從初識的羞怯內向，變為目前的積極進取。如今的她，膽大包天，百毒不侵，再也不會因為無聊的流言蜚語而受到傷害。「任何事都不要影響自己的情緒，生氣，傷心，都是在浪費生命」，這是她堅信的道理。除此之外，青霞似乎顛覆了孔老夫子「三人行必有我師」的名言，對她來說，應該是「二人行必有我師」，甚至無人時，只要一書在手，她隨時隨地可以從中吸收精華，有所得益，真正掌握了饒宗頤所傳授做學問需「遷想妙得」的要訣。曾經笑她，身為威名遠播的「東方不敗」，怎麼竟然學會了日月神教主任我行的「吸星大法」，到處吸取源源不絕的知識，天天可以在日常生活的點點滴滴中獲得無窮的樂趣和力量！

「一定要保持善心，做個好人」！這是她今時今日敦品勵行的守則。年輕時，她以早慧的天聰，絕美的容顏，主演了一百部膾炙人口的好戲；年長時，她以睿智的眼，悲憫的心，來洞悉世情，憐恤蒼生，展現出最好的自己。當年的她，給目光銳利的星探發現了，華語影壇上從此出現了一顆耀眼生輝的明星；今日的她，讓香港大學賦予明智的肯定，相信她一定會從此更加努力，更求上進！

不久前，在網上看過一個視頻，當時年輕貌美的青霞，在《今夜不設防》的電視台節目中，對着主持人黃霑、倪匡、蔡瀾談到容顏外貌時，傲然宣稱自己「從頭到腳，沒有一個地方是假的！」能夠以純然天賦的美顏闖蕩江湖，固然得天獨厚，然而最不可多得的卻是，如今的青霞，已經做到「從裏到外，沒有一點不是真的」，包括她的待人接物，修身養性；包括她的好學不倦，認真執着。從她對於影迷團愛林泉無私的關懷與愛護，就可以看出端倪。

晚宴過後，林青霞沒有選擇繼續笙歌酣舞，狂歡慶祝。這一次，愛林泉以四川的「不醒」、湖北的「小河」、新疆的「蕭月」，以及來自台灣的「序軒」作為代表，前來參加了心目中女神獲頒名譽博士的大典。青霞身在晚宴，心裏卻牽掛着這群來自大江南北的年輕小友。她首先安排她們在港麗的金葉庭用餐，餐後，再邀請她們和我一起到她的半山書房去共聚敍舊，促膝談心。對於這些散居五湖四海的影迷，青霞一向都以最懇切的態度，如親人一般來真誠相待，從來不以高高在上的偶像自居。自從二〇二〇年開始，她跟他們日日聯繫，夜夜通信，她更不時督促他們看書，寫作。我的《談心》系列發表之後，她每星期都會按時發給愛林泉的朋友傳閱，並邀請他們在一小時內寫好讀後感，她再花費幾個鐘頭一一回覆。她看甚麼書，愛林泉的小友也會自動自發跟着閱讀，幾年下來，林青霞的影迷團，在不知不覺中，已經蛻變為一股熱愛讀書的清泉，正如錢鍾書、楊絳設立的清華大學奬學金一般，足以命名為 Philobiblion（拉丁語「愛讀書」之意）小組了。

半山書房中，大若碗口的朵朵潔白蘭花盛開着，是六年前譯林前社長李景端來訪時的同一盆花，因為保養得宜，年年綻放。四壁牆上，金耀基校長的墨寶《將進酒》煥然生輝，「東方不敗」的畫像英姿颯爽，愛林泉眾小友看到夢中的場景竟然如實呈現在眼前，都不禁感動得熱淚盈眶，難以自抑！青霞剛進家門，就忙不迭吩咐菲傭拿出香檳小食招呼客人，一面張羅着為各位小友準備各適其適的禮物。這時候，青霞的攝影師兼好友鄧永傑坐在一旁，於電腦上悉心整理在大典上攝影的照片。他一邊工作，一邊喟然説道：「青霞太謙虛了，老是覺得自己何德何能，竟然可以置身這些傑出人士的行列之中，其實各行各業不同，能夠獲得名譽博士的榮譽，也得大家認可，實至名歸啊！這一切都有規有矩，不能硬來的。」的確，聽聽今日禮堂中的歡呼聲，就知道觀眾是出自肺腑，發乎內心的。他接着説：「青霞代表的，是我們一代又一代人美好的歲月，共同的追憶，只要看到她仍然豐神綽約，仍然內外兼美，我們就會感到安心，感到歲月靜好！」他繼續語重心長的表示：「今時今日，這樣出類拔萃的人物，已經越來越少了，他們是應該受到重視，受到保護的。他們最美好的歲月，最美麗的形象，應該好好的保存下來，流傳不息！」看到他悠然出神的模樣，我深深的感受到，這就是他賦予自己的使命。

夜深了，半山書房的眾人，在書畫圍繞，濃情厚誼中，仍然談笑不斷，毫無倦意，這一夜，是不同的一夜，將從此長留心坎，永誌不忘。因此，港大此次頒授青霞的名譽博士銜，除了是一座頌揚往績、肯定成就的豐碑，更是一種鼓勵，一個指示前行的路標。不是終端，而是另一個起首，讓她從今往後，更努力，更上進，更加天高地闊向前行！

這篇文章記錄的，不是一則神話，不是一個傳奇，而是一樁動人心弦卻最為真實的勵志故事！

二〇二三年四月七日

「白牡丹」的香港情緣

「白牡丹」的稱號，第一次是從章詒和口中聽到的。那一回在飯局上，大家興致勃勃的談起白先勇的《青春版牡丹亭》，說是內地的大學生之間流行一種說法：「世界上只有兩種人，一種是看過《青春版牡丹亭》的，一種是沒有看過的。」章詒和聞言在旁微微一笑，閒閒拋出一句，「現在大家都把白先勇監製的牡丹亭，叫做『白牡丹』了！」

白先勇的白牡丹，果然不同凡響，從二〇〇二年開始，他不知道投放了多少精力，灌注了多少心血，把這株原本已經奄奄一息的牡丹，從瘠土荒原救了出來，放在自己的心頭，護着她，暖着她，想方設法讓她重現生機，再展笑顏，更為她放下身段，不惜拋頭露面，南北奔波，以傳道者的熱心和奉獻精神，到處去推廣去弘揚。

經過十多年的漫長歲月，白先勇終於把號稱「百戲之母」的崑曲，從瀕臨式微的狀態，以一齣精心製作的《青春版牡丹亭》扭轉乾坤，打造成年輕人趨之若鶩的心頭好。十多年前垂垂老矣的戲寶，風雨飄搖，後繼無人；十多年後的今時今日，青春洋溢的「校園版傳承牡丹亭」，於二〇一八年在北大首演，從台上的生旦淨末，到台下的鐃鈸簫鑼，完全由十六所大學及一所附中選拔出來的年輕學子擔綱演出，這一個戲劇性的轉變，的確令人耳目一新！

白先勇推動的這項文化創舉，經過了多年的努力與堅持，如今都事無鉅細，詳述在一部紀錄片中，名之為《牡丹還魂——白先勇與崑曲復興》！這部片由原先執導白先勇傳記片《姹紫嫣紅開遍》的鄧勇星擔任導演，從二〇一八年開始攝製，耗時一年半，走訪七個城市，訪問近五十名學者，方始完成，所費的人力物力，難以計數。

幾個星期前，跟白先勇通電話，他興高采烈的告訴我，前不久，即二〇二二年九月十七日至十八日，東南大學與南京大學白先勇文化基金，通過線上線下結合的方式，以「傳承與傳播：青春版《牡丹亭》與崑曲復興」為題，舉辦了一次規模宏大的國際研討會。除了白先勇本尊通過視頻連線發表感言，參加的學者與藝術家都在會上就主題展開了熱烈的研討與交流。

「凡是與會專家學者的發言，都會匯集成書，另外，我還要邀請所有曾經參與這次崑曲復興運動的朋友，都一起來把經過書寫成文，共襄盛舉。」

作者與白先勇合影於中文大學講座

「你也寫一篇吧！」白先勇在電話中盛情邀約。我真的不知道自己在這樁盛舉中，做了甚麼，該寫甚麼？見我推辭，他不斷用極其真摯的言辭打動我：「回想過去，這十多二十年來，打造一齣《青春版牡丹亭》，一開始，根本不知道會是這麼困難的過程，歷經艱辛，難以言喻！」他接着說：「其實，這是天意垂成，我可不是做事那麼能幹的人，那是天意推着我一直做下去，是由無數朋友無私的奉獻與付出，在節骨眼上幫我一把，最終才能成事！」的確，受到白先勇這位崑曲義工大隊長的精神感召，無數義工小隊員都踴躍參加，甘心投入，形成了浩浩蕩蕩的隊伍，眾志成城，終於成就了崑曲復興的大業！

「青春版牡丹亭的形成，跟香港息息相關，你就寫寫在關鍵時刻，你曾經參與其中的幾樁事吧！」白老師最後提議。

其實，白先勇的《青春版牡丹亭》，植根於童年時代在上海美琪大劇院觀賞梅蘭芳《遊園驚夢》絕藝的深刻印象；發軔於多年後重返故地，欣賞上崑《長生殿》搬演的難忘經驗；開展於二〇〇二年在香港應康文署之邀，做四次陳述崑曲之美的演講，當時，曾經託古兆申邀請蘇崑演員示範演出。從此，白先勇與蘇崑結緣，也因而踏上了推廣崑曲的不歸路，悉心製作了《青春版牡丹亭》，而香港一地，也就成為了「白牡丹」的催生之都，跟這位勇往直前的崑曲義工大隊長結下了長達二十載的不解之緣。

據悉，是香港的何鴻毅家族基金，自二〇〇六年至二〇〇八年，全力贊助，使《青春版牡丹亭》在全國十多所高校演出，掀起一陣崑曲熱，牡丹熱，並贊助崑曲演出，引領香港的年輕學子及普羅大眾走進崑曲世界。是余志明的香港迪志文化出版有限公司，贊助了「牡丹一百 DVD」的製作，以及香港各大學的崑曲推廣計劃和內地的演出。此外，香港還有其他的善長仁翁，在緊要關頭，仗義出手，潤物無聲，也是值得一併記錄下來的。

二〇〇五年夏，我把多年來為香港中文大學榮譽博士及榮譽院士撰寫的讚詞，結集成書，名之曰《榮譽的造象》，該書由白先勇為我撰寫序言。七月一日，《榮譽的造象》在天地圖書公司舉行新書發表會，書中涉及的多位博士院士都賞臉蒞臨，包括榮譽院士劉尚儉在內。白先勇當天原本要飛回台北的，也為此特地改了機票，留港出席。

那天，許多久未見面的文化學術界朋友，都歡聚一堂，盡興交談。白先勇與劉尚儉兩位在我幾年前主持的青年文學獎宴會上曾經見過面，這次重逢，格外高

二〇〇五年，劉尚儉與白先勇在作者新書發表會上喜相逢，商談贊助《青春版牡丹亭》赴美演出事宜。

興。只見他倆於人多熱鬧的場面，在一旁密密談，不斷聊，逸興遄飛，神情投入而忘我！事後才得知，一場白牡丹越洋赴美，遠征異國的壯舉，就這樣在兩位性情中人於一次文化活動的交流中，給敲定下來了。

劉尚儉是位樂善好施的實業家，雅好藝術，能詩善文。我是在詩翁余光中七秩華誕的盛會上認識他的。初次見面，就發現這位成功的商家與眾不同的灑脫和豁達！身為皮業大王，原籍河南鹿邑的劉尚儉嗜好獵鹿，更喜策騎草原，馳騁大漠。他為人慷慨大度，不拘小節，自稱「離經叛道」，卻對推廣教育，弘揚中華文化，極具使命感。他曾經大力支持我為中文大學創辦的《新紀元全球華文青年文學獎》，歷時三屆，每屆經費超逾百萬，而劉尚儉獨力支持其中一半。記得第一次在電話中向他募款時，我一共用了五分鐘陳述需求，他二話不說，立刻應允；第二第三屆，則各用了三分鐘。劉尚儉處事極有原則，乾脆利落，有所為有所不為。有一次，他在赴美的飛機上邂逅了柏克萊加州大學校長田長霖，兩人比鄰而坐相談甚歡，到了下機時，他已經對田校長許諾捐贈美金數百萬巨款，以推展柏大校務暨促進中西文化交流。

原來，在那次《榮譽的造象》新書發表會上，劉尚儉見了白先勇，主動向

二〇二三年，作者與劉尚儉合影。（許培鴻攝影）

這位崑曲大義工提出：「我可以為你做些甚麼？」那時白先勇恰好密鑼緊鼓在籌措白牡丹赴美演出的事宜，為了龐大的經費，正在傷透腦筋。劉尚儉的提議，好比一陣及時雨，解決了懸而未決的大難題。結果，劉尚儉慷慨贊助赴美費用的一半五十萬美金，使《青春版牡丹亭》於二〇〇六年九月及十月間，得以順利前往美國加州，先後在柏克萊、爾灣、洛杉磯及聖塔芭芭拉四地演出，盛況空前，大獲成功。

說起那回白牡丹美國之旅，行前還有個特別的插曲，也跟香港息息相關。二〇〇六年初，因緣際會，我在李和聲先生邀請觀看的京劇盛會上，恰好坐在荷蘭駐港領事夫婦的身邊。那位領事夫人對京劇表演十分好奇，然而看到舞台上的演出細節，又不明所以，因此我就在旁權充導賞，跟她解釋一下生旦淨末行當的特色，以及某些動作的象徵意義。原來她是全港領事夫人團體的主席，不久就邀請我去她的半山官邸出席午餐聚會，為與會的各國夫人講解京劇藝術的入門概要。再過了一陣，李和聲先生盛情邀請全體領事夫人去上海總會共進午餐，並欣賞京劇示範表演，她們對中國傳統戲劇的興趣，也就因此更加提高了。二〇〇六年六月五日至七日，《青春版牡丹亭》在香港文化中心大劇院公演三晚，這一下，百戲之祖竟然蒞臨香江演出，對於有心欣賞中國戲劇的各國使館夫人來説，當然機不可失。由於當時盛況空前，一票難求，我在事前就替她們張羅，結果，一共獲得了門票八套，即三晚共二十四張票子。據悉，各位夫人是彼此協調，分着來觀賞的，譬如，某套票，第一晚是由荷蘭領事夫人與夫婿看的，第二晚就讓給英國領事夫人與女兒看。儘管如此，大家都看得津津有味，英國領事夫人還告訴我，女兒看了戲回家，還不停學着台上的柳夢梅叫「姐姐」呢！這次的崑曲欣賞，使各國領事及夫人留下了深刻的印象。接着，《青春版牡丹亭》申請赴美演出，許多駐港領事都為此欣然寫了推薦信，他們當年的支持，對於此項文化盛事的順利成行，大約也有一定的作用吧！

二〇〇七年四月中，我和白先勇應王蒙之邀，前往青島海洋大學講學。我們三人同住在海大賓館五十四號樓。當時的樓層高低，按年齡分配，樓下是眾人共聚的客廳飯廳，王蒙住二樓，白先勇住三樓，我算是三人之中最年輕的，於是給編派爬四樓。白天演講完畢，到了晚上，樓下的白先勇，順便上來跟我聊聊天。我們談了很久，發現他弘揚百戲之祖，我推廣華文文學，雖然規模有大有小，但是大家所親身遭遇而又不足為他人道的艱辛與困難，卻是相去不遠的。白先勇最感到為難的事，莫過於推廣文化活動，必須到處募捐，要讀書人談錢，確實難以開口。經過了這一席夜話，使我更了解他為了帶領崑曲，而四處奔波，廢寢忘食的付出與決心。當時就心中暗忖，以後只要有任何可能，必定要為白先勇的崑曲復興大業盡一份心意，哪怕微不足道，也要竭盡綿力。

那年的五月，在北京欣賞了《青春版牡丹亭》演出一百場，喜見白牡丹越趨成熟，風姿嫣然。同年十月，劇團應北京國家大劇院之邀，成為開幕誌慶的重頭好戲，這可是令人喜悅的大事！我在得知訊息之後，馬上邀約林青霞一起赴京觀賞，還以晚上一起觀劇，白天帶她去拜訪季羨林、楊絳等文學界前輩先驅作為「利誘」。青霞應約訪京，不但連看三晚牡丹亭，還在第三晚觀後，宴請全體蘇崑演員火鍋宵夜，在席上，她為這群瞬息間變為小粉絲的可愛年輕人打氣講故事，對勉勵大家繼續在舞台上努力獻藝，發揮了很大的鼓舞作用！

然而，這一切光環的背後，卻還發生了一宗鮮為人知的驚險故事。原來，北京大劇院在牡丹亭即將推出的最後關頭，突然提出了收取場租的要求，這一項額外的費用，使人措手不及，不知如何面對。我在香港收到來自北京的告急電話，情急之下，唯有趕緊走訪新亞校董會主席周文軒博士以尋求出路。

周博士是位不折不扣的儒商，雖然創業致富，畢生卻以濟世救人為目標。他醉心藝術，崇尚文化，認為文學音樂不但可以陶冶性情，還可以興教樹化，移風易俗。生活中，他熱愛弦歌之聲，曾經為古典詩詞譜曲，並以張繼的《楓橋夜泊》為題作曲，匿名參賽，榮獲冠軍。身為蘇州人，他與夫人都雅好崑曲，二〇〇五年初，蘇崑「小蘭花班」來中文大學演出兩場折子戲，就是由新亞書院贊助的，而新亞的資源，即來自周文軒博士的慷慨捐貲。

記得那是九月初的一個星期五上午，天氣仍然悶熱無比。走進周博士那位於尖東的所在地，內心只覺忐忑不安，不知道到時如何啓齒。其實，早些時我已經拜訪過周博士

一九九八年，作者與周文軒博士合影。

了，當時是為了白牡丹的北京演出經費而自告奮勇去募款的。記得周博士和顏悅色的說，「演出經費要多少？先去別處募集一下，不足之數，由我來填補。」往後的幾個星期，嘗遍了到處碰壁，徒勞無功的滋味，用盡了英語、法語、滬語、粵語、普通話的技能，向各方人士求援，費盡口舌宣揚崑曲的妙處，卻毫無成效，終於，硬着頭皮，再次走進周博士的辦公室。

那天事前向白先勇請示所得，知道即將開口的不是一個小數目，面對着溫文慈祥的周博士，我們之間一向是用吳儂軟語對答的，他輕聲細語的問：「還欠多少？」我低頭悄悄的回答，沒想到他竟然一口答應了，「好！這個數目，我來贊助吧！」接着，又聊了一會，周先生說，他做善事，很多都是匿名捐贈的，「盡了心就好，何必出名！」他也沒有多要戲票，說是給太太看就可以了，因為她喜愛崑曲。接着，他又說：「走吧！去銀行，今天星期五，要趕着去寄匯款啊！」時近中午了，天氣鬱熱，他沒有猶豫，未及用膳，就冒着熱汗匆匆下樓趕去銀行了，為的是一次捐獻，一份承諾。

事後，因見周博士回答得這麼爽快，我一直在提心吊膽，不知道當天的對話，他是否聽清楚了，深怕我低頭回答時，把那大筆款項的數目字最後一個零頭在喉嚨底吞掉了，讓他發生誤會。幾天後，我有澳門之行，船開出碼頭，在海上即將失去信號的時刻，忽然收到白先勇的來電，「匯款收到了」，他在那一端說，「收到多少？」他說了個數目，幸虧零頭沒有少，這下，我終於放下了心頭大石！此時，望出船艙，只見白雲悠悠，碧波漾漾，內心充滿了美好的感覺。

嗣後不出幾個月，周文軒先生就因病去世了，這次慷慨捐款，可能是他生平最後的一項善舉。

二〇一八年四月十日，為慶祝北京大學創校一百二十週年，「校園傳承版牡丹亭」在北大百週年紀念講堂隆重首演。早在二月間白先勇來中文大學開講《紅樓夢》時，已經帶來這個好消息，並邀我屆時前往北京一起觀賞。令人料想不到的是，這群並非專業演員和演奏者的年輕學子，僅僅經過了八個月的集訓排練，竟然就有如此令人矚目的超水準演出，難怪白老師一面看戲，一面頻頻說：「整個人都給學生的熱情融化了！」

當天晚上，我們在旅舍中相約商討，彼此都認為這樣優秀的傳承版牡丹亭，除了演出成功，更具有標誌性文化事業的意義。二〇〇五年白先勇首次在北大推出崑曲，當年這批年輕學子，還是一群七八歲的孩子；如今，他們已經成為正式粉墨登場的參演者，在北大百年禮堂上將崑曲的「情」與「美」發揮得淋漓盡致，而我國的文化精粹，終於一脈相傳，後繼有人了！

白先勇託付我回港之後，與中文大學校長商談，希望把「校園傳承版牡丹亭」帶來香港，在中大演出。承蒙段校長竭力支持，此事似乎漸有眉目了。然而演出經費呢？又是一項龐大的支出，有哪位善長仁翁會慷慨解囊，踴躍捐助呢？於是，我想到了熱愛傳統戲劇的李和聲先生。

李和聲先生是中文大學和聲書院的創辦人，也是眾所周知的金融界翹楚，他平生熱愛京劇，一心弘揚，不求回

二〇二三年，《青春版牡丹亭》闊別十七年後
在香港演出，第一晚演出後謝幕。
（雷兆輝攝影）

報。在中國的戲劇界，一向是京崑互通，一脈相承的。還有甚麼比求助於李先生更佳的方案呢？更何況李先生對我來說，既是父執輩，又似兄長般的人物，跟他開口，比跟任何旁人更加容易。正如所料，那回跟李和聲先生一提此事，他馬上應允，並且囑咐我務必要跟白先勇來個飯約，讓同道中人能借此機會，好好為推廣崑曲，弘揚國粹而歡聚暢談。

記得那次的飯局，席上主客除了白先勇，還有中文系的崑曲專家華瑋教授等人。李和聲先生在上海總會設宴，還特地從家中帶來珍貴的冬蟲夏草宴客，大家言笑晏晏，賓主盡歡。

二〇一八年十二月二日，「校園傳承版牡丹亭」在李和聲先生及其他多位贊助者的全力支持下，於中文大學邵逸夫堂順利公演，除了北京的年輕學子，還有香港及台北的學生參加演出，崑曲這一傳統瑰寶，終於煥然重生了。

回顧往昔，在二十年來的悠悠歲月中，這株由白先勇悉心撫育的白牡丹，跟香港結下的既是一段難分難解的情緣，也是一份有始有終的善緣，象徵着人間有情，善心永存。

二〇二三一月十一日

潤物無聲憶隆情

眾所周知，宋淇鄺文美伉儷與張愛玲私交甚篤，《張愛玲私語錄》輯錄的是三人之間歷經數十年而始終不渝的深厚交情，其中尤以「書信選錄」最讓人感動。從這些往來信件中，得知宋淇為推廣張愛玲的事業，到了完全投入忘我的境地，幾乎陪上自己全部的時間精神而在所不惜。「朋友勸我一直為人打算，而忽略了自己出書不免太不為自己着想了。」（宋致張函一九七四年八月十七日，見《私語錄》第一百四十頁）宋淇信上雖這麼說，其實是明知故為的：「有時想想這樣做所為何來？自己的正經事都不做，老是為他人做嫁衣裳。可是如果我不做，不會有另一個人做，只好義不容辭，當仁不讓的做了。」（宋致陳皪華函一九八七年十月十八日，見《私語錄》第一百四十頁）由此可見，宋淇為他人做嫁衣裳而樂此不疲。若干年來，他為朋友拔刀相助的種種義舉，不知惠及幾許同儕，多少後進，只是他為人低調，潤物細無聲，這些事蹟，在坊間未必如扶持張愛玲這般廣為人知罷了。

許多年前，那是香港中文大學翻譯研究中心的全盛時代，記得任職該處的陳燕玲告訴我說，「我們這裏有三位長老，人稱宋老闆，蔡老師，高老頭」。她指的是宋淇，蔡思果，高克毅三位響噹噹的翻譯界翹楚。那時，我在翻譯系任教，翻譯中心和翻譯系是兩個獨立的單位，職能不同：前者掌出版，後者管教學，所以平時不需要在公事上頻頻接觸，若有往返，也多半是屬於私人之間的交情而已。

三人之中，高克毅（筆名喬志高）中英文造詣深厚，有「活百科字典」之稱。性格溫文爾雅，平易近人。他最愛才，也很風趣，雖是翻譯《大亨小傳》（Scott Fitzgerald, *The Great Gatsby*）的名家，卻戲稱自己是個「愛美的」

宋淇參加翻譯研討會

（Amateur）譯者。身為賈寶玉似的人物，又正當盛年，居然給人冠以「高老頭」的稱號，當然很不服氣。這可都是傅雷的錯，誰叫他所譯巴爾扎克的《高老頭》如此深入人心呢？高先生是我的忘年交，也是我日後譯途上的指路明燈。

蔡思果又名蔡濯堂，是公認的大好人，譯論精湛，散文出色，「蔡老師」之稱當之無愧。他是個最最虔誠的天主教徒，聽聞當年向夫人求婚時，曾經對天主發誓「永不負心」，因此畢生循規蹈矩，對女性目不斜視，敬而遠之。凡有女同事登門求教，他必定大開中門急急避嫌；上了飛機，若看到年輕貌美的空姐從旁經過，則馬上低頭默誦「聖母瑪利亞」以杜絕妄念。因此，蔡老師雖近在咫尺，倒也不便時常為譯事去打擾他。

宋淇出掌翻譯中心，是名副其實的「宋老闆」。印象中，他身材頎長，雙肩總是一高一低（多年後才得知他年輕時，因為身患重病，肺部曾經動過大手術），慢慢踱步時表情肅穆，若有所思。由於他看來不苟言笑，雖然家父與他是故交，但那時年輕的自己，每次從遠處看到宋老闆經過，總感到恭恭敬敬，無事不敢趨前問候。

有一次宋淇在香港翻譯學會午餐例會上，以「卓越的翻譯家——傅雷」為題，發表了一次演講。原本我對聽演講，也不是那麼感興趣，尤其是內容枯燥乏味的題材，假如講者再言談無趣，那就更避之則吉了。可是宋淇不同，他是學會的七位始創會員之一，學識淵博，更是傅雷的摯友，想來這次演講必然值得一聽。誰也沒有料到，一次聽講，竟然促成了往後學術界有關傅雷研究的連串效應；也在我個人譯途上指出了明確的方向。

一九七九年秋，趁一年公休假（Sabbatical Leave）之便，我拿了法國政府獎學金抵達巴黎進修。前往索邦大學報到後，指導教授力勸我尋找一個項目，專攻博士課程。這時，宋淇前不久的精彩演講自然而然在腦海中盤旋，於是我提出通過傅雷的翻譯，以《巴爾扎克在中國》作為博士論文的題目。這範疇當年是完全無人涉及的未墾地，教授一聽，馬上就欣然同意了。

這下可問題來了，面對這麼一片遼闊無垠的疆域，要踏足其間，千頭萬緒，我該從何着手呢？於是，想起了遠在香港的領航人。雖然平時跟宋淇接觸不多，但還是鼓起勇氣給他寫了一封信，提出我的構想以及種種問題，想不到沒多久就收到回函，還是寫得密密麻麻的三大頁紙。

宋淇在這封寫於一九八〇年二月二日的信中，談到三個要點：首先，他附上了傅聰在倫敦的地址，並告訴我傅聰當時在日本演奏，待他回英之後，會向他和傅敏（當時也在倫敦）兄弟二人直接寫封信引介，並將副本影印傳給我；其次，有關傅雷的生平事蹟，他說與傅雷相識於淪陷時期的上海，兩人「一見面就談文學、藝術、翻譯等事，樂而不倦，很少談私事」，一九四七年暑假他們一同去牯嶺避暑，「後來他去過昆明，再來香港，再轉回上海，即住在我家中，一直照顧我母親」，直至一九六六年傅雷棄世為止。宋淇提到，他與傅雷的通信中，有關翻譯的實際經驗和過程的資料不少，需要他花時間「逐封逐封信查」，才能提供給我。不久後，他果然沒有食言，把傅雷論翻譯的信件全部找出寄送，成為我日後論文中最為寶貴的一手資料。最後，宋淇又在信裏列出一張傅雷譯着的全部書單，凡是有 ^ 符號的表示不在手頭。至於有關傅譯巴爾扎克的數目，他說：「經我詳細理過，十三種之說的而且確」，並囑咐我「你可以根據這張書單同傅氏兄弟對核，並向他們借我名單上 ^ 符號的書」。

一九八〇年二月十九日，宋淇寫了一封推介信給傅氏昆仲，這封信更長了，洋洋灑灑四大頁。他在第二天寄出這封信的副本給我。如今在疫情中翻閱舊函，許多早已遺忘的細節，重現眼前；許多當年不以為意的內容，竟然已一一驗證，更使我對宋淇先生的隆情厚誼銘感在心，不勝懷念！

在這封給「聰，敏二弟」的函件中，宋淇一開始就說「最近有一好消息相告」，接着把我去巴黎進修，意欲撰寫有關傅雷與巴爾扎克論文的來龍去脈描述了一番。最令我驚訝的是，數十年後回望，發現宋淇當年對歐美文學的發展竟然如此嫻熟精準，真不愧為出色的文藝評論家。他說：「法人根本不知巴爾扎克在中國老幼皆知，全由一人之力。最近巴爾扎克在法國又復吃香，讀書界掀起研究他的熱潮。巴黎大學各課程中也以選讀巴爾扎克的學生為最多。」他繼而列出我手頭上欠缺的資料，並說「我還答應她寫信介紹給你們，前來拜望，以便進一步了解令尊的求學經過，平日翻譯的習慣，作法，作風等等」。於是，就促成了我不久之後於農曆初一的英倫之行。

宋淇當年在這封信裏表現出來的卓識遠見，令人感佩。提到傅雷的成就，他說：「我想國內雖然平反昭雪，但對怒安翻譯上的成就，大家只不過知其然而不知其所以然，而且後起無人，目前除了楊絳之外，通中、法文和翻譯的可以說一個也沒有，將來也不見得會有。難得的是現在有一位中國人具備這三項條件，而且還有機會拿他作有系統的研究對象，將來寫成博士論文。以法國人最近對現代中國文學和巴爾扎克的熱愛，將來出版成書一點不足為奇。那麼怒安的一生心血得以在被翻譯成中文的祖國得到重視和了解，豈非佳話？同時也可安慰他地下之靈——這是柯靈同我等人所做不到的。」宋淇說這番話時，應不知譯壇上尚有羅新璋其人其事，但以當時的社會環境，羅也根本無法出國到巴黎攻讀博士學位。由於宋淇當年對我期許甚殷，的確使我戰戰兢兢，如履薄冰。不但如此，為了努力推介，宋淇在信中又把我的履歷詳述一遍，附上一大堆美言嘉許為我加持，說我在法國文化協會得到三種法文文憑，翻譯至少有十年經驗，編過教科書和字典，說得一口流利的上海話和普通話、廣東話云云，「需找這樣的人，說不定還真要去定做。所以我一口答應她全力支持她的計劃，並且相信你們也會加以同樣支持」。說真的，從來沒有見過誰推薦一個友人，會如此全心全意，不遺餘力，而且我當時跟他並不稔熟，怎麼不叫我展讀之下，既汗顏慚愧又感激不盡呢？但是轉念一想，宋淇的這番舉措，除了毫無私念的提攜後進之外，還有更深一層的意義，他的確目光如炬，可以為弘揚文化事業而義無反顧，為促進學術交流而當仁不讓的。因此，他畢生為朋友兩肋插刀的義舉，多不勝數，沒有他的悉心推動引介，張愛玲不會遇上夏志清；沒有夏志清的褒揚，張在文學史上的地位，當不會如今日般崇高無上；而我個人的際遇，只不過是宋先生的眾多善行中，一個小小的實例而已。他在信末還殷殷叮囑：「她正緊張於準備功課，今夏初試而且還要繳論文大綱……希望你們能給予她一切助力，我會感同身受。」

宋淇當年對我一而再，再而三伸出援手。八〇年四月九日，他來信告訴我說：「你的運氣真好，最近台灣的《幼獅文藝》出了兩期『法國文學專號』，三月份專講翻譯，其中有關翻譯小說和書目可能對你的論文很有用處。」然後，在六月十二日的信裏，他又強調：「對你的研究和論文，茲事體大，牽涉到中國學生在法國學者心目中的地位」，所以他宣稱「我一定對你的需求竭力支持，務請釋念」。

當年的墾荒之行，所幸終於得到了預期的效果，論文順利完成，返港後更推出連串弘揚傅雷譯論譯著的活動，例如出版《傅雷與他的世界》，舉辦傅雷回顧展及傅雷紀念音樂會，成立傅雷翻譯基金等，另外，也為《傅雷家書》翻譯英法文信件，並參與籌組紀念傅雷夫婦的各項計劃等；如今，傅雷研究在中國已經遍地開花，專攻傅譯的學子，大有人在；甚至遠至法國，也有學者教授以傅雷的翻譯為主幹，鑽研巴爾扎克在中國流傳的狀況了。

當年只是為了不負宋淇殷切的期許與盼望，奮力向前，萬萬想不到的是，在他種種支持和鼓勵的背後，竟然還包含了許多不為人知的艱辛和勞累。看了《張愛玲私語錄》方才得知，宋氏伉儷是如何為朋友不計一切，忘我付出的。他倆一向多病多災，多年來，為了推廣張愛玲的事業，已經是心勞力絀，竭盡所能了。宋淇在一九八〇年四月十八日致張愛玲的信中指出，當天替她整理函件及稿子，花了一個下午，等於生了一場小病，還得趕着把信寄出；那麼，他在那段繁忙歲月裏，為我撰寫推介信及整理傅雷歷來談論翻譯的函件，又不知消耗了多少時間和精力？如今念來，心中老大不忍。他在六月十二日還來信為我打氣，誰知道那一段日子，他們家正經歷了最為暗淡的時光，夫婦二人身心皆疲，為照顧高齡九十八的老人家（鄺文美的母親）而焦頭爛額，宋夫人說：「因為老人家每次出事，一定引起連鎖反應，影響到他的健康和心情；同時我自己承受着各方面沉重的壓力」（鄺致張函，一九八〇年六月十五日）。這種種磨難和苦楚，怎麼在宋淇的來信中，一點也不見端倪？現在回想，他一定是能人之所不能，因此雖然大病小病不絕如縷，卻能勇敢面對，堅毅不拔，成為國語電影的先鋒，文藝評論的翹楚，張愛玲的摯友知音，以及無數文化活動的幕後推手。

一九八三年我已經完成博士學位，回到中文大學執教，課餘繼續為研究傅雷作品盡心盡力。一九八六年底，傅敏來信，說《傅雷家書》要出第三版了，囑咐我將家書中涉及英、法、德、意、奧、俄、波蘭等外語字眼，包括單字片語或長句共約七八百處，一一翻譯成中文，我欣然從命，完成任務後產生了〈譯注《傅雷家書》的一些體會〉這篇長文。

意料不到的是，書出版後，竟然收到了宋淇先生在病中執筆撰寫的一封長信，信中對我勉勵有加，並提出了許多寶貴的意見，情真意摯，甚至宣稱「句句清心直言，可以在法庭宣誓」。從來也沒有見過如此放下身段、扶掖後進的長輩，豈不令人動容！這封信從未公開披露，此次特地刊載如下，以饗讀者：

宋淇來函

Dear Serena,

自從 Congestive heart failure 後，即遵醫囑在家服藥靜養，可幸尚能閱讀報刊和寫信。讀到《傅雷家書》第三版，內有大作：「譯注《傅雷家書》的一些體會」，不禁佩服得五體投地。你現在的眼光和手法遠超過高級翻譯，是任高級翻譯的導師而有餘。我一向看重你的才華，認為你秀外慧中，又頗知收斂，假以時日，必會有大成，閱後深覺老眼無花，堪以自慰。我想一個原因是你沉溺於傅雷譯作中，吸收了他的精華，無論是理論和實踐，發筆為文，像武俠小說中描寫一樣，可能連自己都不知道功力猛進。另一個原因，恕我直說，高克毅先生也給了你點鼓勵和啓發，我就從他那裏學到了不少訣竅。

將 sweetness 譯為「甜膩」是神來之筆，把 automatic 譯為「得心應手」，好得不能再好。我試掩卷默思，自承未必一時想得出，或許一直想不出來。Flirting 譯為「調情賣俏」的確有貶義。我生平最喜歡 Mozart（尤在 Beethoven 之上）和紅樓夢，我想你如多聽聽他幾段 passages 之後，或可譯為「俏皮」或「調皮」，因為他五歲已開始作曲。至於 kind 一詞譯為「周到」很妥帖，但彌拉畢竟是女人，「周到」則看不出性別。我大膽建議或可譯為「體貼」（Mae 說「周到」比「體貼」好）。翻譯是見仁見智的玩意，傅雷中文如此好，難道他不知道「打情罵俏」或「俏皮」，「周到」或「體貼」嗎，偏生要用 flirting 和 kind？他平日說話最恨中英夾用，一定是中文找不到適當的字眼，而且傅聰的英文那時比中文好。作為譯者只好知其不可為而為之，盡心焉而已。

又「冒然」是國語讀法，恐怕要用「冒失」，正確的使用法應是「貿然」（二字同音）。你是上海人，都不用「貿然」（音茂），因為上海人不常使用這詞。順便一提，不是存心挑眼兒。

我正式建議將此文作獨立論文發表，以益譯壇和學習翻譯的青年……我是為了譯壇作此請求。

以上所說句句清心直言，可以在法庭宣誓。我們相交多年，我有很多缺點，但對學術和學問是認真的，相信你知道我不會作非由衷之言。希望你予以迅速的處理。即祝

教祺

Stephan

April 18/1990

這封信我一直珍藏着，由於年代久遠，又搬了幾次家，一度不知所終，再也找不到了，直到不久前的某一天，無意中翻閱舊物，竟驟然出現在眼前，當時真

有失而復得、如獲至寶的感覺！

如今驀然回首，發現宋淇先生終其一生，都在默默耕耘，潤物無聲。遙想當年，他必然是因為經常掩着羸軀，才步履緩慢；不斷頑抗病魔，才表情肅穆；無時無刻不為朋友勞心勞力，才看來若有所思吧！雖說一輩子都在致力為他人做嫁衣裳，然而這一件件精心製成的羽衣霓裳，卻在文化學術圈中，不斷煥發出絢爛奪目的華光！

二〇二〇年七月十五日初稿
二〇二二年十一月二十九日定稿

緣，原來是圓的

中國人相信緣，人有人緣，書有書緣，地也有地緣。緣到底是怎樣的？這事玄妙而難解，只可意會，不能言傳。但是最近，因為種種機遇，使我深信，緣，原來是圓的——起於一線相牽，飄飄渺渺，兜兜轉轉，似有若無，欲斷還連，縱使相隔千山萬水，歷經長年累月，終會在冥冥中，穿過雲，穿過霧，又回到源頭，畫出一個滿滿的圓！

二〇一八年初，上海浦東傅雷文化研究中心主任王樹華先生就盛情來信，說是《傅雷誕辰一百一十週年紀念大會》即將來臨，邀約我赴滬出席。王先生是個有魄力的熱心人，自從十幾年前接任推廣傅雷文化的重任後，就不斷的主持各種紀念活動，多年來舉辦過傅雷著譯研討會，傅雷精神座談會，傅雷手稿墨跡展，傅雷著作首發式，傅雷夫婦陵園安葬儀式等大型項目，這次推陳出新，又有甚麼特別的構想呢？他說，主要的是舉辦《傅雷著譯全書》首發式，另外還邀請了一些法國專家來華共襄盛舉，並以《傅雷與巴爾扎克》之間的淵源作為主題。

如所周知，傅雷畢生完成了五百餘言共三十多部譯作，其中巴爾扎克的作品就佔了十五部之多，除了《貓兒打球號》在文革中遺失之外，其他十四部作品，如《高老頭》、《歐也妮．葛朗台》、《貝姨》、《幻滅》等，已經成為家喻戶曉的名著，在那年代，曾經成為一代年輕讀者視為瑰寶的精神食糧。有一齣名為《巴爾扎克與小裁縫》的電影，銀幕上述說的就是文革時上山下鄉的年輕人爭相捧讀傅譯巴爾扎克的情景。

以《傅雷與巴爾扎克》為主題？這也是我當年研究的專項，因此，即使主辦當局在臨近活動時才突然提出要我在會上發言的請求，儘管時間倉促，猝不及防，也就不得不欣然從命了。

在周浦，當年傅雷出生的小鎮，如今劃為大上海一部份的市區裏一家新開不久的旅舍中，邂逅了來自法國的巴爾扎克故居博物館館長 Yves Gagneux 先生，素未謀面，卻感到一種暖暖的親切。那似曾相識的感覺來自對方的所連所繫，遙遠的所在，悠久的歲月，瞬息縮短距離凝聚時間，鮮明真實的呈現在眼前。「巴爾扎克館可是別來無恙？」我問道，雖詢舊地，似念故人，那地方，確實牽起許多難忘的追憶，令人低迴不已。

當年，負笈巴黎，為撰寫有關傅雷與巴爾扎克的論文，最常到訪之處，除

作者於一九八〇年代，攝於巴黎巴爾扎克館前。

了索邦大學，就是巴爾扎克故居，那裏是作家自一八四〇年至一八四七年為了躲避債主而藏身匿居的所在，也是作家潛心創作撰寫煌煌巨著《人間喜劇》的地方。從巴黎南郊的大學城出發，要換幾次車，才來到位於城西十六區的小樓。那一帶，人車稀疏；那一處，清靜寧謐，每一次去，似乎都不見其他的訪客，於是兩層的故居，就變成獨自流連徜徉的場所了。肅穆沉默中，心靜下來，坐在四壁皆書的檯前，進入作家百年前創作、譯家百年後翻譯，後學者專心致志、研習傳承的氛圍。多少個漫漫長日，就如此消磨在紙堆書頁間。偶爾，瞥見窗外風光明

巴爾扎克館中的巴爾扎克像（黃秀蓮攝）

媚，自覺有負良辰，哪知道傅雷一九五四年在翻譯巴爾扎克的《于絮爾．彌羅埃》時，早有此嘆：「近．個月天氣奇好，看看窗外真是誘惑得很，恨不得出門一次，但因工作進度太慢，只得硬壓下去。」（《傅雷家書》，一九五四年十一月一日）。原來自古伏案皆寂寞，信然！

那時候，巴爾扎克故居中，陳列了作家各種著作各種文字的翻譯本，獨缺中文，於是，就把手邊傅雷翻譯的《高老頭》捐贈館藏，當時是以謙遜虔敬之心，促成譯者和作家在館中首次百年相聚。誰想到幾十年後的今天，巴爾扎克博物館的館長竟然越洋而來，不但如此，更親自攜帶傅雷於一九六三年申請成為巴爾扎克研究會會員的信件和資料，以回饋譯家的故鄉！

「巴爾扎克的咖啡壺還在吧？他的鑲寶石手杖呢？」作家當年為寫作而殫精竭慮時，不得不依賴咖啡提神；作家完成傑構後行走沙龍時，又免不了以寶石手杖招搖人前，這兩樣鎮館之寶，如今可都安好？「都還在」，館長笑着說，「現在的發展重點是，要訪客垂注的不僅是巴爾扎克其人，還有其書，作家的作品，比其生活瑣事更加重要！」的確，如今周浦要成立傅雷故居，呈現的該是傅雷的著作與譯品，精神和氣節，而不是供遊客走馬看花的一個旅遊景點。「下次到巴黎，別忘了來巴爾扎克故居，我給你一個私人的特別導賞！」這是館長的承諾。

在第二天的會議前，遇見了法國勒阿弗爾諾曼底大學現代語言教授 Veronique Bui。聽說她是研究巴爾扎克的專家，於是就趨前交流並向她請益。閒談中，對方忽然非常認真的提起，她的研究是受到當年某某人論文的啟發，說出名字時，讓我先是愣住，繼而遲疑，再而醒悟，「你說的那人好像是我呀！」Bui 教授一聽，非常興奮，頗有他鄉遇故知的感覺，雖然我倆也是素昧平生。為了證明其事，她急忙打開手機，翻到其中一處遞給我看，赫然見到那是我當年在索邦大學所撰博士論文的書目，由於那時尚無電腦，只有打字，那一條條英法文書目中列出的中文譯名，如《高老頭》、《邦斯舅舅》等，都是手寫的，看到自己的筆跡，竟然於幾十年後出現在一位陌生法國學者的手機中，那種驚喜與震撼，的確難以言喻！

緣，原來真的是圓的！

二〇一八年五月四日

等到了，終於等到了——記浙江大學中華譯學館的成立

去了一次杭州，沒有踏足西湖。

前後三天，要抽時間，總是抽得出來的，只是這次心中另有所繫，連重訪淡妝濃抹總相宜的西湖，也兼顧不暇了。明知道這隔闋已久的美景，就靜靜展現在六七里外；明知道雖不是桃紅柳綠春濃時，總也有霜菊繞潭開，紅葉沿湖飄的秋色可賞，但是，有甚麼比望眼欲穿，期待已久的中華譯學館的成立，更讓人振奮莫名，為之激動呢？於是，十一月九號去杭州，十一月十一號回香港，來去匆匆，就為了參與盛事，親歷其境，見證中華譯學館在浙江大學成立的歷史時刻。

二〇一八年十一月十日，策劃良久，籌備經年的中華譯學館終於在浙江大學啟幕了。開幕儀式是在紫金校區的校友樓紫金廳舉行的。浙江大學是一所馳聲遐邇的名校，現有紫金港、玉泉、西溪、華家池、之江、舟山、海寧等七個校區，佔地五百七十多萬平方米。著名翻譯家許鈞教授於數年前應聘加入浙大之後，就悉心籌建這所史無前例，然而又切合時需、不可或缺的譯學館。

二〇一八年，中華譯學館在浙江大學正式成立。（中華譯學館提供）

與許鈞相識於一九九六年春。當時，我擔任香港中文大學翻譯系主任，任內籌辦了一次規模宏大的翻譯學術會議《外文中譯研究與探討》，遍邀內地與海外翻譯界文化界著名學者蒞臨與會，包括余光中、葉水夫、馮亦代、齊邦媛、林文月、高克毅、蔡思果、金隄、楊武能、羅新璋、許鈞等數十人，以及李景端、王新善、姚宜瑛、趙斌等十幾位出版家。會議連開三天，閉幕前，舉辦圓桌會議總結成果，主持人余光中教授特別點名邀約許鈞參加討論，足見當時風華正茂的年輕學者，在群賢畢至的盛況中，以其無礙辯才，豐富學養，已經脱穎而出，光芒畢露了。

此後與許鈞時相往返。多年來，各自在譯壇上努力耕耘，互相砥礪，又一起為翻譯遭受不公待遇作不平之鳴。儘管名家巨擘如季羨林和余光中都一致認為「翻譯乃大道」，坊間知淺識薄者卻偏偏仍以為翻譯只是搬字過紙的小技；儘管近年來海內外翻譯研究昌盛勃興，翻譯學系紛紛成立，但是譯者的地位仍然偏低，翻譯的待遇仍然微薄，一個畢生孜孜矻矻翻譯逾百萬言的譯家，相較於只創作短詩數十，小説一二的作家，仍然顯得微不足道。其實，世界各地都設有規模宏大的文學館，記得多年前在香港邂逅北京現代文學館館長陳建功先生，當時曾經向他進言，希望在文學館中能夠闢出一角，放置翻譯家手稿，以存錄歷來譯者為促進文化交流而付出的斑斑心血。陳館長當時表示相當贊同，但此事要付諸實行，必然會遭遇種種無可逆料的困難，於是這只求「寄人籬下」的卑微願望，也就不了了之，日久暗淡，淹沒在歲月中了。

成立獨當一面的譯學館，一直是吾輩譯界中人心底熱切的期望，但是想願望成真，必須先要有高瞻遠矚、魄力過人的領軍者登高一呼；再要有實力雄厚、立意創新的機構能納之容之，兩者的配合，正如千里駒與伯樂之相逢，的確是可遇而不可求的歷史機遇。

自從去年開始，就聽聞許鈞為建立中華譯學館而提出的種種計劃，經過了頗長時間的醞釀，籌措，終於在今年底一一落實。根據這位創館館長的構思，譯學館的立館宗旨乃「以中華為根，譯與學並重。弘揚優秀文化，促進中外交流；拓展精神領域，驅動思想創新」。由此可見，中華譯學館的規模和願景，已遠遠超越了吾人設館藏稿的初衷。在許鈞館長的意念中，譯學館除了珍藏翻譯家和文學家的手稿之外，翻譯學既已成為跨文化領域的重要學科，在推廣翻譯事業的同時，大規模有深度的學術研究亦不容忽視。因此，譯學館執意在文學、文化與思想三方面積極展開工作，無論在譯的層面，學的層面或中外文化交流層面，在創館之初，已經出版了不少優秀的文庫，如「中華翻譯研究文庫」、「中世紀與文藝復興譯叢」、「思想家／藝術家評傳」等。換言之，原先以為中華譯學館的成立，就如一塊未經開墾的新地，讓拓荒者在此播種植苗，翻土耕耘；誰知道此處竟已是一片頗具規模的苗圃，園中新綠秀茂，欣欣向榮。許鈞不愧為一位沉穩

一九九六年，與許鈞教授合影。

踏實、有心有才的學者，為推動譯學，弘揚文化而不遺餘力，難怪有位與會者發言時，曾感嘆曰：「得許鈞者，得天下也！」

在成立中華譯學館的盛典上，全國翻譯與外語界的翹楚和先驅幾乎都出席了，包括翻譯界領導黃友義、唐聞生、仲偉合；著名翻譯家楊武能、郭宏安、林少華、王克非、謝天振；著名作家蘇童、畢飛宇；著名出版家原譯林社長李景端、眾多出版社負責人，以及十幾家大學外語學院的院長等。兩百多位來賓濟濟一堂，見證浙江大學副校長何珍蓮教授與許鈞教授為中華譯學館揭幕，並聆聽浙大校長吳朝輝院士致辭。吳校長在發言中，表示大學一向以傳承與創新為理念，並確立「古今會通，東西互動，中外相知，文理交融」的發展路向，因此可說是與譯學館設立的宗旨不謀而合。

這次中華譯學館的成立，能參與其盛，目睹期望已久，規模宏大，翻譯與研究並重的學術機構，在人文薈萃、歷史悠久的浙江大學落地生根，身為翻譯隊伍的成員，多年來的殷切冀盼，竟然夢想成真，豈不深覺慶幸與感動！

神州大地上有史以來第一所建立的譯學館，等到了，終於等到了！

二〇一八年十二月四日

閃閃金光的背後

那天晚上，對着滿場觀眾，我講了一段開場白：「今晚，是金光閃閃的一夜：首先，這是金庸基金會舉辦的活動，我們在此放映和談論的是電影《金大班的最後一夜》，女主角姚煒小姐本姓『金』，英文名字Kelly，因此原是『金嘉麗』，跟書中金大班的名字『金兆麗』只有一字之差，是命中注定要演出這部戲的。本人有幸在此敬陪末座，可能也是因為姓金的緣故。剛才另一位主持劉俊教授的姓氏中也含有『金』字，所以這些『金』加起來，的確是金色匯聚，但最要緊的是必須要有白先勇教授的『白』來加持，成為『白金』之夜，一切才顯得更加珍貴，更有意義。」

當晚白先勇和姚煒的對談十分成功，兩人詼諧幽默，妙語如珠，聽得觀眾都樂翻了，時而歡笑，時而鼓掌，一個多小時的談話，彷彿霎時間就過去了。事後，與會的朋友問我，「這場對談，事前要不要排練的？」「排練」？當然沒有！一位是文壇巨匠，一位是影壇巨星，談的是兩位珠聯璧合的出品，膾炙人口的佳作，又何須排練？

二〇一九年，作者主持白先勇與姚煒對談。（許培鴻攝影）

儘管如此，這閃閃金光的背後，卻也有許多不為人知的趣事。早在二〇一八年中，姚白二人就應「世界華人文化交流會」之邀，在新加坡放映《金大班的一夜》，並在放映後舉行對談（詳情見《明報月刊》二〇一八年七月號何華「《金大班》在獅城」一文）。記得那時跟白先勇通電話，談起電影放映後轟動一時的盛況，他在電話中顯得特別高興，說是終於可以「還姚煒一個公道」。當時我就心想不知道甚麼時候同樣的盛事可以在此地重演，讓香港觀眾也可以一飽眼福耳福呢？

不久後，熱心文化事業的潘耀明兄來電商討，談到查良鏞基金會一直都想邀請白先勇主持講座，只是白教授多年來為弘揚崑曲，為推介《紅樓夢》，為替父親白崇禧將軍寫傳等等文化大業，忙得夙興夜寐殫精竭慮，而到處奔波足跡所至，真是八千里路雲和月！要找他「度期」，簡直比找天皇巨星登台還要難。所幸白先勇是中文大學的博文講座教授，每年總要抽一兩個星期來中大講學，於是，各大學各機構聞訊就紛紛提出演講的邀約，務必把他在中大的課餘時間填得密密麻麻。這一次，幾經安排，白教授終於為潘先生的誠意打動。由於金庸基金會的講座一向在香港大學舉行，白教授乃在中大授課之餘，移駕港大玉成其事。

講座的題目決定為「從小說到電影——《金大班的最後一夜》的蛻變」之後，隨着時間的流逝，應邀為主持的我，不免開始有點心中忐忑：白先勇的小說雖然耳熟能詳，但是自己既不認識女主角姚煒，也沒有看過這部三十五年前攝製的電影《金大班的最後一夜》，要怎麼準備，才能不辱使命呢？

二〇一九年大年初五，通過白先勇的穿針引線，我和姚煒在一家位於銅鑼灣的精緻日本餐館見面。早到了，在餐館幽靜的一角坐下，靜候我心目中傳奇人物

二〇一九年，與姚煒初次相逢合影。

的出現。不久，主角來了，身穿色彩艷麗的上衣，帶着新春洋洋的喜氣，只見她步履矯健，精神奕奕，看來還是那麼年輕。剛坐下，她就急忙為我點菜，知道我不吃魚生，二話不說，替我叫了和牛、鮑魚、tempura，彷彿一定要把初次見面的朋友悉心招待，才算是盡了主人之誼。打開話匣子，從原姓本名，家庭背景到入行經過，從接拍《金大班》到失落金馬獎，從高峰到低谷，從頹喪落寞到信主受洗，從千帆過盡到重新出發，她告訴我許多故事，我們足足聊了三個小時，仍然意猶未盡。當然，最要緊的還是談到接拍《金大班》的前因後果，以及攝製過程中的種種花絮。飯後姚煒交給我一張《金大班》的 DVD，這就是我即將仔細觀賞研習的功課。

不久，姚煒來電，我們相約再次見面。這時，電影看過了，該讀的資料也讀過了，我們的談話自然更深一層，姚煒特別提到戲中她和秦雄共度最後一夜的情景。那場床戲，也是當年攝製時開鏡的第一場戲。那時她跟男主角只見了一面，根本不熟，為了演出效果，她特地為自己設計了一個妝容，濃妝艷抹中帶着憔悴，透顯出心底無比的糾結和哀傷！原來，《金大班》裏女主角的千姿百態，從青澀到遲暮的萬種風情，除了姚煒的精湛演技，還是通過她精心設計的化妝技巧一一展現出來的。早在開拍電影之前，她已在心目中把細膩情節繪成一幕幕生動的畫面。

三月十七日，白先勇自台來港，事前姚煒就提出要作東宴客。由於行程緊湊，白教授一下飛機連旅館都沒去就直奔飯店。那次飯局，我們足足聊了四個鐘頭，使我對白先勇當初參與製作的執着：自選女主，參與編劇，自挑配樂等等過程的堅持，更增了解更添欽佩。當晚也談到戲中兩幕床戲的涵義，即跟月如的純愛和跟秦雄的情慾，都在姚煒入木三分的演繹中發揮得淋漓盡致。白先勇特別提到了「海派」作風，那是一種派頭，一種架勢，罩得住而又放得開，不拘小節而尊嚴十足，是可意會而不能言傳的一種特色。這種風韻氣派，在姚煒身上可說是展現無遺，難怪時人稱她為「永遠的金大班」！

在三月二十二日對談舉行的前兩天，方才得知港大準備放映的《金大班》是市面上可以找到的 DVD，那是剪掉床戲的「簡潔版」。白教授一聽，當然有點失望，因為這兩幕床戲，且不說主角的付出有多少，原是劇中表現世事無常，時代變遷最有感染力的場景，不僅僅是情慾的描繪而已。為了觀眾得觀全貌，我自告奮勇去跟電影資料館聯繫，兩天之內，得到搜集組經理馮佩琪小姐及其同仁的

二〇一九年三月，與姚煒、白先勇合攝於香港潮州菜館。（許培鴻攝影）。

全力支持，悉心協助，在資料館的倉底翻箱倒篋，盡量搜羅，找出了一個未經剪接的完整版本。在電話裏，手機上來來回回，跟馮小姐和姚煒通過無數次訊息之後，終於確認了這就是我們遍尋不獲，珍而重之的版本。資料館的同仁為這次金庸講座的盛事，乃不辭勞苦，連夜趕工，務必複製出一個適合港大放映的 DVD（由於館藏的版本是由 betacam tape 轉出來的，未必適合放映，得另外製作一個版本），並在對談當天下午，及時完工借出。在此特向馮小姐及其同仁，以及電影版權擁有人「香港第一發行有限公司」致以由衷的謝意。

電影放映時觀眾專注欣賞，看到銀幕上蕩氣迴腸的演出，追隨着金大班的人生軌跡，時而感同身受，時而感觸良多，正在緊要關頭，電影忽然中斷，全場屏息凝神，不敢躁動，好不容易台上才恢復放映，鏡頭連續下去。坐在身邊的白先勇和姚煒靜靜看完全場，悄悄說道，「電影前半場是用資料館的版本，後半場是用坊間的版本。」原來放映一半時，資料館借來的版本不知何故竟然給機器卡住了，只好臨時改用原先的版本。多少人用心良苦努力所得的完整版，終究因天意弄人，與觀眾緣慳一面！豈不令人扼腕嘆息！

雖不盡如人意，終須一切隨緣，由於這次活動，結識了雍容大度的姚煒，感受了電影資料館無私的協助，細味《金大班的最後一夜》從小說到電影的蛻變，從而進一步了解《台北人》代表作如何在電影裏表現出劉禹錫《烏衣巷》那種滄桑的情懷，實在與願足矣！

二〇一九年四月七日

等閒變瑰琦，尋常化絢爛——序黃秀蓮新作《玉墜》

多少年來，秀蓮老是堅稱自己是我的學生，跟她出門同行，重的東西她提，煩的表格她填，上車下車她照顧，買單付款她搶先，樣樣都奉行「有事，弟子服其勞」的守則，儘管她當年在崇基學院讀書時，不是主修，也不是副修翻譯系，只不過是湊巧選了一科我教的「翻譯概論」而已。

如今，我們早已超越師生關係，變成談文說藝的同道中人了。這一兩年疫情嚴峻期間，各自宅在家中，雖不能見面，然音訊常通，知道她不會心浮氣躁，我也不會無聊難耐，因為，我們手中都有一枝筆，雖然身困四壁之內，仍可借助文字，寄想託情，敘事言懷，讓有限的空間，拓展出無限的天地。

一天，收到秀蓮的訊息，「我出第七本散文了」，她說；可否為她寫序呢？她問。我聽後，欣然應允，一則為她疫中有成而欣喜；二則，知道佳作在前，又可以先睹為快了。

為了節省我的目力，她第二天一大早就把放大字體的稿件從太古親自送來九

作者與黃秀蓮合影

龍了，映入眼簾的是分成三疊的稿紙，封面兩個醒目的大字——《玉墜》，又一本精心覓句，辭清藻蘭的新作！

這本《玉墜》，共分五輯，作者仍然以一貫雍容秀逸的筆觸，抒寫故人情，香江景，當年事，異地緣，以及文藝論。

書中大部份說的都是等閒人家的尋常事物，例如一個玉墜，一方手帕，一件袖領脱線的舊大衣，作者借物抒情，看似寫意的小品，實則乃精雕細琢的工筆素描，一字一句，每每看到用心血澆鑄出來的痕跡。例如：提起玉墜，「玉墜一點也不珍貴，可珍貴者，是在兵馬倥傯的人生路上，曾經有緣相聚，又能夠彼此關顧而已」；說到舊衣，「修補後，衣襬仍會輕輕飄起，如回應北風，如訴說平生」；珍惜一方學生送贈的手帕，「一塊輕輕的小小的，翻開來卻翻出一片童真爛漫」。歷來在藝苑文林，描繪的原型可以平平無奇，例如雨天廊前的滴水，老嫗臉上的皺紋，如何能入詩入畫，變為藝術，實賴執筆者化腐朽為神奇的功效，《玉墜》作者因心中有情，筆端有力，自可將等閒事物變瑰琦！

秀蓮出身草根階層，自幼勤奮過人，努力上進，在原本重男輕女的傳統家庭裏，居然獨排眾議，投考大學，嗣後成為家中唯一大學畢業的尖子，自此自強不息，執起教鞭，以作育英才為終身職業。從她的文字裏，可以看到一個發憤圖強的典範，見證她如何從唐樓，到居屋，到自置物業的脫貧過程，那一步步向上的奮鬥經歷，恰好跟香港由儉入豐，從蕞爾小島進化為國際大都會的歲月互相呼應，因此，若要述說香港故事，再也沒有誰比秀蓮說得更細意熨貼，娓娓動聽了。

游弋於《玉墜》字裏行間，穿插於香江大街小巷，讀者彷彿走進了一個不老的時空，放眼望去，都是似陌生又熟悉的人物與景色。作者帶領着我們，巡迴在城市風景線中，以溫情脈脈的筆觸，讓我們見識鎖匙匠的巧手，改衣娘的絕技，搬運工的勤勞，失業人的辛酸。作者又以過來人的身份，告訴讀者筲箕灣橫街有家二手冰箱舖，皇后大道東有家名叫「快樂」又真能帶來快樂的餅店，上環有家賣涼果的老舖，這些小人物，老地方，在作者細膩感性的述説中，都變得親切雋永，饒有興味。

秀蓮謙遜勤奮，是個珍惜生命，尊重文字，懂得生活的人。尋常家居，窗外橫杆三隻小鳥連翩而至，她會想到鳥兒彼此依偎，柔毛接觸，軟入心脾，因此推斷鳥兒「情商，智商都頗高，高得知道怎麼溫暖自己，溫暖人間」；秋日暖陽映照向南的小屋，「曙色已露的時分，淡淡的金光已照到花槽裏的簕杜鵑，紅綠在光照下顯得明亮」，她會想起良辰美景，稍縱即逝，因而更珍惜當下。她的文字裏充滿了同情、體恤，和憐憫，在地鐵車廂一角，看到父母護着沒戴口罩的嬰兒，擔當了勇者抗疫的角色，她筆下流露出殷切的關懷之情：「且看看這定鏡這特寫：溫馨中流露堅強，謹慎裏透出擔憂，愁悶中沁出喜悅」，作者以其敏銳的觀察，傳神的筆觸，的確能時時小中見大，在細微處勾勒出人生百態。

披卷展閱之際，最令人欣喜的是，通讀全書，沒有發現一句譯文腔，一個歐化語，《玉墜》裏既不見「被被不絕」，也沒有「的不休」，目前坊間通用的另類陳腔濫調，例如動不動就「來個分享」，「作出互動」，隔幾行就用上「辨識度，存在感，回頭率」的弊病，一概絕跡。這本書，無疑是一冊最佳的範本，告訴我們，中文原來是可以這樣寫的：如此純淨似水，溫潤如玉，平和處閒淡簡遠，激昂處潤色飛揚！我國的文字傳統悠久，雍容端麗，又怎可容忍不倫不類的舶來品，來肆意破壞，恣情污染！

秀蓮之所以能下筆字字珠璣，蔚然成家，是由來有自的。她這一輩子，熱愛中文，守護中文，從一而終，矢志不渝。自小就在姑婆的引導下，開始認字。「中文字，繁星般在我心頭閃耀⋯⋯學習，不在案頭；良師，不在學校，認字，卻在路邊」，作者在一篇名為「記得當年認字」的文章裏如是說。自此，她愛上了中文，也因此，在大學時毫不猶豫的投考了崇基中文系。在中文的恢宏殿堂裏，她遇上了許多良師，但最讓她感念不忘的恩師，是余光中教授，也因為余教授的「親自薦助」，她才投第一篇稿，寫第一次專欄。余先生乃文壇巨擘，雖出身英文系，卻精通中國古典詩詞。他曾經自謂：「在民族詩歌的接力賽中，我手裏這一棒是遠從李白和蘇軾的那頭傳過來的」，身為余師的入室弟子，秀蓮對中國詩詞的修養，也宛然可見。古典詩詞的確是我國文化的瑰寶，鋼琴詩人傅聰雖然是西方音樂大師，然而熱愛中國詩詞，曾經說：「我越讀越愛它們，越愛自己的祖國，自己的民族，中國的文明。那種境界，我沒法在其他歐洲的藝術裏面找到。中國人的浪漫，如李白，蘇東坡，辛棄疾那種灑脱，飄逸；後主，納蘭那種真誠，沉痛；秦觀，歐陽那種柔美，含蓄等等」（見寒碧《傅聰訪談錄》），這一切，都沉浸在他的心靈深處，使他在藝術的造詣上，勃發耀目閃亮的華彩，達到旁人難企的高峰！秀蓮的文字裏，詩詞的引用，亦信手拈來，處處可見，不由得令我想起一幕永世難忘的場景。二〇一七年重陽佳節，高雄中山大學為余光中先生祝壽，發佈「余光中香港歲月」的錄像，我與秀蓮應邀參與其盛。重九茱萸的日子，乃余先生壽辰正日，當晚我和秀蓮作東為詩人慶生，飯後下樓，在等車期間，余師和高足仍然雅興未減，開始玩起詩詞接龍的遊戲來，兩師徒一唱一和，從李白、杜甫、蘇軾到龔自珍，你一言我一語，吟唱得縱情其中，不亦樂乎！那是我見到詩翁的最後一面！

余光中先生曾經在《守夜人》一詩中說：「最後的守夜人守着一盞燈／只為撐一幢傾斜的巨影」，不錯，悠悠五千年的華夏文化，如巍巍巨廈，如今正面臨傾斜的危機，要維護純淨的中文，當仰賴一代又一代有心人的傳承和弘揚，余先生泉下有知，對愛徒苦心孤詣守護中文的誠意和努力，想必感到欣慰！

二〇二一年八月十六日

讀楊老，憶小楊

趙蘅所撰的《我的舅舅楊憲益》（中譯出版社出版）圖文並茂，全書以日記的方式，敍述老人生命中最後十年的事跡，看似生活上不起眼不經意的點點滴滴，透過作者樸素而深情的筆觸，一一呈現出玲瓏剔透的面貌。看這本書，就像無意中走進了一個時間隧道，在晨光熹微中漫步向前，逐漸地，光線明亮了，許多記憶裏模糊朦朧的角落，都在剎那間變得清晰可見。

說起楊憲益伉儷，早在一九八五年就認識了。那年我以香港翻譯學會執委會成員的身份，隨團訪問北京文化界的前輩，認識了許多譯界先驅，包括錢鍾書、楊絳、羅新璋、葉君健、葉水夫、卞之琳等，不清楚為甚麼，別人都是在會議室中正經八百交流的，偏偏熱情好客的楊憲益卻招呼整團人馬上他家玩兒去了。記得那天剛走進他那位於外文局百萬莊的宿舍不久，楊老就指着長几上一堆大大小小的美石，叫來客每人各挑一塊。如今看了趙蘅的描述，才知道原來楊老這輩子最愛到處逛，搜羅各種文物飾品，例如到潘家園去揀石頭，買了又喜歡送人，每次有親友小輩等造訪，都會叫他們去書房裏拿書挑石頭。那次我挑選的玉石，已

作者於一九八五年與楊憲益及其妹夫翻譯家趙瑞蕻合影

經差不多快四十年了，如今還放置在客廳的層架中，安然散發出溫潤閒逸的光澤。

記得認識楊憲益不久，他就告訴大家，千萬別把他當甚麼老前輩，他可不認，反之，他喜歡我們叫他小楊，因為當年在牛津上學的時候，就已經聽慣了。這小楊可是才智過人，別人上牛津，得在中學裏先學希臘文、拉丁文好幾年，他到英國後補習了五個月，就考上這所知名學府了，由於太年輕，學校要他再修讀一年，才可以正式入學。那時候錢鍾書也在牛津，不過比楊憲益年長。小楊在課餘參加了「中國學會」，不久還當上了會長，並且在會裏認識了出任秘書的英國姑娘戴乃迭，成就了三生石上一段膾炙人口的宿世姻緣。

戴乃迭年輕時非常漂亮，那清麗端莊的容貌，活脱脱就是英格麗褒曼2.0（兩人只相差四歲，幾乎可以認作孿生姐妹）。父親是傳教士，乃迭生於北京協和醫院，七歲才返回英國。由於熱愛中國文化，她在大學時選修了中國文學，與修讀英國文學的楊憲益，恰好成為了天造地設的絕配，這對日後馳騁譯壇的璧人，在一九四〇年第二次世界大戰時，毅然決然先經大西洋到加拿大，再經太平洋到香港，繼而由香港乘飛機到重慶，一路輾轉，歷經艱辛，終於回到了苦難的中國。他們的婚事並沒有得到乃迭母親的祝福，甚至還預言將來如果兩人生了孩子，一定會遭遇不幸，豈料一語成讖，他倆的兒子楊燁，日後真的因精神失常於一九七九年自焚而亡。乃迭痛在心中，卻從不言喻，她在傳記《我有兩個祖國》中宣稱：「我來中國不是為了革命，也不是為了學習中國的經驗，而是出於我對楊憲益的愛，我兒時在北京的美好記憶，以及我對中國古代文化的仰慕之情。」俗語説，「嫁雞隨雞，嫁狗隨狗」，她可真正做到了「嫁羊隨羊」，九死無悔啊！

認識乃迭那年她六十六歲，心目中只知道楊氏伉儷是中譯外的名家，生平合作翻譯過中文經典無數，並不知曉這對患難夫妻曾經遭遇過牢獄之災，喪子之痛，只見乃迭的臉上，佈滿了刻痕深深的歲月滄桑，依稀呈現出年輕時的秀雅姿容。那時候，總覺得楊老對她特別溫柔，特別呵護。印象中，他們兩人都愛喝酒，但是他總是不讓她喝。後來才得知，原來乃迭當時已經患病了，醫生叮嚀不可酗酒，憲益這才在旁急於管制。不過，一九八五年初次見面，乃迭仍然神智清醒，個性爽朗，小楊拗不過她要酒喝時，只會在一旁「呵呵呵」傻笑，完全沒轍。其實，他也深知，喝了酒，可以讓她暫時忘憂，既不捨得不讓她喝，又怕她喝了對身體不好。多年後，每次去北京探望兩老，總是記得給小楊捎威士忌，給乃迭帶巧克力。那些年乃迭健康日差，神情呆滯，已經不太開口說話了，記得那回在已經遷往友誼賓館的楊府，看到院子裏坐在輪椅上的乃迭，一面像個孩子似的把巧克力緊緊攥在手裏，一面用俏皮的眼神瞅着身邊的小楊，彷彿在跟他攀比「你有酒，我也有寶」似的，直覺得心裏隱隱作痛。

回想一九九四年二月二十二日，楊憲益伉儷應我邀請來中大新亞書院作為期一個月的訪問。這段時間，我們經常相聚在一起。楊老剛到時興致勃勃，精神奕奕，雖然已屆七九高齡，但豪氣壯志不減當年，一抵埗，就賦詩一首：「逝者如斯亦等閒／虛拋七九不相干／黃河終要歸東海／前路還須二十彎」。隔天，有個某報的資深記者來訪問，事前根本沒做功課，一開口，就問兩人工資有多少，乃迭身為外國專家，收入是否比夫婿高？我在一旁聽得糟心礙耳，於是暗忖，不如由我自己來跟楊老作個詳盡的訪談吧！就這樣，日復一日我們每天會晤，中午，我會做好公司三明治給兩老送去，雖然不擅烹調，但是只要在麵包裏塞滿火腿、雞蛋、番茄生菜等材料，再擠進一大堆蛋黃醬，總是能讓乃迭一邊吃一邊露出天使般的笑容。晚上，我們接兩老來家裏共進晚餐，餐後，小楊緩緩點上一枝煙，開始了「一千零一夜」般的故事時間，哪怕情節多麼高潮迭起，他

一九九四年，楊憲益伉儷攝於香港中文大學。

說來總是溫吞吞慢悠悠。閒談中，他幾乎把原稿是英文 *White Tiger*，中譯為《漏船載酒憶當年》（二〇〇一年出版的自傳）一書中所有的內容，都在飯桌上傾囊相告了。記得他說過，中學時，跟家裏請來的英文補習老師池太太鬧過一場師生戀，看了趙蘅的文章，方才知道了更多詳情。原來池太太是廣東人，英語流利，還會法文，當時對才情橫溢的少年郎動了癡情，而學生呢？到底算是哪種戀愛，「初戀，暗戀，還是少年維特的煩惱？」趙蘅的媽媽楊苡這樣問，「都有吧！」小楊回答得氣定神閒，看來耄耋老人對少年時代的風流韻事，還記得清清楚楚。原來，這也是當年楊家急於把寶貝兒子送英留學的主因之一呢！

留港一月，楊憲益伉儷除了舉辦講座，出席活動，也遇見了不少舊雨新知，例如在中大跟饒宗頤、勞思光等學者會面，歡談合影；在空餘時間重晤舊友黃永玉，更有一回，由我們夫婦帶着他們跟巫寧坤（*A Single Tear* 的作者）到香港的黃金海岸去消磨了一個下午。那個月，雖然因為中大訪客眾多，接待的客舍供應緊張，兩老無奈給逼遷了三次：從新亞會友樓，到大學曙光樓，再到逸夫雅群樓，他們仍然安之若素，毫無怨言，小楊甚至還為此賦詩遣懷：先說「故舊重逢會友樓／主人盛意更無傳」（會友樓）；再說「賓館室雅何須大，小住三天亦是緣」（曙光樓）；最後則嘆曰「一彎淺水霧迷濛／樓外青山似夢中／昨夜東風春乍暖／校園處處杜鵑紅」（雅群樓）。

畢生跨過大大小小坎兒的楊老，早已看破紅塵，處變不驚了，甚麼事都不會讓他氣急敗壞惶恐失措，唯獨那次原本要出席香港翻譯學會午餐聚談的，上午乃迭突然身體不適，嘔吐大作，於是急忙送她前往威爾斯親王醫院急診。在醫院中折騰了五六個鐘頭，方才檢查完畢，送進病房。隨後我們發覺還沒有進午餐，於是到附近的旅館餐廳去解決。從來沒有見過老人這麼虛弱，這麼無助，那雙手——曾經在打字機上打過成千上萬文字，於運動期間在北京街頭掃過公廁，在牢獄中為解悶學過扒手技術的那雙手，一直在不停嗦嗦發抖，連雲吞麵中的麵條也夾不住。畢竟，乃迭是憲益的畢生摯愛，這樣一位重情重義，善良多才的妻子，多年來與他患難與共，相濡以沫，他怎會不擔心她突然急病送院呢？在《我的舅舅楊憲益》中，提到楊老曾對來訪的記者坦然說：「解放後大家經歷的差不多，我算沒受過太多苦」，然而他卻表示：「我覺得自己很平常，我愛人很不錯，英國小姐跑到中國吃了苦，沒有牢騷，還是工作，做了不少事」，寥寥數語，看似輕描淡寫，實則已經道盡了老人對愛妻的感念與深情了。

作者以茶代酒，與酒仙楊憲益對酌。

一九九四年那一個月的共處，使我與楊憲益伉儷結下了深厚的情誼。臨走時，小楊送了我不少書，題簽時高高興興的一會兒稱我「兄」，一會兒稱我「嫂」，一會兒叫同志，一會兒直呼其名。同年六月，他更為我的翻譯論述《因難見巧》，撰寫〈略談我從事翻譯工作的經驗和體會〉一文，作為他談翻譯的封筆之作。一九九八年，我為中大創辦「新紀元全球華文青年文學獎」時，特地邀請楊憲益出任文學翻譯組終審評判，雖然他已屆八三高齡，還是欣然應允。可惜到二〇〇〇年第一屆比賽完畢舉行頒獎典禮時，乃迭已然溘然長逝了，痛失愛侶的楊老，無論我怎麼游說，都不肯一人前來舊地重遊。儘管如此，第二屆文學獎推出時，楊老仍然應允再次出任終審評判，誰知道他在二〇〇二年開始竟然罹患惡疾，看了趙蘅書中「癌妖何足畏」那一章，終於明白為甚麼老人起先答應了閱卷，最後無法完成，要邀請胞妹楊苡代勞的原委了。在二〇〇三年七月十一日的記述中，有這麼一段話：「舅舅給媽一重活，要媽代替他評選香港華人翻譯獎作品，還一再表示此事交給媽太好了。他還是重視，只不過自己力不從心了。」楊憲益和楊靜如、楊敏如一門三傑，都是翻譯界的翹楚，那次楊老鄭重其事的交託胞妹替他完成翻譯獎評審任務，實在令人感動。我當年還以為楊老因乃迭去世，傷心過度無法評閱呢！誰知道老人原來不幸患病，卻對翻譯獎的承諾仍然念念不忘。那年九月二十日，我去北京拜訪楊老，在他家也會晤了楊靜如、楊敏如二人，相談甚歡。閱讀趙蘅當天的日記，又發現了這段記載：「後來香港中文大學的金聖華夫婦來訪，她認識阿姨，第一次見媽。她感謝媽媽幫舅舅做的工作，她說她是評獎主席，要媽去香港開會。」這一下，塵封舊事的記憶之窗，豁然推開，朦朧淡忘的片段又變得鮮活起來。在十月十八日的日記中，趙蘅再次提到，舅舅力勸媽媽說「其實應去香港開會」，可見在楊老的心目中，評獎活動與香港之行，是值得支持並富

作者與楊憲益兄妹合影於北京楊府

有意義的。這些情節，原先無從得知，由於趙蘅鉅細無遺的記載，恰似提供了一塊塊關鍵的碎片，使我在追憶往事的過程中，終於湊成了一幅完整的拼圖。

《我的舅舅楊憲益》一書中，詳細記載了楊老最後十年在小金絲胡同六號生活的日常，記得我每次去那裏造訪時，總覺得楊老喪妻鰥居，十分落寞孤單，只見窗外稀疏的爬牆虎在寒風中輕搖，沙發前的小貓在寂靜中打呼嚕，看了趙蘅的文字，才知道原來由於胞妹的愛護，小輩的照料，眾多友好如黃苗子、王世襄、丁總、邵燕祥等人的經常聚晤，以及慕名後進的不斷拜訪，楊老的晚年其實並不寂寞，讀罷此書，使我恍然釋懷！

的確，讀楊老，憶小楊，終於明白楊憲益無疑是歷經滄桑卻「活得最輕鬆的人」，正如他在廳堂裏懸掛的對聯所言：「從古聖賢皆寂寞，是真名士自風流」！

二〇二二年七月七日

還有熱情還有火——李景端《翻譯選擇與翻譯傳播》讀後

順豐速遞送上來自南京的郵包，心想，期待已久的好書上門了，打開一看，果然不出所料，李景端的《翻譯選擇與翻譯傳播》閃耀眼前。

早在這本由許鈞主編、中華譯學館出版的文集面世之前，我就拜讀過其中大部份的文章，這是近年來作者與我彼此之間勤通訊息，互讀文章的慣常動作。儘管如此，翻開書頁，還是為作者的熱誠與勤奮所觸動，畢竟是松柏高齡了，卸任退休也有很長一段時間，怎麼還是這麼幹勁十足，永不言休，不知老之將至呢？

這本題名有關翻譯的作品，跟一般翻譯學範疇的書籍很不相同，既不專注翻譯理論，也不詳談翻譯技巧，而是根據作者多年的實戰經驗，來談論翻譯成品付梓之前選題的考量，以及成書之後傳播的效應。作者在自序中表示，「本書是從翻譯編輯的視角，對近年來我國翻譯出版領域某些現象及其衍生出的社會影響所發表的評說和感悟」。因此，在某個意義上來說，這本別開生面的書所闡述的內容，主要涉及翻譯作品遨遊譯海徜徉譯林之際的前生與後世。

作者與李景端於二〇〇六年合影於香港

本書共分四輯：（一）編輯眼光看翻譯；（二）傳播視角看翻譯；（三）與翻譯名家交往的逸事；（四）名家對我評說。

在第一輯與第二輯中，作者以一個資深出版家（譯林創社社長）的身份，從過來人的視角，敍述了選題的標準，重視的導向，譯壇的現狀，坊間的爭議等方方面面與翻譯息息相關的問題。沒有誰像作者這般具有豐富的經驗，也沒有誰像他這樣熱情澎湃，氣勢如虹，因此，無論他說起《尤利西斯》中譯本的緣起，還是替季羨林等十五位翻譯名家打維權官司的往事，或是為提高翻譯家地位而大聲疾呼，都讓人看得熱血沸騰，拊掌稱快。李景端是個快刀手，這些文字，篇幅不長而內容精闢，都是他因為看到翻譯界的種種弊端有所感觸，而訴之成文，發聾振聵的。看了這些短小精悍的文章，彷彿瞥見一列快車，開足了馬力，在崇山峻嶺中轟隆隆向前直奔而去！誰會想到這是一位年近九秩的長者，長年累月埋首伏案，在電腦上不分晝夜努力耕耘的成果！「老驥伏櫪，志在千里」，信然！

我個人最感興趣的是第三輯「與翻譯名家交往的逸事」。作者在這一輯中提到的翻譯名家，十之八九，都是我熟悉或曾經交往的朋友，因此，李景端筆下栩栩如生的描繪，也就成為了我深有體會的「共同記憶」了。他在〈善交朋友是編輯重要的基本功〉一文中說道：「各種會議是交友的好平台。……每次參會，我都會關心，了解與會人員，主動找話題交流。會上認識了，會後還要保持聯繫。……用心交友，誠懇待人，朋友圈才會不斷擴大和鞏固。」這段話的確是至理名言，而李景端和我，也是在一九八七年於香港大學舉辦的「當代翻譯研討會」上認識的。那次會議，出席的學者名家很多，會上結識的朋友，能夠相知相交超逾三十載而往返不斷的，卻並不多見。除了協助我於一九九六年，在中文大學翻譯系籌辦規模宏大的「外文中譯研究與探討」學術會議之外，李景端還為我於一九九八年創辦的「新紀元全球華文青年文學獎」努力推廣。歷年來，他以特邀顧問的身份，成為了「青年文學獎」的內地專門戶，在那智能手機尚未發達的年代，把自家的電話號碼公諸於世，不厭其煩的接收各地傳來的種種電話諮詢。記得第二屆開展時，正值沙士肆虐期間，李景端眼見各地來稿大受影響，急忙出謀獻策，提議主辦方不如加入一些年輕人喜歡的點子，如抽獎活動等，以吸引投稿，當時給我一口回絕，認為跟學術文化活動形象不符，他卻不以為忤，繼續任勞任怨為我們効力。結果，到了第三屆文學獎推出後，獲得約四百八十所來自世界各地大專院校的參賽來稿，盛況空前，而李景端多年來的無私奉獻，確實功不可沒。

在這一輯中，李景端提到了楊絳的「明事理，拒張揚」，慈心善意而又極有原則，為人淡薄自甘，堅拒沽名釣譽。我曾經四訪三里河，記得其中一次就是李景端陪同的。每次造訪之前，楊先生都會問我找誰同往，必須是她認可的人，才獲得接見。那次，李景端到了楊府一見楊絳就問道，有人批評她把夫婿「錢鍾書」的名字寫錯了，她怎麼回應？原來報上投訴的小青年不識繁體字，以為「鍾」是個錯誤，應該寫成「鐘」。記得楊絳聽罷淡然一笑，毫不在意！的確，這樣一位與世無爭，品德高尚的長者，又怎會沉溺在日常生活中的細枝末節而斤斤計較呢？

這一輯中，李景端也說了不少故事，讓我對原本認識的一些翻譯或學術界友人更加增進了解與敬意。其一是「老神仙」陸谷孫。回首當年，中大創辦的「全球華文青年文學獎」最使人稱道的莫過於所邀請的三組終審評判，都是文壇譯壇響噹噹的人物，以翻譯組來說，歷來出任評審的有余光中、高克毅、楊憲益等前輩，到了第三屆，高、楊兩位因為年事已高，不再參與，因此必須另請高明了。當時想到的適當人選，就是陸谷孫。我曾經跟他有數面之交，並且在《牛津高階雙語詞典》第六版與第七版中，忝為三位序言撰寫人之一（其他兩位為余光中和陸谷孫），因此就斗膽冒昧相邀了，誰知道陸谷孫起先竟斷然拒絕，究其原因，原來他對於坊間種種徵文比賽的弄虛作假黑箱作業深惡痛絕，後來經過李景端的關說，力挺中大的華文獎水準極高，把關極嚴，「老神仙」才欣然應允。看了李景端的文章，得知陸先生畢生敬業樂業，「晚年散書散財，視名利如浮雲」，這樣一個君子，自然嫉惡如仇，一切以清廉為重了。

另外還發現一些有趣的軼事。原來第一屆華文獎頒獎典禮上，楊憲益的發言不但由李景端代讀，更是由他代寫的。當年楊老因年事已高，無法親自來港出席，於是，一切就拜託李景端代勞了。李在文章裏提到楊老妹妹楊苡的批評：「你寫得很全面……只是我哥從來不會講這種帶官腔的套話，這不是楊憲益講話的風格」，難得李景端寫得這麼坦率直爽。想起了我所認識的這兩位好友一向的舉措：楊憲益講話的慢條斯理，氣定神閒；李景端發言的聲若洪鐘，慷慨激昂，不由得邊讀邊啞然失笑！這本書中，還提到精通多國語言的翻譯名家葉君健，我是在香港翻譯學會一九八五年一次拜會北京翻譯界的交流活動中認識葉老的。記憶中，葉老風度翩翩，平易近人，曾經跟他討教過世界語及翻譯《安徒生童話》的問題，看了李景端的文章，更進一步了解譯家從事翻譯活動的內心世界。黃宗英和馮亦代都是認識的前輩。黃宗英曾經在電影界名噪一時，素有「甜姐兒」之稱，我小時候就由父親帶着見過這位紅星，想不到長大後，居然有機會由李景端引導再次在上海跟她會晤。馮亦代原本應邀參加一九九六年中大的翻譯研討會的，誰知道因為在北京英國大使館因簽證事宜受了氣而臨陣決定取消來港，他在信中說，「等香港回歸了，我再來看你」，結果，因種種機緣錯失，跟馮老始終緣慳一面。看李景端的〈黃宗英為甚麼會嫁馮亦代〉一文，再參照曾經讀過的兩

作者與李景端及白先勇於二〇〇七年合影於北京

人《情書》，就更覺得對他倆的戀愛故事耳熟能詳了。至於《林青霞向季羨林討文氣》所記述的內容，由於我既是此事的發起者又是當事人，並且在很多文章裏已經涉及，因此這裏不再重複了。

在第四輯中，上述跟李景端相交的朋友，都對他讚譽有加，認為他是個有良知，有魄力，有眼光，有膽識的出版家。看到這麼多名家的中肯評述，我為他感到由衷的高興。李景端曾經跟我說，《翻譯選擇與翻譯傳播》這本書，將是他最後一本作品，我希望，也深信，這不會是他的金盆洗手之作，因為在字裏行間可以看到，這位老而彌堅的作者，還有熱情，還有火！

二〇二三年三月十一日

芬頓英文《趙氏孤兒》中譯的緣起

小時候，常聽到酷愛京劇的爸爸在家裏哼哼唱唱，甚麼《紅鬃烈馬》、《打漁殺家》、《蕭何月下追韓信》等等，但是最喜歡聽他提起的戲目是《搜孤救孤》，也許是因為這名字用他那帶有滬語口音的京腔一說，特別逗趣吧！其實，年幼的自己，對於這齣老生泰斗余叔岩的傳世之作，其入室弟子孟小冬的拿手好戲，根本一無所知，到了長大後，才知道原來戲文講的是「趙氏孤兒」的故事！

「趙氏孤兒」的情節，源自春秋晉國正卿趙盾受奸佞屠岸賈所害，遭受一場滅族的慘劇。故事最早見於《史記》的《趙世家》，後由元代紀君祥編撰為《趙氏孤兒大報仇》，成為我國文學史上最為膾炙人口的名劇之一。趙氏一族，不幸受到誣衊，慘遭滿門抄斬，連剛出世的嬰兒也不予放過。高風亮節的公孫杵臼和程嬰，與趙氏並無血緣關係，出於忠肝義膽，勇救孤兒，前者捨身取義，後者以兒換兒，成就了驚天地、泣鬼神的壯舉。公孫杵臼不辭一死，促使奸賊誤判情勢，放鬆戒心；程嬰則忍辱負重，犧牲自己的孩子，將趙氏孤兒培育成人，最後剖白隱情，曉以大義，讓孤兒手刃奸賊，完成復仇雪恨的大計。

這齣劇力萬鈞，情節震撼的戲曲，除了元劇之外，也在歷史上也先後化身為崑曲、京劇、秦腔、韓劇、越劇、川劇、湘劇、粵劇、黃梅戲、山西梆子等林林總總的形式，不但如此，此劇早於十八世紀上旬就由在福建傳教的耶穌會士馬若瑟神甫翻譯成節本，一七三四年再以全譯本方式在法國發表，隨後轉譯成英、德、意、荷、俄等各國文字，影響深遠。法國啟蒙運動先驅伏爾泰更於一七五〇年左右，將《趙氏孤兒》改編為《中國孤兒》一劇，在巴黎出版並上演，轟動一時。

這樣一齣家喻戶曉，馳譽中外的名劇，縱使自小聽到大，縱使負笈巴黎時，也曾不時聞見法國友人提及，但畢竟是跟我研究範疇並不相干的題材，因此總覺得雖近猶遠，雖熟悉仍陌生，哪想到有一天自己居然會跟它扯上了關係？

二〇一九年二月中旬，徐俊導演自滬來港，相約飯敍於上海總會。那天晚上林青霞也抽暇出席。說起我們三人之間的淵源，還得追溯到二〇〇七年的冬天。那一回，白先勇監製的青春版《牡丹亭》即將在北京大劇院上演，我竭力游說青霞一起前往觀賞。白先勇一聽，為了體貼伊人在北京人地生疏，就特邀那來自上海的好友徐俊導演替他照料出入。就這樣，我在初寒的北國邂逅了徐俊。

記得當年一打照面，幾乎不相信眼前儒雅俊朗的男士是位導演，他應該是風度翩翩的男主角之選才對啊！事後方知道，徐俊原本真是個矚目耀眼的明星，素有滬劇王子之稱。後來，為了不斷求進，他考入上海戲劇學院悉心攻讀，於二〇〇一年獲得導演碩士學位，從此進入嶄新的領域，執導多部戲劇，成績斐然。

自從在北京相識之後，我曾經多次因公因私造訪上海，每次都獲得徐俊殷切相待，他的秉性溫厚，待人真誠，在戲劇界乃至於整個文化界，實屬少見。他對戲劇的熱誠與投入，也令人動容。近年來，徐俊創作了為人頌讚的《上海

作者與徐俊合影

三部曲》：滬語話劇《永遠的尹雪艷》（二〇一三年）；諧音「大上海」的滬商精英話劇《大商海》（二〇一四年）；原創音樂劇《猶太人在上海》（二〇一五年）（此劇曾登陸百老匯，揚威國際）。從三部內涵相通而又種類各異的戲劇，可以看到導演不斷突破，大膽創新的幹勁與魄力。

在二〇一九年二月的飯局上，徐俊提到他策劃中的最新創作。原來他打算推出別樹一格的音樂劇《趙氏孤兒》。《趙氏孤兒》的種種變奏，在國內國外，已經百花齊放，多不勝數，近年還有在北京大劇院上演的歌劇，但是音樂劇的形式，卻獨付闕如。把《趙氏孤兒》以音樂劇的形式搬上舞台，是導演多年來的夢想，然而他心目中推陳出新的劇本卻尋尋覓覓，遍找不獲。

二〇一七年夏，徐俊在英國皇家莎士比亞劇團訪問期間，接觸到英國詩人詹姆斯·芬頓（James Fenton）於二〇一二年為皇莎改寫的英文版話劇《趙氏孤兒》，讀完深覺震撼，竟有相遇恨晚之感。他腦海中一直盤旋不去的難題，是質疑紀君祥元劇中只談忠誠正義，不涉人性層面的情節，該如何轉化為今時今日的戲劇語言，呈現在現代觀眾的面前，而今竟然在芬頓的作品中找到了答案。芬頓是位出色的詩人，一九九四年至一九九九年曾出任牛津詩學教授，二〇〇七年榮

音樂劇《趙氏孤兒》劇照（徐俊提供）

獲英女皇詩歌金獎。他以詩化的文字，照亮了傳統戲劇中黯然無涉的角落，並以西方理性的觀點，給予《趙氏孤兒》一個脫俗的解讀與嶄新的面貌。徐俊看到了芬頓所撰的《趙氏孤兒》，如獲至寶，隨即簽下了該劇中譯的版權。

意想不到的是，在二〇一九年初的聚會中，徐導演竟然提出了邀我翻譯芬頓英文《趙氏孤兒》的鄭重要求。一來，我年來甚忙，雜務纏身；二來，我雖然翻譯過詩歌，書信，短，中，長篇小說等各種文體，但是從未翻譯過戲劇。正如余光中所說，翻譯戲劇需要另一種才具，一個稱職的譯者，必須在台詞方面調整語氣，下足功夫，令每字每

作者與彭鏡禧合影

句「現說，現聽，現懂」，方可令觀眾有所反應，悉心欣賞。因此，儘管機會難逢，盛情難卻；儘管青霞在旁勉力鼓勵，甚至提出讓我去她那清幽的「半山書房」閉門苦幹的邀請，我也深恐有辱使命，有負重託，而不敢貿然應允。

不久後峰迴路轉，原來好友彭鏡禧教授恰巧於此時自台灣應聘來香港城市大學出任訪問教授。彭教授是台灣翻譯及戲劇的知名教授，以研究莎士比亞名聞遐邇。他的翻譯成就備受推崇，曾榮獲第一屆梁實秋文學獎譯詩組及譯文組第一名，並翻譯出版多本莎翁名劇。多年來由這些劇本，再改編為五齣「莎戲曲」，在各地隆重上演，對推廣莎劇，起了極其重要的作用。四月十日約彭鏡禧與夏燕生伉儷飯敍，我請這位戲劇翻譯名家翻閱一下芬頓的《趙氏孤兒》，並代徐導演邀請他拔刀相助。

兩個星期後，彭教授在電郵中告訴我芬頓的劇本引人入勝，值得翻譯成中文，然而正如徐導演一般，他也堅持我必須加入陣營，不能置身事外。

有了如此傑出的合作夥伴，我總算完成了穿針引線的任務，於是欣然轉告徐俊。難得徐導演盛意拳拳，竟然二話不説，立即和夫人俞惠嫣再次飛來香港，與我二人相約見面。五月七日在香港的會晤，奠定了一次破天荒中港台合作的翻譯計劃，而芬頓的英文劇《趙氏孤兒》，也從此衍生了回歸原產地的中文版本，並以別開生面的音樂劇形式，於二〇二〇年六月十一日在上海盛大公演。

二〇一九年十二月九日

宅中淘寶記

新冠肆虐了三年，疫情嚴峻時，大家都宅在家中，尤其是我們這個年紀的，既然出不了門，只好在斗室中自尋樂趣。

一天，閒來整理舊物，也不知道從哪裏蹦出來兩盒卡式錄像帶，灰灰的盒子，上面貼了泛黃的紙張，字跡潦草，毫不起眼，要不是在防疫期間，恐怕也沒功夫去瞧上一眼，這一看之下，卻使人剎那間精神一振，幾乎不敢相信自己的眼睛！錄像帶上寫着日期十月二十九日，十月三十日，沒有年份，但我清楚知道那是一九九一年，因為記錄的是「傅聰鋼琴獨奏會」（為紀念傅雷逝世二十五週年及香港翻譯學會成立二十週年籌款義演），以及隨後一日在香港香格里拉酒店舉辦的晚宴；沒有註明是甚麼機構的活動，可我身為主辦者，又怎會忘記那是香港翻譯學會舉辦的連串盛事呢？這兩盒帶子，當年到底是誰攝錄的？攝錄後又為何從未播放過？何以一直存放在隱蔽處，三十多年來，搬了三次家從未丟失，如今又兜兜轉轉的突然出現在眼前？再也沒有播放卡式錄像帶的機器了，於是，找了年輕的小友替我送去專門店，把厚重錄像帶轉換成兩張薄薄的碟片，以及一支小巧的手指（USB），讓我可以輕輕鬆鬆插在電腦上隨時觀看。

打開電腦，發現這個錄像帶當年應該不是花錢請專業人士攝錄的，否則前後兩個活動，忽而鋼琴演奏，忽而晚宴盛況，為甚麼不依序好好錄，而是互相穿插、彼此混淆的呢？而攝取的對象，也是紛雜凌亂、隨機而擇的，因此，使人觀看之際，產生時空錯置、迷離恍惚的感覺，更增添了一種似熟猶生、欲探究竟的好奇。

傅聰演奏的情況，先後錄了兩段，需時慢慢釐清捋順，此處先談談晚宴的情況。一開始，鏡頭搖搖晃晃，攝錄了香港香格里拉酒店宴會廳的裏裏外外，

一九九一年，傅聰為香港翻譯學會二十週年會慶義演。（網上截圖）

尤其是頭頂那些富麗堂皇的水晶吊燈，門口那些艷麗繽紛的大盆插花，大概那年頭酒店剛開業不久，顯然已成為城中的宴會勝地了吧，這場景，恰恰也反映了當年我身為翻譯學會會長，在經費奉欠、毫無把握的情況下，不知天高地厚，大膽預訂了宴會廳全廳，包下十五桌設宴慶祝學會成立二十週年的「豪舉」，結果，到了晚宴時刻，竟然天從人願，群賢畢至，濟濟一堂，盛況空前呢！

翻看錄像帶，才發現當時忽略的種種細節，只見宴會尚未開始之前，年輕的會員們已經在義務幫忙籌備了，例如整理來賓名牌、掛上學會 Logo、剪彩紙、包禮物等，忙得不亦樂乎，這群小將，有的認識，有的經過了三十二年歲月，已經印象模糊了，他們曾經効力過、付出過，我卻記不起他們的名字，不由得在心中泛起絲絲遺憾和疚歉！也許，這就是人生，來去匆匆，多少曾經在往昔邂逅的人、發生的事，都已似沙上足跡難留痕了。

終於，宴會開始了，賓客紛紛到場，在門口簽名，拍照，各路英雄在此驟然相聚，互道別情，握手致意。而我，數十載後，待在不到三尺外的地方，坐觀各位久違的朋友，一個個在眼前的屏幕上露面，就如一齣大戲的名角正在連續登場似的，他們全都風華正茂，容光煥發，笑得特別開心。我看到，翻譯學會的中堅份子，如何信勤、區劍龍、張南峰、李勉民、陳潔瑩等人陸續出現；接着是一大幫來港參加翻譯學會主辦大型國際研討會的外地賓客，包括外籍教授學者，以及翻譯界名家戈寶權、余光中、蔡思果、高克毅、林文月等，還有香港響噹噹的傳譯界高手鄭仰平，學者陳坤耀，畫家劉國松，以及翻譯學會的創會先驅馬蒙、賴恬昌等人。

一轉眼，原籍英國的加拿大詩人布邁恪上場了！原來他也曾經參加這個晚宴啊？只見到他跟林文月喜相逢，兩人交談得十分投契。這才使我想起，不久後，邁恪寫過一首詩《文月》（*Literary Moon*），由我翻譯，收編在一九九三年出版的詩集《石與影》中：

文字的月
停棲在午夜的天空
送下月華的詩
給她地上的學生姐妹

絲絲纖雲
飄過她的臉龐
形成倏忽的字
寫出她的芳名

或神秘之花的名字
花瓣片片，追隨着
束束華光飄浮

接着，看到蕭芳芳和她的夫婿張正甫蒞臨了。蕭芳芳是這次籌款活動的大功臣，她曾經在書法等多方面蒙受傅雷伯伯的悉心指點，跟傅聰是故交，因此，在學會推廣連串活動，尤其是促銷音樂會門票的當口，曾經借助了她的盛譽，一起舉行了記者招待會。若非她的推介，在當時學會經費匱缺、兵少將稀的狀況下，缺乏經驗的我又何德何能，可以把音樂會兩千多張票子賣得個滿堂紅？芳芳身穿一襲藍色鑲鑽的無袖旗袍，身材苗條，艷光照人，我的老同學張正甫隨伴在側，高高的個子，俊俏的面容，端的是一對璧人！當晚，最令人興奮的莫過於抽獎環節，獎品之多，幾乎人人中獎，倒不是在乎中了甚麼獎，而是讓命運之手抽中的剎那，那種鴻運當頭的驚喜和快感，的確讓人着迷！更何況其中一位抽獎嘉賓是大明星蕭芳芳呢！凡是給芳芳抽中的來賓，都樂呵呵，喜孜孜，包括中譯《大亨小傳》的名家喬志高（高克毅），他自稱對於翻譯，只是個「愛美的」（Amateur）玩票者而已，玩票是謙稱，愛美倒是不折不扣的，看到他當晚給芳芳抽中，上台接受獎品時的合照，笑得那麼燦爛，那麼開懷，就是鐵證！

令我大感意外的是，鏡頭繼續播

一九九一年，香港翻譯學會會慶晚宴上，
高克毅與蕭芳芳合影。

一九九一年，香港翻譯學會會慶晚宴上，
作者與蕭芳芳合影。

放，突然出現了一個熟悉的身影，原來是老爸中獎了，他高高興興的來到台前領獎。那天晚上，老爸老媽也是座上的賓客，只是我們不但沒有坐在一桌，我上台致辭時，感謝了各方友好的支持，居然沒有提起一句老爸的貢獻。那時候，自以為做人必須低調，在公眾場合不便提到家人，哪裏念及八十歲的老爸，曾經為我出謀獻策，到處募集啓動基金，在三十多度的暑熱天氣下，從九龍跑到北角去張貼海報宣傳，在音樂會前特地跑到票務處，買下最後一張票，只為了確保我的活動得到百分之百的成功。爸爸已經走了十五年了，驟然在屏幕上看見他的歡顏，知道他不介意當年我沒有當眾謝他，然而不知怎的，心中卻不期然興起了難言的歉意和無盡的思念。

主家席上，坐了傅聰傅敏昆仲，楊世彭伉儷，蕭芳芳與夫婿，法國文化參贊，我和另一半等人。大家言笑晏晏，輕鬆愉快。楊世彭也恰好在那段時候前不久，執導了《傅雷與傅聰》，趁着傅聰來港為翻譯學會義演，以及傅敏從北京來主理《傅雷逝世二十五週年紀念展》的大好機會，邀約兄弟二人觀賞了這場話劇的首演。記憶中，傅聰原本最不喜應酬交際，從來也沒有看到過他像那天晚上那麼舒坦自如，鏡頭前的他，不停笑着，聊着，舉杯暢飲，閒閒點上了煙斗。

不錯，無意中，在宅中淘到了寶藏，打開已逝的往事，抹去塵封的痕跡，一大堆故交舊友，竟然如此鮮明活躍的出現在眼前，他們在那遙遠的時光，特定的空間，曾經聚首一堂，盡興暢談、不斷交流、由衷歡笑。歲月如流，如今，碟片中人不少已飄然遠去，泰半更垂垂老矣，然而，他們的音容笑貌，他們的睿語妙言，仍會藉此碟片，長留人間。

於是，想起了徐志摩《偶然》一詩，這群俊賢，曾經如天上的霞彩，雲舒雲捲，互映波心，多少年過去了，然而「在這交會時互放的光亮」，仍會記得，永不忘掉！

二〇二三年五月十二日

兩個講故事的人——莫言青霞會晤記

因為司機來晚，加以路上堵車，居然偏偏在緊要關頭，比約定的時間遲到了十分鐘，心裏嘀咕着，這個由我牽引的重要聚會，在我缺席的情況下，兩位素未謀面的大名人，乍相逢，到底會是怎麼個光景？陌生？拘謹？

一走進「半山書房」，就知道自己在瞎擔心，啥尷尬事也沒，客人莫言神情輕鬆得很，跟同來的書法家王振、香港電台的施志咏早已在座了，主人林青霞身穿一件蘋果綠的長袍，更是笑得像朵花似的，正興致勃勃注視着長桌上展示的莫言墨寶，那是一幅長條，上書「青霞書房」，蓋罷印章，他們兩人手執長條，高高興興的合影了一張照。接着，輪到我了，莫言送給我的墨寶，上書「夢筆生花」，字體豪邁，氣韻生動，令我喜出望外。

跟諾貝爾文學獎得主見面喝茶，這可是難得的機遇，得說說緣起。去年拙著《談心——與林青霞一起走過的十八年》發表後，曾經接受香港電台《大地書香》的訪問，節目主持人施志咏跟我聊得投契，可說是一「談」如故，結果發現我們在二十年前就曾經在電台結緣了，這以後，因為疫情嚴峻的緣故，我們雖未

二〇二三年，莫言贈墨寶予作者。（林青霞提供）

見面，卻不時用WhatsApp交流。一日，志咏傳來訊息，說是莫言老師即將有香港之行，她跟莫老師和王振老師一向保持聯繫，而我經常和青霞交流談心，何不趁此良機，讓兩位頂尖人物來個「世紀會晤」？於是，經環環相扣、穿針引線，促成了這次令人期待的聚會。

青霞一向熱情好客，近年來更喜結交文化人士，尤其是名聞遐邇的大作家，她會虛心求教，向他們學習寫作要訣。能夠請到莫言，那可是天賜的善緣了。我知道她之前看過不少莫言的書，最近也買了莫言的新作《晚熟的人》，心想到時大概會向大師好好討教吧！那天，一輪合影之後，大家在長桌前坐下，閒適自在的聊起天來。「你們三位（莫、林、王）都是山東人，真巧！」我開口說。莫言來自高密，這個曾經的窮鄉僻壤，如今已在作家的筆下廣為人知了；青霞祖籍萊陽，這地方從前以萊陽梨聞名，如今卻產生了一位絕世美顏的巨星，「高密和萊陽兩地很近呢！只相距……里路」，莫言答道。我是個數目白癡，聽了既記不得也弄不清到底有多近，只知道兩位名家因得知彼此的故鄉就在比鄰，而顯得格外惺惺相惜。「各位會用山東話交談嗎？」我好奇的追問。這下，卻激發了老鄉與老鄉之間無與倫比的親和力了。莫言說，在網上看到過青霞用山東話朗誦自己的文章，青霞聽了一高興，就用山東方言蹦出一句坊間常聞的大粗口，說得活靈活現、清脆利落，極富喜劇效果，讓大家立馬笑翻了天！那場口，哪裏還像文學巨匠和天皇巨星在交流，簡直是中學生在課餘盡情嬉戲嚒，大家都顯得毫無顧忌、樂不可支，早已忘了甚麼初次見面的客套矜持了！

事後青霞跟我說，有一回去青島旅行，在市區溜達，只見到處高樓大廈，當地人都文質彬彬，不說山東話了，她有點失落，那時老父剛去世不久，令她非常懷念。忽然，在街尾一條小巷裏，看到了一群老爹老娘圍坐在一張小桌旁，這群老鄉一張嘴，就噼里啪啦夾雜着一輪山東粗口，使她想起了當年老爸的口吻，是從小聽慣的啊！這一聽，眼眶濕了，當下一陣暖意，襲上心頭！因此，那天在半山書房，看到老鄉來訪，就忍不住說溜了口。這邊廂，莫言是個小說家，作品裏的對白一向地道傳神，聽到如此鮮活的家鄉俚語俗話，自然倍感親切。

接着，茶來了，點心一道道慢慢的上，主客隨意吃，隨意聊。青霞說，莫言在諾貝爾獎頒授典禮上的演講詞太動人了，是用講故事的方式來發表的，真是別出心裁啊！的確，莫言的得獎感言，由一個個故事串聯而成，娓娓道來，不落俗套，看似平淡，蘊含深意。莫言謙稱：「我不會講理論啊，只好說故事」。其實，能把故事說好，就已是盡了寫作和演講的能事了。青霞也是個講故事的高手，她說起當年拍攝《東方不敗》，差點因假髮受鉗、沉溺水中的意外，她講得動容，大家聽得出神。

吃着聊着，大家又隨意起身走動，隨着主人到牆上掛着的一幅幅字畫前去覽賞。從黃永玉的荷花，林風眠的裸女，金耀基的書法《將進酒》，走到了董其昌的墨寶前。這時，主人跟來客駐足良久，只聽得他們一面欣賞，一面口中念念有詞，「平平平仄仄，仄仄仄平平……」，原來，莫言、王振和青霞三人在討論中國古典詩詞的韻律呢！賞完字畫，大家又回到長桌坐下，歇息時，

二〇二三年，作者與莫言合影於青霞半山書房。（林青霞提供）

自然而然掏出了手機來看，拍照的拍，傳訊息的傳，就像在家裏跟家人相處一般舒坦。青霞自從幾年前跟影迷團愛林泉接上了頭，心態變得越來越年輕，那手機可是運用得十分溜，甚麼稀奇古怪的玩意兒都難不倒她；至於莫言，他的確是走在時代的尖端，前不久，還用過最新的科技發明寫稿呢。於是，這兩位性情中人，就如此在出入今古、不拘小節的氛圍中，率興隨意的不停聊下去了。

不一會，青霞捧出了她的珍藏，一大摞莫言的作品，讓作家來題簽，莫言一本本的認真簽，他的簽名特別好看，是流線型的一筆而下。看他簽着簽着，我突然意識到先前因出門匆匆，竟然忘了帶上我家中那一大堆的莫言著作了。正懊惱着，青霞體貼的在書架上翻出了一本《檀香刑》交給我，「那是火災中劫後餘生的，上面還有煙火熏黑的痕跡呢！」她如是說。不管怎樣，此時的我如獲至寶，趕快拿了書請莫言題簽，緊緊把握了這個難得的機會，志咏則在一旁，用手機一一拍下了寶貴的鏡頭。

長桌上，莫言坐在對面，青霞坐在我身旁，我和她悄悄交換了一個眼色，青霞就起身拿了一疊畫紙，紫紅色，是印刷《鏡前鏡後》剩餘的，她平時拿來素描用。難得莫言大師到訪，機不可失啊！於是，青霞就全神貫注對着眼前的模特，寫起生來了。我們連大氣都不敢透，生怕讓莫言發現了，會失去自然的神態。青霞素描可有本領，不消幾分鐘，寥寥數筆，就把描繪對象的形容笑貌給捕捉下來了。當然，她天生就是個完美主義者，往往畫中人滿意了，她還是過不了自己的關，非得一畫再畫，精益求精，那天，她就足足用了一個多小時，畫完莫言，再畫王振及施志咏，務必讓來客人人都滿意為止。結果，她畫了兩遍莫言，第二次畫得惟妙惟肖，端的是佳作！莫言憨厚懇摯的容顏，在青霞的筆下，栩栩如生，呼之欲出，他倆拿了畫合影，作畫的和被畫的同樣笑得開懷！那畫上得題個甚麼字呢？兩人略加思索，說不如寫上「莫言笑」吧！寫完後，青霞隨即簽上大名，結果前後連成一氣，變成了「莫言笑青霞」，無論如何，那天下午，不管是莫笑還是青笑，大部份時間都是在哈哈大笑中度過的。最有趣的一樁是，拍照時，大家提議說「莫老師，你得把眼睛睜大些」，莫言答得委屈，「我的眼睛睜得最大，也就是這個樣子了！」青霞聞言，撫掌拍手，仰天大笑！

不知不覺間，幾個鐘頭過去了，已經喝了香檳，吃過了三種蛋糕，多樣小食，然而大家談興未了，不知道誰提起了餃子，對好客的主人來說，這下可是正中下懷，原來青霞家的餃子，是遠近馳名的，她最喜歡讓能幹的菲傭包了餃子，

二〇二三年，莫言與林青霞相會於香港。（林青霞提供）

不時送贈各方友好。於是，長桌上，端上了餃子，打開了茅台，又是新一輪的開懷暢飲，舉杯言歡。來客還不知道青霞與餃子的故事呢，話說當年在台灣，有個年輕小夥子熱烈追求她，甚至提出要帶她去美國開餃子鋪的前景作為利誘，那年代，能去美國可是很稀罕的，假如當時她真動了心，這世界上，可不知在何時何地會多了個餃子西施，而華語影壇就少了個電影皇后了！

這場別開生面莫林會，就如此在最融洽協調、毫無隔膜的情況下，延續了五個多小時。是兩位山東老鄉坦誠率真的交流，是他們所講故事的溫度、質感、脈絡、經緯，融化了時空的距離，點燃了內心的火花，讓出生背景迴異、成長環境大不相同，而又在各自行業中出類拔萃的人，驀然相遇，一見如故。

臨別，莫言在進電梯時，對青霞說下次到香港，他還來吃餃子；青霞趁着電梯在緩緩關門，兩手提着裙子，優雅的半蹲，做了個謝幕狀。

二〇二三年五月二十九日

二、暖心親情

現在我都明白了

很多年前，老爸老媽年邁的時候，還有興致去旅遊，但是畢竟行動不夠利索了，總得出門前靠子女去張羅，出門後讓小輩去扶持。那年代，正值自己在工作上忙得風風火火，經常東奔西跑，不能時時刻刻陪伴在父母身旁。每當媽媽說起「日本很好玩，上回去，跟錯了旅行團，行色匆匆的，啥也沒看清楚」；或爸爸提到「五大洲：亞洲，美洲，歐洲，非洲都算是去過了，就是澳洲還沒有踏足過」，就會感到有點歉意，總想在忙中偷閒，抽個時間出來陪他們到外地去逛逛。

於是，九七年前夕，決定帶兩老去美國走一趟。那一回，先去了賭城拉斯維加斯，再坐了幾天赴墨西哥的郵輪，最後一站到了洛杉磯。也許是因為連日奔波，老的小的都累了；也許是事前準備不周，我們第一天住進了一家離市區極遠的旅館，哪裏也沒有去。第二天早上，酣睡醒來，已經很晚了，拖拖拉拉起了床，慢慢吞吞開了門，想去隔壁叫醒兩老，打開門，赫然看到兩老身貼身，背靠牆，並排站在走廊上！

作者年輕時與父母合影

「怎麼回事？站多久了？你們在幹嘛？怎麼不打電話給我們？」發覺自己在一迭聲的發連珠炮，有點氣急敗壞！

「我們一早醒了，就起來了！」

「那為甚麼不叫醒我們？」

「怕你們昨天太累了，想讓你們多睡一會兒。」

「站在走廊上幹嘛？」

「有點餓，不知道到哪裏去吃早飯，就在這裏等等。」

這時候，猛然發現爸媽的身形很相似，以前爸爸是精武體育會的會員，常打太極拳，總覺得他體壯力健，相當高大，誰知道上了年紀就慢慢縮矮了；媽媽一輩子謹守家訓，腰板挺直，所以到老居然跟老爸高度相符了。只見兩老瘦瘦小小，弓身而立，就像一對小腰豆，彎彎的，靜靜的，靠牆站在陌生他鄉一家遠離市區旅館的走廊上，提着小包，餓着肚子，不忍心叫喚小輩，默默守候着他們不知何時「自然醒」！

記得當時有點焦躁，覺得他們行為舉止簡直莫名其妙，幹嘛不聲不響站在走廊上呢？也不知站了多久了，肚子餓早點出聲囉！多年後的今天，爸媽早已不在了，每一念及那對「小腰豆」在走廊上默默站立，那麼無助，那麼惘然的情景，就會滿懷歉疚，心中惻然！

如今，我終於明白了。每當子女在忙中偷閒，請假陪我外遊時，一幕幕歷史彷彿在眼前重演。旅途中與他們不同房時，早上梳洗完畢，絕不會致電騷擾；與女兒同房時，每朝晨起，望着她沉睡的臉孔，想着她平日工作繁忙，此時難得休假，也只會自己在房中躡手躡腳悄悄走動，怎還捨得把她叫醒，催她起床？早餐呢？不打緊，忍一忍，也許，先塞兩塊餅乾吧！

「當日父母念，今日爾應知」，白居易早就說了！

現在知道的，又豈止這些？隨着歲月的流逝，自己也邁入桑榆之年，回想起來，當年對父母的一舉一動，覺得不明，覺得可笑，甚至覺得不可理喻的地方，如今都已漸漸明白起來，假如兩老還在，跟他們之間可有多少彼此心領神會互諒互解的時刻？

再也不會認為老爸麻煩了。年輕時，他愛新鮮，哪裏有新館子開張就哪裏去，興致勃勃的笑得開懷。到了他晚年，好不容易抽出時間來陪他東家試西家嘗，他一進餐館就皺眉頭，望着冷氣口避來躲去，如臨大敵；坐下椅子，軟的腰背痠，硬的臀部疼，縱然滿桌佳餚也於事無補，於是吃來吃去，還是去慣那家老飯店好，同樣的位子同樣的菜，同樣的侍應同樣的笑！都說老人頑固不化，如今明白，他們要求的不是生活中的變化多端，而是日常作息裏的安全

作者與父母在中文大學合影

感，既然舉目夕照已漫天，但求事事如常，一切依舊！

再也不會認為老媽難弄了。記得從前每次接她上街，常見她面帶倦容，似懷心事，還以為她諸事挑剔難取悅，誰知她年邁氣衰，體力不足，不願放棄跟子女相聚的機會，但是身體不適，又如何強裝笑臉？她性格堅強，有苦自己吃，有病自己忍，不捨得讓小輩操心擔憂，任何事做得來的絕不假手他人。於是，往往造成了硬朗的假象，使人以為她無病無痛，一切順暢！誰體會她內心有多少難言的惆悵與苦楚？到了耄耋之年，她再也不看悲劇，不談傷心事；過年過節，再也不讓大家口出不吉不利的話語，一輩子大風大浪經歷過了，到了晚年，盡頭在望，只求平平安安，歲月靜好！

那些年，猶記得一兩日不通電話，父母來電殷殷垂詢的焦灼；每次週日相聚後送他們返家，兩老倚門握別的依依；天氣乍暖還寒時候，他倆仍如昔日一般的反覆叮嚀，這一切，當日不在心上，如今念念不忘！不錯！現在，我都記得，我都明白了！

二〇一七年一月二十八日

拐杖

「啪」的一聲，一不小心又把拐杖摔在地上了，還不是木板，是磚地，叫我心疼不已，生怕摔壞了那手柄的地方。這拐杖精緻玲瓏，杖很細巧，柄很圓順，那柄握在手裏，溫潤如玉，顏色晶瑩剔透，好似琥珀一般。

不知道自從哪一天開始，這原來屬於媽媽，早已安躺一隅的拐杖，居然從退役之處給奉召到前線來了。徵召的過程並不簡單，先得請教老傭人有關它告老還鄉的去處，再得翻箱倒篋，折騰一番，才把它給施施然請出來。所幸時隔多年，它倒是歷久彌新，還是這麼靈巧，這麼合用，只是歲月匆匆，不老之物，遇上易老之人，已經換了一代主子了。

這拐杖可是頗有來歷的。

有一年，隆冬時分，行走在東京銀座的街頭。當時一心只想在那時尚集中的地方找到一件鮮紅的外套，可以在過年過節或喜慶場合穿着。中國人喜歡紅，對日韓等地在婚宴上穿黑着白的習俗，覺得簡直不可思議。那時候，明明衣櫃裏已經有好幾件紅衣了，想着快又要召開甚麼會議了，參加甚麼講座了，一件新的紅色戰衣，倒是不可或缺的呀！正走着，忽然迎面來了一位銀髮亮麗，儀容端莊的老太太，走得很慢很優雅，引人注目的除了一身典雅的套裝，還有手上那根纖麗的拐杖。只見她一杖在手，並不顯得老態龍鍾，那拐杖恰似與整體打扮融洽無間的搭配物。

「這可是我遍找不獲的寶貝了！」當下不由得在心中暗喜。那年頭，媽媽已經邁入松柏之歲，年輕時步履矯健的她，再也不能隨心所欲的到處行走了。總怕她年邁體弱，會不慎摔跤，叮囑她出門帶根拐杖，偏偏她好勝又倔強，嘮叨了半天，只肯拿把雨傘扮手杖。然而合攏的雨傘，傘頭滑，傘柄粗，長短不配合，拿了只不過聊備一格自我安慰罷了，到節骨眼上哪裏派得了用場？於是，我由我規勸，她由她拿傘，日子就在一人囉嗦一人執拗的狀態下，一天一天的過。

那天，在人來人往的銀座街頭，忽然讓我看到了那根纖巧秀麗的拐杖，不知哪裏來的勇氣，我衝上前去，張口就對着老太太用蹩腳零碎的日語發問：「可幾啦瓦」（這個），我指着她的拐杖，「多可誒一開馬斯？」（去哪裏？）她看來有點吃驚，但仍然保持禮貌微微笑着，「噢嘎桑，噢嘎桑」（母親，母親），結結巴巴之餘，又加上了指手畫腳，她看似明白了，於是點點頭，並示意要我跟着她走。我們兩人一前一後穿過了幾個街口，老太太一路不停回望，看看我有沒有跟着，讓我在冬日的寒風中感受到絲絲暖意。終於來到一個商場，她拾階而上，帶我到一家小店的門口，向我含笑致意，似乎在說，「就是這裏了」，然後才轉身離去。

這是家專賣拐杖的小店，款式繁多，色彩繽紛。我選了一把跟那位老太太手上相似的絳紅色拐杖，店員小心翼翼用有限的英語和我溝通，一聽是買給媽媽的，他就很認真的用手比劃，想知道她的身量有多高，然後努力示範用法。原來，這日本製造的手杖是可以調校長短的，不但如此，不用時還可以摺疊起來，放在手袋裏輕巧簡便，易於攜帶。

回港後，這拐杖就成為了媽媽的隨身寶，從此須臾不離。媽媽出身於上虞鄉紳之家，自幼養成了良好的品味，後來雖然經歷了那一代人的戰亂頻仍，顛簸流離，但對生活仍有要求。衣着雖不趕時髦，卻必須搭配得宜。這一根紅底銀花的手杖，精緻秀麗，既很實用，又不累贅，使她不再抗拒。愛美的人大概都一樣，幾年後重遊日本，又買了一根紫綠相間的手杖送給齊邦媛教授，聞說優雅的她也欣然用上了。

此後的日子，雖有傭人陪同，媽媽上街購物，帶着拐杖；打牌散心，帶着拐杖；求醫看病，帶着拐杖；探訪親友，也帶着拐杖。最開心的當然是每週末讓女兒女婿陪同出外午膳共聚的時刻。兩老上了年紀之後，根本不想到處嚐鮮，只想平平安安跟小輩相聚，同一地點同一菜單，就是最有安全感最令人愉悅的選擇。於是，那開設在美麗華商場的「香港老飯店」，就成了每週必到之處。從地下緩緩上去，首先看到的是劉海粟題寫的招牌，進了門，老爸忙於跟熟悉的夥計打招呼，老媽拄着拐杖在後跟着。到了預先留座的位子，張羅兩老坐下，媽媽必定先慎而重之囑咐傭人把至愛的拐杖好好平放在落地的窗台上，才放下心來。須臾開餐，桌上，是熟悉的精緻點心美味佳餚；窗外，則隨着季節變化迎來冬日的暖陽或夏天的濃蔭。兩老含笑開懷，其樂融融。如今想來，那該是他們每週最殷殷期盼的時刻。

這樣的日子過了很久，父母終於相繼歸去，是媽媽先走的。她留下了很多衣物，都已經先後送人，唯有這根拐杖，曾經讓她終日依靠，從不離身，又怎忍斷然捨棄？拐杖上帶有媽媽的手澤，握着手柄，就如同握着媽媽的手，頓覺母女連心，似乎還可以感受到她正待在身邊對我細心呵護。

她留下的拐杖，完整無缺，象徵着她那歲月靜好的晚年；而今留待我偶爾使用時，卻不小心給摔了幾次，手柄上居然出現了一些花痕，難道是媽媽在告訴我，當下世態紛擾，必須寧心靜氣，自求多福嗎？

二〇一九年十月二日

作者母親經裕苞女士

夏日最後的玫瑰

前幾天，跟青霞聊天時，忽然談到了彼此的父母。這世上，一般人談起子女或孫輩來，都是樂呵呵，喜滋滋的，那股得意勁兒，壓都壓不住，彷彿口中的心肝寶貝，不知如何聰明伶俐與眾不同，簡直是天上有，地下無！至於要在閒談中說起自家的父母，那可是只有熟朋友之間才會涉及的話題啊！

我們倆談父母談得起勁，忍不住說到了他們各自的姻緣。青霞的父母是在時代變遷顛簸流離時邂逅的，她父親高大威武，還以為他必然是永遠高高在上，發號施令的，誰知道她說，母親才是家中的「權威人士」呢！至於我的爸媽，他們乃屬於「父母之命，媒妁之言」盲婚啞嫁的那一代，結婚前，兩人根本互不相識，從未見面；結了婚，那就是一輩子的事了。這樣毫不浪漫的傳統婚姻，居然悠悠長長維持了七十七年。

老爸跟老媽的性格，南轅北轍，如果是自由戀愛的話，很難想像這樣不同習慣，脾氣，愛好的兩個人，怎麼可能生活在一起，那豈不是等於從前小學算術題中的「雞兔同籠」了嘛？偏偏這兩個性情迥異的人，就這麼在命運安排之下，同甘共苦相依相守了這麼多年。

老爸和老媽是同鄉，都是浙江上虞人。男方是大戶人家的長子嫡孫，女方是舊派鄉紳的黃花閨女。一個家住西河沿，一個來自東門內；一個姓「金」，一個姓「經」（用江浙話來發音，兩者毫無分別），從客觀條件上來說，這門婚事的確是門當戶對的絕配！於是，在如今看來少不更事的十八歲上，經家大小姐就順理成章的變成了金家大少奶了。

小時候，大約六七歲的光景，媽媽曾經把她的一件嫁衣改成了我的童裝，那粉紅的緞子衣料柔滑細緻，上面鑲滿了閃閃發光的水鑽，美得不得了；長大

作者與夫婿為父母慶祝結婚五十週年紀念

後，媽媽曾經告訴過我，她出嫁時是鳳冠霞帔，雙手戴滿纖長華麗指套的，這可讓我想起古裝片中新娘子的裝扮來。當時心中暗忖，如果時光可以倒流，我恨不得穿梭回去，好好見識一下爸媽在鄉下大屋中舉行的婚嫁盛典呢！

成了親，這兩個陌不相識的大孩子到底是怎麼磨合過日子的？我可想像不出來。記得媽媽一再說：「儂爺剛結婚時，又黑又瘦，怎麼看都看不上眼！」也許，十來歲的男孩，當時還沒發育齊全吧！我爸到了二三十歲時，倒是長得相當登樣的，可能也自知相貌不俗，因此養成了他一輩子愛美的習慣。

到了婆家的生活如何？婚後第三天，嬌滴滴羞答答的新嫁娘就必須洗手做羹湯了。一上來，先奉命燒一道鯽魚嵌肉丸，一屋子的老老少少都在後面觀望着，小娘子不由得心驚膽戰，生怕煎的魚一翻身，就皮破肉碎，潰不成形了。原來媽媽此後的烹飪絕技就是這麼磨煉出來的。她的豆沙粽、金銀蹄、葱油開洋等名菜，如今已成絕響，孫輩一提起婆婆的這些佳餚，至今還會流口水，同時也不免趁機數落他們的老媽一番，怎麼在主持中饋一事上，如此不成氣候，竟然讓家中秘笈失傳！

當年爸媽婚後不久，新郎就到上海「學生意」去了，年輕的新娘從此就擔當起伺候公婆，打點家務的重任來。也許，媽媽秉性剛毅堅強，因十一歲時外婆去世，她從小生活在後母陰影下，練就了不怕吃苦，碰到越難的事，越能咬緊牙關熬下去的本領。後來日本侵華，全家移居上海，我那浪漫衝動又是大影迷的老爸，出於愛國情懷，誓要為中華文化做點甚麼，居然跟一些志同道合的年輕朋友組織影業公司，大撒金錢拍出幾部叫好不叫座的電影來。電影賺不賺錢，老爸根本沒放在心上，他只管做他的老闆，在外頭鈔票大把大把的散出去；媽媽則在家中省吃儉用，一個銅板一個銅板的省下來！

由於飽受戰火煎熬，以及長年累月奔波辛勞，媽媽終於練成了一名不折不扣的「揚眉女子」。太平洋戰爭爆發，因為老父急病，她單槍匹馬帶着兩個兒子，在兵荒馬亂中越過重重封鎖，從上海輾轉返鄉去探親。四九年後，她又扶老攜幼，從上海經天津轉香港到台灣跟已在當地就業的父親會合。因此，在我當年幼小的心目中，總覺得媽媽是刻苦耐勞的實幹派，有甚麼困難事，操心事，一推給媽媽，她總會務實沉穩的去解決。媽媽就是媽媽，好像跟「漂亮」、「打扮」等字眼，完全沾不上邊，記憶中她更似乎從來沒有年輕過。

一九五六年，我們舉家搬遷來香港後，日子才慢慢安定下來，父母得以常

作者父母慶祝結婚七十週年紀念

年守在一起，那時才發現這兩個妙人的生活起居，愛好習慣，實在是太天南地北了。爸爸最喜試新，凡事越新鮮越好，新開的館子，新上的戲碼，都得去嘗一嘗，看一看，趕個熱鬧；媽媽非常守舊，最得意的事，莫如家中的電冰箱、電視機，用了十幾年還運行如常，可以地老天荒一直守下去。爸爸喜歡吃西餐，牛排色拉，蛋糕麵包，都是不可或缺的心頭愛；媽媽卻是國粹派，百吃不厭的是一碗大米飯配鹹魚豆腐加白菜。爸爸喜歡照鏡子，每日晨昏霸住洗手間不出來；媽媽化妝品不多，梳洗打扮只花幾分鐘，我小時候，她常把口紅當胭脂，往我臉上塗。儘管如此，直到晚年，爸媽都很注重衣着，在愛美這一點上，兩人倒頗為一致。

我的兩個小家伙管公公叫「老頑童」，婆婆叫「老頑固」。頑童與頑固共處一室，矛盾衝突，無日無之。兩老結婚六十五週年時，老爸在一本東亞銀行的小日記本中，尋尋覓覓，發現五十年是金婚，六十年是鑽石婚，那六十五週年呢？怎麼沒啥特別的名堂？於是尋思一番，忽有所悟，原來兩人吵吵鬧鬧數十載，天天「罵鬧」一番，乃維繫情感之良方，於是得意洋洋戲稱之為「瑪瑙婚」！

二〇〇六年七月十日，媽媽在家中不慎摔跤，跌斷了髖骨，痛苦不堪，進出醫院數次，仍無法治癒。過了不久，就到了她農曆生日的時候。那天，老爸除了叫菲傭買蛋糕之外，還特別囑咐她去買一束紅玫瑰。蛋糕是必備的，慶生的老媽最怕奶油，一旁祝賀的老爸卻特別愛吃。他還喜歡點蠟燭，唱生日歌。擾擾攘攘到了晚上，爸爸忽然發現傭人忘了買玫瑰，這可如何是好？看着他急得如熱鍋螞蟻的模樣，我匆匆在桌上找了一張紙，一枝筆，悄悄跟他說，「你就自己畫一下吧！」

從來也沒有見過老爸作畫，幸虧是畫玫瑰，九十幾歲老人顫巍巍的手，畫起鋸齒狀的線條來，還有點玫瑰花瓣的樣子，不一會，老爸畫好了，像一幅幼稚園的兒童畫，不好意思的塞給老媽看，老媽裝出不屑一顧的樣子，隨手一放，繼續看電視。不一會，兩人趁小輩不覺，相視一笑，霎時間，發現兩老的矛盾，原來早已在悠悠歲月中取得了統一。

記憶中老爸好像沒有給老媽送過花，那年八月十四，媽媽就撒手塵寰了。七月生日那天，她從老爸手中接過的紙上玫瑰，就是一束「夏日最後的玫瑰」！

二〇二二年六月四日

父親節念父親——記我那無可救藥唯美浪漫派老爸

「談起爸爸，能想起的形容詞——偉岸、嚴厲、慈愛、沉默、大山……」，這是某週報在一堆父親節感言前所加的編輯按語，看了不禁啞然失笑，以老爸對我來說，這些詞彙，除了「慈愛」之外，簡直一個也用不上，不！連「慈愛」也不合用，根本是「溺愛」才對！雖然「溺愛」是個動詞，不是形容詞。

生長於許多年前的上海，自小到大，我從未嚐過傳統家庭裏重男輕女的滋味，我沒有姐妹，只有兩個較我年長不少的哥哥，自一出世，就是爸爸心目中千盼萬望才得來的「囡王」，鬧不得，罵不得！從來只有我對爸爸發脾氣，沒有爸爸對我疾言厲色的時候。老爸一點也不可怕，倒是媽媽很有威嚴，記得有一回媽媽返鄉省親去了，那一個月，我幾乎可以天天不讀書，每晚跟着老爸到處串門子，快活得很！到我長大成人了，媽媽還不時提醒老伴：「這孩子，要不是我從小管得嚴，早就給你寵得不成樣子了！」

其實，由於我自小體弱，生過幾場如白喉、腎臟炎、百日咳等大病，所以父母對我特別呵護，凡事都很放任。老爸總是緊張的叮囑：「你可不要考第一名，

作者幼年時與父親合影

讀書過得去就可以了，眼睛最要緊，要好好保護，千萬不要變近視，你那『桂圓眼』變成『瞇起眼』就糟了！」我在小學偶爾考個第一時，他又忘了自己說過甚麼，到處去宣揚「女兒老是考第一」了，讓小時的我感到很難為情。

生活在十里洋場的大上海，雖然出身上虞鄉紳之家，也沒進過洋學堂，爸爸可是個十分時髦先進的開明派，不但喜歡穿西裝，吃西餐，在朋友游說下投資開設新派西餐館「金谷飯店」，還有興趣在上海孤島時期籌組民華影業公司，於一九四〇年一擲千金開拍創業鉅獻《孔夫子》。還記得他跟電影界、戲劇界的朋友相熟，常帶我出入名伶巨星的廳堂，甚麼梅蘭芳、金少山、周璇、金燄、劉瓊、石揮等名字，不停在耳邊蕩漾。我唯一的姑姑出嫁時，在爸爸的統籌下，排場可不小，上個世紀四十年代的婚禮，不但披婚紗，奏西樂，還要來個新娘步入禮堂的洋儀式。小不點的我，擔當花童重任，爸爸特地請來費穆當導演，記得費大導親自示範，一面牽着我，一面嘴裏哼着結婚進行曲：「5—1—1—1，5—2—7·—1」，教我在甬道上向左右兩邊灑玫瑰花瓣時，記得要按照音樂節拍「走三步，停一步」！

記憶中，爸爸對美麗的人、事、物都很着重，對於物質錢財卻一點觀念都沒有。小時候為了哄我第一次去看牙醫，他給我的禮物是一個絳紅色的小盒，裏面裝了一方別緻的瑪瑙印章，從來沒想過給個甚麼紅包之類的俗物。一九四九年從上海搬去台灣後，時代變色，家財散盡，爸爸除了應邀出任「鮮大王」醬油廠經理之外，也曾跟朋友合夥開設了一家「城中夜花園」，園中供應冷飲，播放音樂，讓人於工餘之暇，在露天花園中跳舞怡情。可是在那風氣閉塞，條件落後的年代，那麼一處新穎的場所，要吸引顧客光臨，談何容易？加上台北多雨，老天一不賞臉，潑下水來，那晚的生意就泡湯了。記得有一晚，陣雨剛停，園中無人，生意沒了，四周的彩燈還一閃一閃亮着，在濕漉漉的地上映出倒影，像是點點繁星，老爸帶着我，興奮的教我跳華爾茲，隨着《藍色多瑙河》的音樂轉圈，嘴裏不停的念着「嘭－擦－擦；嘭－擦－擦」，轉呀轉的，一大一小樂不可支，早已渾忘生意的虧損了！

不久，台灣生意做不下去了，爸爸隻身跑到香港去打拼。那些年他的辛勞我一無所知，只知道他在當地為女兒想方設法跟相熟的明星討簽名照，還得附有上款，好讓唸北一女初中的我，帶到課室裏去向同學獻寶炫耀。數十年後翻開重看，我還是給當年老爸的衝勁觸動了，那洋洋數十張照片，包括了李麗華、周曼華、白光、尤敏、葛蘭、鍾情、林翠、張仲文、歐陽莎菲、嚴俊等，幾乎囊括了當年所有炙手可熱的明星，最神奇的是，居然還有主演《亂世佳人》的克拉克蓋博（Clark Gable），傳奇小生詹姆斯迪恩（港譯占士甸）（James Dean），和美艷紅星艾娃加德納（Ava Gardner）的親筆簽名照，真不知道爸爸是費了多大勁，花了多少時間，通過甚麼樣的關係，才替我一張張搜羅得來的！

老爸初到香港時，可能還想從事與影劇有關的工作，記得他曾經帶我去邵氏片場看杜鵑拍攝《紅娘》，去姚克家排練《清宮怨》，浪漫成性的他，曾經為了投資電影虧損無數，但是對當年無私的付出，依然無悔無怨，毫不介懷，因為他

影星簽名照

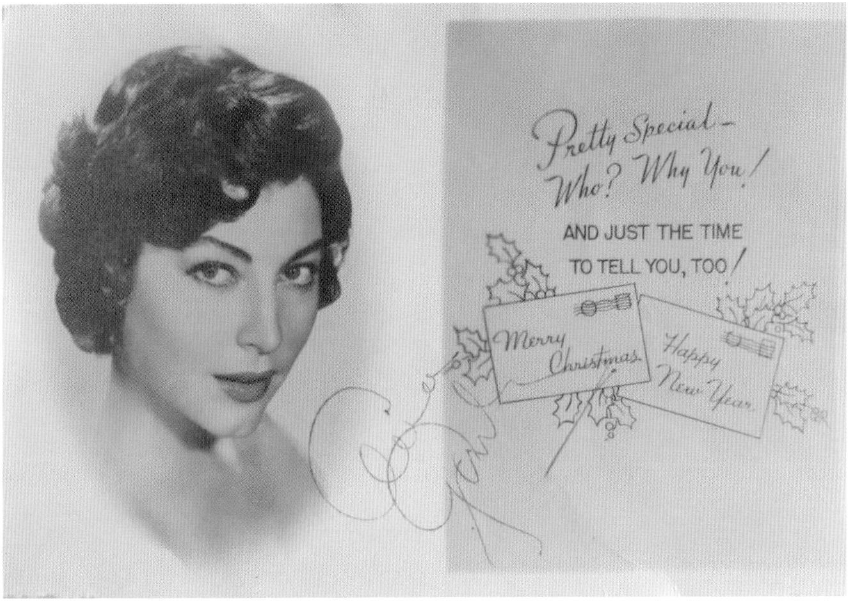

Ava Gardner

James Dean

Clark Gable

影星簽名照

李麗華

嚴俊

周曼華

白光

尤敏

林翠

葛蘭

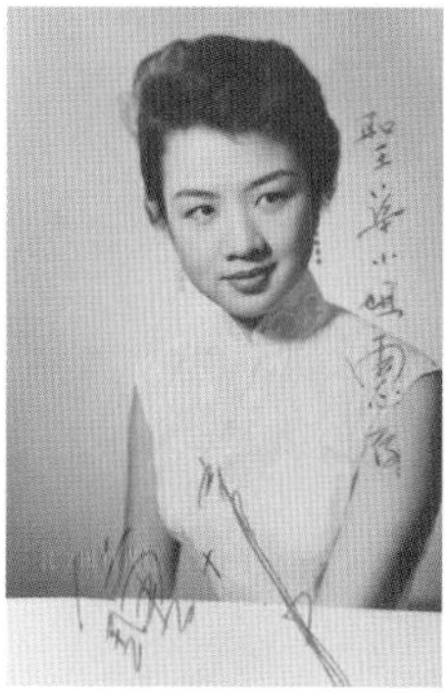

鍾情

韓菁清

朱纓

張仲文

深信，人類應走在「向上」和「向善」的路上，而電影就是「導上」和「導善」最有效的工具。拍攝《孔夫子》時，他尊重費穆對藝術的執着，為了拍好效果，不惜讓整個攝製隊出外景時空耗着，只是為了等一片雲，一場雪！都說拍電影是可以傾家盪產的玩意，年輕的製片家為了認同名導演，竟然可以不惜工本「燒鈔票」，別人八千元拍一部戲，《孔夫子》落成時足足花了十六萬！難怪如今他的外孫曾孫一說起《孔夫子》就搖頭擺腦大大嘆息一番：「唉！公公（太公公）要是當年沒拍電影，去買下幾條街就好了，那我們現在就發達囉！」

當年爸爸自己先來香港，隨後立定了腳跟，再接我和媽媽自台來港團聚。經過多年嘗試，爸爸終於放棄了他的電影夢，從事了保險行業。那年頭，社會風氣保守，從事保險，尤其是人壽保險，是吃力不討好的工作，誰願意跟外人無端端討論自己的身後事呢？再者，當年的香港，還不像如今一般高樓大廈遍地拔起，多的是沒有電梯沒有冷氣的唐樓，為了推銷生意，爸爸幾乎天天要在各處唐樓裏來來回回，奔上跑下，弄得汗流浹背，氣喘如牛，好不容易才做成一筆生意。不過，天性樂觀的他，倒是能屈能伸，一點也不以為苦，主要的原因是他思想先進，認為這份工作不但可以養妻活兒，更可勸人對家庭負責，對子女負責，是十分有意義的事情，因此不但樂在其中，而且幹得有聲有色，每次推銷成功，就會帶我和媽媽去「雄雞飯店」或「車厘可夫」大吃一頓西餐來慶祝，儘管我那性格保守的媽媽寧願在家裏吃餐鹹魚加白飯！

爸爸中年後的生活，雖不如早年般闊綽富裕，但他甘之如飴，而且對美的追求，堅持不懈，始終如一。他可是比他那年代走得快一步，早就意識到男士也應護膚保養了，雖然當時所用的護膚品不過是媽媽的「旁氏冷霜」而已。爸爸每天早晚都注意洗臉潔膚的程序，媽媽老抱怨他霸佔着洗手間不肯出來，走到哪裏又愛照鏡子。老爸長年累月注意保養的結果，讓他年近百齡時，臉上仍然不見老斑。老爸自己愛美，對身邊至愛的女兒，當然更要灌輸美的教育，維護美的尊嚴了。記得有一次他為了我跟裁縫大吵一架。當年，時裝店仍不盛行，要出入光鮮，身上穿着都得靠裁縫度身訂做的。一件衣服從選衣料，畫式樣，量身材，試身，修改，到最後完成，是一套相當繁複的工序，裁縫做得不合尺寸不合心意而要大改特改，是常有的事。有一回，裁縫上門來試身，不知怎的，那次所做的衣服全不合身，他又死不認賬，還要不斷找藉口為自己開脫，嘴裏喃喃不絕；「不關我的事啦！你自己腰身長，我根據你的身材，做出來就是這樣的囉！」這時，爸爸恰好從外面回來，一進門，外衣未脱，聽到裁縫這樣辯駁，不禁怒從中來，不由分説衝到裁縫面前，指着他鼻子氣沖沖喝道：「甚麼？你你你説甚麼？」我很少見過他這麼大發雷霆，大動肝火的，「我女兒腰身長？你胡説八道甚麼呀？有沒有長眼睛啊？」原來，爸爸心目中的美人必須腰短腿長，合乎黃金比例的，而眼前，這裁縫佬不識時務，竟公然污衊他心目中完美的女兒形象，是可忍？孰不可忍？結果，裁縫給他轟了出去，從此不准上門。又有一回，那時候爸爸已經進入暮年了，有一晚身體不適，尿管阻塞，緊急狀況下，呼喚救護車前來送院疏導，誰知道等到救護車到達大廈時，他已經由傭人攙扶着下樓了，門口的人員正拿着擔架準備上前救護，抬頭一望，不由得呆住了，脱口説道：「阿伯，你做咩嘢？你伊家去飲啊（粵語「喝喜酒」之意）？」原來凌晨時分，惶惶然等候救援的耄耋老人，不但衣履整齊，西裝筆挺，還打了一條紅領帶！

老媽跟老爸性格南轅北轍，一務實一浪漫，她最看不慣爸爸喜歡幹「空頭事」。所謂的「空頭事」，就是不為名不為利，堅持一己的信念，只求付出，不計回報的傻事。一九九一年我出任香港翻譯學會會長時，為了慶祝學會成立二十週年舉辦十項活動及紀念傅雷逝世二十五週年成立「傅雷翻譯基金」，邀請

一九九一年作者與父親合影於傅聰演奏會上

傳聰來港義演一場募集款項，當時在無兵無將，沒錢沒勢的狀態下，要舉辦如此大型的活動，實在是有些不自量力，所幸老爸一聽，勁兒就來了，不但替我加油打氣，還出謀獻策，將當年為推廣《孔夫子》的看家本領都使了出來。他說，要推動這些，首先得找人贊助，贊助人得分鑽石、翡翠、金、銀等不同級別，接着，他為我動員了所有的人脈，到處去説項，包括去找蘇浙同鄉會、上海同鄉會的諸多老友等等，在他的不斷努力之下，總算籌募到了推行各種項目所需的「啟動資金」（Seed Money），使往後的一切步驟得以順利進行。老爸當年已經八十出頭，還興沖沖的在八月酷熱的驕陽下，大汗淋漓的跑到北角去，只為了替我張貼一張演奏會的宣傳海報。只記得那段日子，父女二人為了這項慈善工作天天埋頭商討對策，忙得不亦樂乎，我可從來沒見過老爸這麼起勁去買樓或炒股票的。

如今，老爸走了十三年了，一想起他，只記得他笑口常開，知足常樂的模樣，心中自有一股暖流汩汩流過，使我開懷，讓我坦然。爸爸留下的不是錢財，不是權勢，而是他的豁達，他的開朗，他那毫不掩飾的真性情，他那對美對善追求不懈的生命力！因為他，我學會了感恩，對於日常生活中每一樁平凡而美好的事物，心存感激；因為他，我學會了讚美，對於身邊的人物，每一樣傑出的才具，每一件無私的善行，衷心讚賞；也因為他，使我深深明白，為了自己篤信不渝的原則與價值，只求付出，不計回報的舉措，雖然傻，卻又使人內心如此富足而充實！

二〇二一年六月二十一日

與女兒同遊

「你別站在當路口，人來人往的，小心別給人撞到！」女兒一面趕着去買地鐵票，一面急急忙忙在旁叮嚀。望着她負荷着背囊快步疾走的身影，怎麼竟有些駝了？敢情是背囊太沉了吧？除了必要雜物和那本重重的旅遊書，還得帶上我的暖水壺，我的太陽傘，我的冷氣外套，我拿不動的種種隨身物品。原來所謂的隨身，不是隨我的身，而是隨她的身，讓我需要時予取予求。

跟女兒出門同遊，是期待已久的樂事。這一回，原本打算在新春期間赴泰旅遊，陰差陽錯，竟然延到了五月母親節的時候；而原來計劃在五月底的行程，又因為她假期難得，也就按時進行，這麼一來，五月裏一頭一尾母女二人出了兩次門，從南國遊到了北地。

自由行嘛！這是當今最流行的旅遊方式，年輕人誰還耐煩去跟旅遊團綁手綁腳？可是帶老媽自由行，這自由度就得打折扣了。行程得預先設計好，按照老媽體力精力的能耐好好調配，哪裏在腳程之內可以去，哪裏在偏遠地方不可去，總之一日一景點，不可造次；至於哪天酷熱，哪天下雨，都得預先設防；而有關沿途的路線，在哪站換線，哪站上下，則更得事先研讀，精心部署。於是，自由行就在一人辛苦領軍，一人懵懂相隨的狀態下展開了。

一路上，走走停停，沒有時間限制，凡事隨心所欲，倒也閒適，只是地鐵站裏那上上下下的陡峭樓梯，可不是旅遊書裏清楚列明的。「你站着，別動！我去看看有沒有電梯！」女兒每到一站，必然要到處視察，尋找捷徑；找不到電梯的時刻，就會小心翼翼的扶着我爬上爬下，以策安全。「好了，到平地了，別攙了！」為了要表示獨立，我急忙宣告。感覺上，自己剛才彷彿變成了慈禧太后老佛爺出巡似的，怪不好意

一九九一年作者與女兒合影於多倫多

作者與女兒合影於郵輪上

思！可是忙亂中又偏偏不爭氣，顧得了腳下，顧不了手上，進地鐵站時，竟然拿出旅館卡當成地鐵票，難怪拍來拍去也不生效！

就如張曉風所說的「羞赧的，彷彿小孩剛做過小壞事似的」，發覺自己在笑，訕訕笑，咭咭笑，不知如何，難以自抑的笑！這表情，該不陌生吧！媽媽在生時，凡事精明幹練，就是沒有方向感。每次出門，該向東的必向西，該向西的必向東，百試不爽。有一回要搭地鐵時，她竟然一馬當先踏足扶手電梯往上走！我們大家群起而攻之，數落她怎麼東西莫辨上下不分，記得她當時就是這樣笑的！

儘管事前籌劃周詳，身在異國，人生地不熟，總也有找不到目的地的時候。大熱天，日頭曬，我認為最好的辦法就是隨街找個當地人去問路，偏生女兒喜歡在背囊裏掏出旅遊書大地圖來細細研讀，這不是消耗精力，浪費時間嗎？「你愛問你去問囉！」女兒總是不太積極。於是我就自告奮勇，拍馬上陣，也碰到過愛理不理的，也找到過熱心帶路的，跟當地人用英語交談，夾雜幾句剛學會的本地話，加上指手畫腳，搖頭晃腦的一輪對答，有時順利，有時不得要領。這邊廂，女兒卻早已經找到路線了。「你為甚麼總是不敢去問路呢？」我還在為剛才的表現洋洋自得，她卻回答：「不是不敢，你知道，在旅遊時研究地圖，自找方向，也是一種樂趣啊！」原來，這是樂趣，不是麻煩？

老伴還健在的時候，最愛旅遊，有時跟團，有時自由行。他極有方向感，每到一處，無論大街小巷，只要走過一遍就牢記不忘了。要他隨街問路，那可是強人所難，期期艾艾不肯就範。總嫌他性格內向，為人羞怯，誰想到原來一人的煩事，竟是另一人的樂趣呢？

有一回隨旅行團去仙台旅遊，一日中午時分到了一家拉麵館午餐。日本人做事特別周到執着，大隊人馬駕到，拉麵居然還以一碗碗慢慢煮，慢慢上的。老伴坐在進門口處，拉麵上一碗，他向裏遞一碗，口裏忙說：「你們先來！你們先來！」結果團裏年紀最大的是他，最後一個吃完的也是他！其他年輕的團友早在一個鐘頭前已經衝去大街「血拼」了。

曾經怪他多管閒事，太不顧自己了。這女兒的行止怎麼就是他的翻版呢？在北國的地鐵中，一個學生模樣的年輕人埋頭忙於弄手機，聽耳機，下車時居然把裝有信用卡的皮包漏下了。車上多的是本地人，女兒這外來客一見，卻趕忙拾起，說是要好好保管，到總站時交給管理員。到了總站，渺無人跡，一個當值職員也不見，這可如何是好？懷裏揣着他人的信用卡，言語不通，求救無門，難道就此為了他人的財物癡癡的耗時耗力等下去？正徬徨無計時，看到車站一角有個圖書室，室內有個書生模樣的年輕人，我說找他吧！果然，通過他的幫忙，傳譯，折騰了一番，交出了失物，終於解決了問題。母女二人又可欣然上路了。

「我在想，將心比心，假如丟了東西，也希望有個善心人會幫我拾起。」女兒滿足的笑了，這笑容似曾相識，怎麼這麼像她老爸？

二〇一五年六月十二日

二〇二三年作者與女兒合影於首爾

我家男兒郎

這是一本二〇二〇年的小小記事冊，淺綠封面，燙了金邊，上面還有朵朵金蕊粉白的小花，一隻蝴蝶輕輕伏在一側。年初時兒子從背囊裏掏出小冊來，一把塞給我說：「喏，給你。知道你還是在用記事本，不肯把事情記在手機裏。」「哪裏找來的？」「今天走過一家書店，看到了，覺得很適合你，所以就買了。」他說得輕描淡寫，我聽得心中暗喜，這可是一個平時根本不在乎過年過節大咧咧的小子，不知怎的突如其來的貼心之舉呀！

打開記事冊，我趕緊把今年的主要大事按序記下。首先，是去年已經訂下的七次旅遊：包括六月去上海觀看《趙氏孤兒》首演，七月去英倫參加孫兒畢業典禮，十一月去台北參加小學同學會的行程；再寫下白先勇來訪，中文大學文學獎頒獎，《青春版牡丹亭》公演等等文化活動的日期；接着加上每週跳舞班，水中運動課的時間表，已經是洋洋大觀，多姿多彩的了！

萬萬想不到的是，一月底世紀疫情突然爆發，恰似洪水氾濫，狂風吹襲，瞬息間將一切席捲而去，摧毀殆盡！宅在家中無事，打開記事冊，看着密密麻麻的小字，不由得啞然失笑，太諷刺了！這一切的一切都得註銷，本以為節目豐富的日子，原來根本不必填寫甚麼，只要空白空白，一片空白，就已經呈現實況了。那麼，這精緻美麗的記事本，又要來何用？

小冊子無用，小夥子的心意卻還是照受不誤。都說男與女天生不同，性格如火星撞金星，要一個成年男兒，除了受差遣電視壞了修電視，長輩不適送湯藥，新居入伙前找人裝修之外，還得知道老媽IT白癡，可又喜歡纖麗圖案的小本子，倒也不是必然之事。平日裏，他只會對我調侃嬉笑，例如：「你真是不會生，怎麼生個兒子既不夠老爸高，又不夠老爸帥？」又比如：「我見過的靚女可不少，以我的審美眼光來看，你最多是B級而已，老爸才是A級的帥哥」等等。說完外貌，再評內涵：「啊呀！虧你還在大學教翻譯？真不好意思，怎麼教出的兒子中文不行，英文又不靈呢？」

原來，他從小就不是一個墨守成規，一味死讀書的孩子。那時候就讀半山名校小學，天天功課堆到眼眉高，中英算等科目，三日一小測，五日一大考，替他請了補習老師，似乎並不管用。英文科發回考卷，不及格，因為填充題，填寫了I am a book, my brother is a pencil. 傳統名校要求的是循規蹈矩，即使文法無誤，可並不容許孩子在試卷上寫童話的。自然科目必須回答「皮膚的功能」，結果又不及格，因為把皮膚上的「污垢」，填寫了「老泥」；皮膚上的「汗腺」，寫成了「小洞」；皮膚的作用，寫成了「包住肉」，雖然意思沒錯，傳統名校是不能容忍小孩不按課文自由發揮的。國文更麻煩。有一天晚飯後，看着他睡眼惺忪在準備第二天的國文測驗，雙眼皮早已疊成了三眼皮，口中仍在念念有辭：「口內口咸，口內口咸」，正在納悶間，打開他的格子簿一看，原來小學生上課不專心，把「吶喊」兩個字，拆開成四個字來背誦了！多年後，我把這樁趣事說給王蒙聽，那時恰好跟余光中一起應王蒙之邀前往青島海洋大學訪學，性情爽朗幽默的主人一聽大樂，因為主客皆有相當年紀，遂為第二天課餘的嶗山之遊擬了一副對聯，上聯是「老毛老至」（拆耄耋二字）；下聯為「口內口咸」，橫聯是「老童旅遊團」，第二日三人果然童心大發，在嶗山各自口內「口銜」一管鳥笛，努力競吹，玩得盡興忘齡，不亦樂乎！

小時候兒子功課科科不達標，到了家長日，平日好說話的老爸硬是不肯去出頭，說是「女兒的老師我去見，兒子的老師你應付」。這下可好，硬着頭皮去到學校，原以為面目無光，誰知道國文老師說：「你家孩兒的成績是差一點，不過他很乖啊！總是幫老師派本子」；英語老師說：「成績是落後些，不過，他很樂觀開朗，一定可以追上呀！」原來，他那張老是笑臉迎人的面龐，在節骨眼上，還真起點作用呢！

兒子十八歲那年，當時他已經去加拿大上中學了，經過了十七歲時遭受香港移民富二代的校園欺凌，還是樂呵呵的，居然跟我去美東出席台北一女中的同學會。事前在我竭力游說下，他還以為有許多少年少女會踴躍參加的，一到當地，才發現自己形單影隻，其他都是些阿姨叔叔成年人。也罷！他把心一橫，沒有鬧彆扭，發脾氣，第二天已經跟一堆 uncle 們打起網球來，玩得興致勃勃了。有一位 uncle 對他語重心長的說：「相信我，可以預言，你的笑容將會是你一輩子最大的資產！」

的確如此，一路走來，他經歷了不少跌宕起伏，翻過跟斗，吃過苦頭，但是從來沒有給沮喪失落擊敗過。他凡事是非分明，心中有數，絕不見高拜，見低踩，他若願意，可以把樹上的鳥兒哄下來，樓下看更對他服服帖帖，菲傭姐姐一見他就眉開眼笑。他為人變通，失意時不聲不響考了一個網球教練牌；可又十分低調隨意，一開口唱 K，雖然跟張學友有七八分相似，在公司週年歌唱比賽時得了冠軍，可三千元獎金一早花掉，得獎相片卻毫不在意塞在床底下。

他這種淡泊散脫不事張揚的作風，不知是否遺傳自老爸？說起來，以《論語學而》篇所說的「溫良恭儉讓」來形容他老爸，可是最恰當不過。我那老伴的稟性溫和善良，不在話下，待人接物的「恭儉讓」，卻也如假包換。記得我們還住在中大宿舍的時候，每晨開車送我上班，他都會在半路上跟一班一班開着校巴迎面而來的司機舉手打招呼，看他們兩造熱切開懷的笑容，就知道彼此是相識相熟的，原來他雖及不上東坡居士「吾上可陪玉皇大帝，下可以陪卑田院乞兒」的氣度，但也相去不遠了，校園中的司機看更花王，都是他的朋友；而自己事業最輝煌時期的名片，卻塞在袋裏，從不示人。他的節儉，也相當驚人，從來不會自置華衣美服，他說男士的西裝來來去去一個樣，了不得領子寬一點窄一點，後襟一個叉兩個叉，那又何必去舊換新？於是，高高興興穿上二十年前的禮服去赴宴，誰叫他身材數十年不變，穿上舊衣卻登樣呢？他的忍讓更教人啼笑皆非。出去旅遊，他會向不相識的年輕團友讓座讓菜；若不駕駛而需在路旁攔街車時，跟他一起，永遠搶不到的士，年長的來了，他讓；懷孕的來了，他讓；接小孩的來了，他讓，於是，你就得跟這位君子於驕陽下，晚風中，在街邊地老天荒的一直等下去！

兒子的樂觀開朗，也許更來自他的公公。我老爸生前很愛講「見官高一等」，這句話，聽說是他的一位朋友傳來的，那朋友做不做得到我不知道，老爸可確實身體力行了。因此在我們家裏，從不見諂媚奉承之色，只看到泰然自若之態。對達官貴人根本視若無睹，對文人雅士倒是十分仰慕。老爸喜歡京劇，藝術，文學，電影，以及一切美好的事物。媽媽去世後，爸爸一直臥病在床兩年才撒手塵寰。這兩年他可沒有白過，每天在床上念唐詩，看家書，關心時事，用手打太極，跟菲傭學菲律賓話，活得有滋有味。每當小輩或友人來探望，老爸就在床上仔細端詳訪客的形容舉止，誠心誠意的發掘他們的優點長處，再一一指出，讚賞不已。哪個人要是心灰意懶，落寞不歡，到老爸床前一坐，擔保他可以瞬息重拾信心，自我感覺良好。記得爸爸在失去知覺，離開人世前幾天跟我的最後對話，是稱讚我的打扮：「你的項鏈好美，很貴吧？」我看到他嘴角含笑，眼睛在發亮。

這世界，做偉人的眷屬不易，總是聚少離多；做名人的家人很累，老是自愧不如；做富人的子女很頹，一早就遍享榮華富貴，對一切都不再盡興投入。古

作者與家人合影，左一，先生；右三，父親；右一，兒子（我家男兒郎）；
左二，女兒；左三，母親；右二：媳婦。

語有云：在家從父，出嫁從夫，老來從子。我不必恪守古訓，更慶幸我家祖孫三代男兒郎，樂天知命，淡泊自甘，不是偉人名人富人，卻使我一輩子都沐浴在脈脈溫情中，不難不累也不頹。

二〇二〇年八月二十八日

大哥

每次收到大哥的信，看到信裏對我的稱呼——小妹妹，心頭總是感到暖暖的，彷彿霎時間回到了青葱歲月，自己還年幼，正蒙受兄長呵護備至的照拂，關愛，我們仍然生活在一起，在同一個屋簷下起居飲食，為同一件有趣的事開懷，同一樁揪心的事發愁，日子過得理所當然，根本想不到有一天我們會長大，有一天我們會分開，從此天各一方，相距萬里，唯有靠鴻雁往返，才能稍解思念之情了。

小時候，因為跟幾位兄長的年齡相差太遠，我剛進小學，他們已經在唸高中。平時他們去寄宿，我一個人在家裏待着，在不知寂寞為何物的時候，已經嘗到寂寞的滋味了。所以，最最盼望的就是哥哥們，尤其是大哥放假的日子。大哥自小性情內向，溫文謙和，不是飛揚跳脫，喜歡運動的類型。放假時，他哪裏都不想去，喜歡在家裏靜靜的看書，練字，畫畫，聽京戲。年幼時，我性情急躁，夏天一熱，常會長出滿頭痱子，偏偏頭髮又多，大哥總會耐性的替我梳兩條小辮子，然後，叫我坐在小板凳上，一面看他畫圖，一面聽他為我編故事。大哥其實是個素描能手，只要寥寥數筆，就能勾勒出一個個活靈活現的人物，直到現在，我還記得他筆下創作出來的麵包太太和掃帚先生，一肥一瘦，形象突出。夏日炎炎，悠長的下午，一個講，一個聽，兄妹二人往往就沉醉在意趣妙曼的童話王國裏，渾忘了室內的溽熱和沉悶了。

除了看書繪畫，大哥也喜愛動植物，時而會想些層出不窮的玩意來消磨漫漫長假。那時候，我們住在建國西路一條巷子盡頭的公寓裏，樓下的後院緊貼着一個偌大的公園，聽說是法國領事館的園地。夏天，公園裏的各式各類昆蟲，會不時從敞開的陽台

大哥金紹基

上飛進屋來，甚麼蜻蜓、知了、螳螂、紡織娘、金龜子等等，大哥一看見就高興，常把蟲子抓住，放在透明的玻璃瓶裏，在瓶口糊上一張薄薄的紙，戳幾個小洞，讓蟲子透氣，像養寵物似的天天餵食，我呢？跟在後面團團轉，瞎起勁，像煞有介事。有一回，抓到了幾個金龜子，他又忽發奇想，在金龜子後面綁上一條長線，線上連着一張張紙條，分別寫上「財神駕到，升官添丁」等字眼，然後在窗口放生，讓蟲子隨風四散，即興飛入尋常百姓家裏去。幻想着哪家人看到飛蟲後的驚愕表情，我們就一起得意的掩嘴偷笑。

記憶中，大哥最愛貓，曾經養了一隻溫馴的貓咪，他到哪裏，小貓就跟到哪裏。後來，我們搬家了，搬家的那天，大哥仍在學校寄宿，匆忙中，沒有人想起在外遊蕩的小貓，到了晚上搬到新屋，才發現貓兒不見了，嗣後遍尋不獲，從此失去蹤跡。週末大哥回家，發現他的寶貝失蹤了，痛惜非常，平時性格溫和的他，哀傷之下，獨自趴在書檯上靜靜抽泣，整整一個下午伏案不動，我在後面悄悄偷窺，發現他的袖子從上臂到手腕濕了一大片，然後他就默默起身返校了。多少年後，每想起這個情景，即使大哥已遠在他方，我的心裏還是會隱隱作痛。

大哥是我們兄妹之間長得最好看的一個，身材高矮適中，五官端正，眉清目秀。冬天裏一襲長袍，一條圍巾，活脱脱就是一個文人雅士的典型，雖然他大學攻讀的是土木工程，那年代，功課好的學生是不屑唸文科的。其實，他最感興趣的科目卻是歷史，對二十五史，能倒背如流，他也擅長書法，精通古典詩詞。他對京劇名伶的拿手好戲，耳熟能詳，吟唱起來，有板有眼，還帶着我唱《武家坡》的片段（他唱薛平貴，我唱王寶釧）。記得我小時候的啓蒙書，是家裏的《大戲攷》——一部記錄所有京劇戲目唱詞的大書，一個六七歲的孩子，居然對京劇劇本發生興趣，想來，或多或少也是受到大哥的啓發所致。

一九四九年來臨，那時候，爸爸已經應聘到台灣去發展了，來信催促媽媽赴台團聚，那年九月，我們一家（祖母，四叔，媽媽和我）離開上海，原本已經買好票子讓哥哥一起走的，誰知臨行時，大哥因為不捨得離開就讀的名校上海中學，一心一意要投考心儀大學，堅持留下，哪知從此竟然一別經年，天南地北，相見無期了！

記得臨別的那日，九月天，天微涼，大哥帶我到樓下的橫巷裏去叮嚀話別，我看到對面人家的後院裏有棵冬青樹，不到十歲稚齡的心目中，似乎聽説過冬青樹的葉子是長青不謝的，就請大哥把我抱起來去摘樹葉，當時望着大哥親切的臉，很想俯首親親他，但是又不知道為甚麼有點羞怯而忍住了，只是默默的把葉子摘下，收入口袋。回到樓上，我把樹葉夾在一本小書裏，隨身帶着上路。

這一路，先要從上海坐火車去南京，在火車上花四個鐘頭擺渡到浦口，然後坐津浦路到天津，由天津乘輪船到香港，再從香港搭船去台灣。一路上，我不停的偷偷檢視書裏的冬青葉，以為只要葉子長青，很快就會再見到大哥的，誰知道，離根的葉子，還沒到天津，就已經泛黃枯萎了！

再相見時，已經是一九七八年的夏天。那一年，因內地改革開放，我跟隨着中文大學的同事到大陸去旅遊，主要是探望隔闊三十年的兄長。在北京，乍相逢，相距幾千哩，闊別數十載，恍如隔世的感覺所引起的內心震撼和激動，實在難以言喻！望着大哥一頭斑白，不敢相信那就是我記憶中英姿勃發的美少年！實在忍不住，我囁囁嚅嚅問道：「你的頭髮，怎麼半白了？」他望着我輕輕說：「總比全白了再相見好！」接着，在北京，在天津，我們盡量爭取見面的機會。一天，他從塵封的屋角掏出一個生鏽的罐頭，打開一看，裏面是一堆大大小小的貝殼，「還記得這些嗎？一百零八個，一個不多，一個不少！」原來，這是我兒時的玩意，每當我生病發燒甚麼的時候，大哥就會把這些貝殼搬出來給我講故事，

作者大哥珍藏三十載的貝殼

編排出哪個是皇帝，哪個是皇后，當年我來不及帶走，三十年後，居然還原封不動的留在大哥的身邊，那可是——經過了動盪歲月，經過了文革洗禮的年代啊！望着貝殼，我竟一眼就認出皇帝皇后來。「現在見到你了，不再留這些了！」大哥把貝殼交在我的手中，緩緩地，鄭重地！不久，旅行團南下，大哥帶着小兒子自行到杭州去跟我會合，再聚數天，終須一別，那一日大哥牽着孩子，站在旅遊車的後方，對我揮手作別，我向後凝視，看着這一大一小的身影，隨着汽車開動，變得越來越小，越來越模糊，唯有他們後面的一大排紅旗，正在隨風飄揚！

一九八一年，大哥終於申請到出境探親了。當時他只有一個人來港，那年代身為天津大學土木工程系資深教授的他，要設法在香港立足找工作，似乎比登天還難。我曾經為他四處奔走，甚至想找關係替他在母校培正中學安插一份文員職位而不果，看到如此大才在香港居然無用武之地，令我十分焦慮沮喪，大哥自己倒還心平氣和。那時候，我正一面在中大教書，一面在巴黎索邦大學攻讀博士學位，每年來來去去，香港巴黎兩邊跑。大哥閒來為我繪製論文所需的大型圖表，那時電腦尚未發達，圖表上的每一個法文書目，每一個中文譯名，都是大哥一筆一畫親手寫上的，其整齊悅目的程度，與印刷不遑多讓。悠悠數十載，從小時候

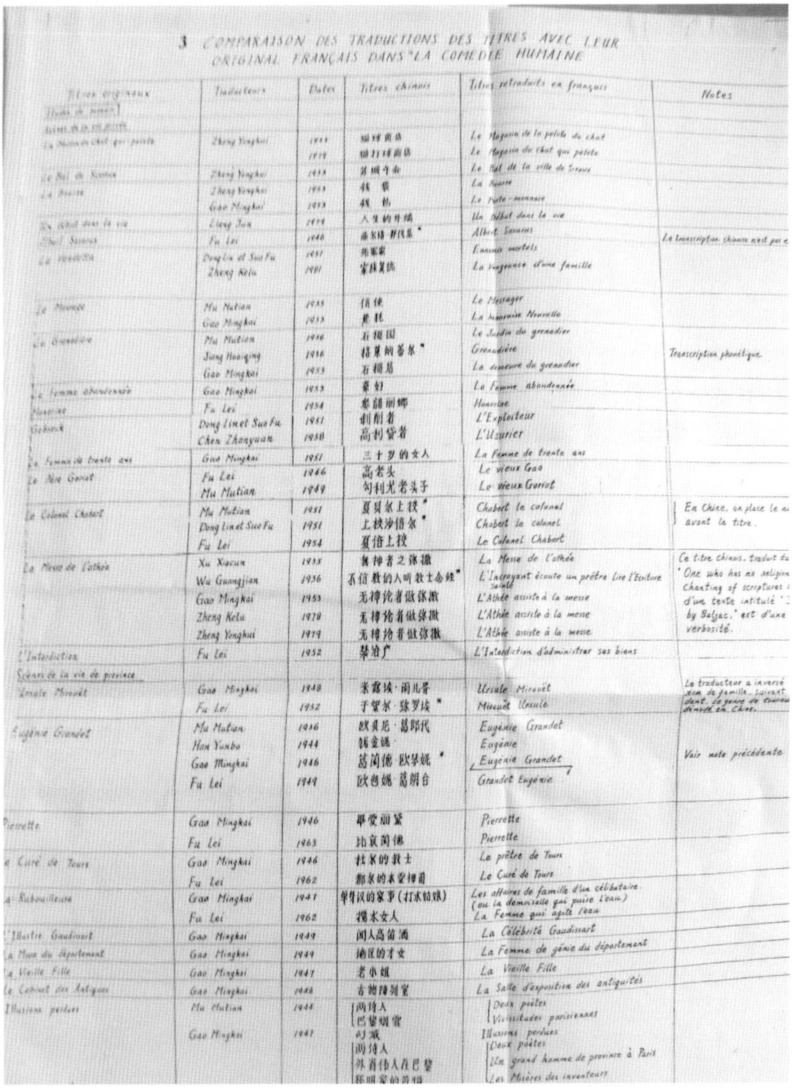

3 COMPARAISON DES TRADUCTIONS DES TITRES AVEC LEUR ORIGINAL FRANÇAIS DANS "LA COMÉDIE HUMAINE"

Titres originaux	Traducteurs	Dates	Titres chinois	Titres retraduits en français	Notes
Études de mœurs					
Scènes de la vie privée					
La Maison du chat-qui-pelote	Zheng Yonghui	[illegible]	[illegible]	Le Magasin de la pelote du chat	
		1979	[illegible]	Le Magasin du chat qui pelote	
Le Bal de Sceaux	Zheng Yonghui	[illegible]	[illegible]	Le Bal de la ville de Sceaux	
La Bourse	Zheng Yonghui	[illegible]	钱袋	La Bourse	
	Gao Mingkai	1953	钱包	Le Porte-monnaie	
Un début dans la vie	Liang Jun	1979	人生的开端	Un début dans la vie	
Albert Savarus	Fu Lei	1946	[illegible] *	Albert Savarus	La transcription chinoise n'est pas e…
La Vendetta	Dong Lin et Suo Fu	1951	[illegible]	Ennemis mortels	
	Zheng Kelu	1981	家族复仇	La Vengeance d'une famille	
Le Message	Mu Mutian	1935	信使	Le Messager	
	Gao Mingkai	1953	噩耗	La Mauvaise Nouvelle	
La Grenadière	Mu Mutian	1936	石榴园	Le Jardin du grenadier	
	Jiang Huaiqing	1936	格莱纳带尔 *	Grenadière	Transcription phonétique
	Gao Mingkai	1953	石榴居	La demeure du grenadier	
La Femme abandonnée	Gao Mingkai	1953	弃妇	La Femme abandonnée	
Honorine	Fu Lei	1954	[illegible]	Honorine	
Gobseck	Dong Lin et Suo Fu	1951	剥削者	L'Exploiteur	
	Chen Zhanyuan	1958	高利贷者	L'Usurier	
La Femme de trente ans	Gao Mingkai	1951	三十岁的女人	La Femme de trente ans	
Le Père Goriot	Fu Lei	1946	高老头	Le vieux Gao	
	Mu Mutian	1949	勾利尤老头子	Le vieux Goriot	
Le Colonel Chabert	Mu Mutian	1951	夏贝尔上校 *	Chabert le colonel	En Chine, on place le n… avant le titre.
	Dong Lin et Suo Fu	1951	上校沙倍尔 *	Chabert le colonel	
	Fu Lei	1954	夏倍上校	Le Colonel Chabert	
La Messe de l'athée	Xu Xiacun	1935	無神者之弥撒	La Messe de l'athée	Ce titre chinois, traduit du "One who has no religion… Chanting of scriptures… d'un texte intitulé "… by Balzac," est d'une verbosité.
	Wu Guangjian	1936	不信教的人听教士念经 *	L'Incroyant écoute un prêtre lire l'Écriture sainte	
	Gao Mingkai	1953	无神论者做弥撒	L'Athée assiste à la messe	
	Zheng Kelu	1978	无神论者做弥撒	L'Athée assiste à la messe	
	Zheng Yonghui	1979	无神论者做弥撒	L'Athée assiste à la messe	
L'Interdiction	Fu Lei	1952	禁治产	L'Interdiction d'administrer ses biens	
Scènes de la vie de province					
Ursule Mirouët	Gao Mingkai	1948	[illegible]	Ursule Mirouët	Le traducteur a inversé [le] nom de famille, suivant… dans ce genre de tourn… démodé en Chine.
	Fu Lei	1952	于絮尔·弥罗埃 *	Mirouët Ursule	
Eugénie Grandet	Mu Mutian	1936	欧贞尼·葛郎代	Eugénie Grandet	
	Han Yunbo	1944	[illegible]	Eugénie	
	Gao Mingkai	1946	[illegible] *	Eugénie Grandet	Voir note précédente
	Fu Lei	1949	欧也妮·葛朗台	Grandet Eugénie	
Pierrette	Gao Mingkai	1946	[illegible]	Pierrette	
	Fu Lei	1963	比哀兰德	Pierrette	
Le Curé de Tours	Gao Mingkai	1946	杜尔的教士	Le prêtre de Tours	
	Fu Lei	1962	都尔的本堂神甫	Le Curé de Tours	
La Rabouilleuse	Gao Mingkai	1947	单身汉的家事(打水姑娘)	Les affaires de famille d'un célibataire (ou la demoiselle qui puise l'eau)	
	Fu Lei	1962	搅水女人	La Femme qui agite l'eau	
L'Illustre Gaudissart	Gao Mingkai	1949	闻人高笛洒	La Célébrité Gaudissart	
La Muse du département	Gao Mingkai	1949	地区的才女	La Femme de génie du département	
La Vieille Fille	Gao Mingkai	1947	老小姐	La Vieille Fille	
Le Cabinet des Antiques	Gao Mingkai	1948	古物陈列室	La Salle d'exposition des antiquités	
Illusions perdues	Mu Mutian	1944	两诗人 / 巴黎烟云	Deux poètes / Vicissitudes parisiennes	
	Gao Mingkai	1947	幻灭: 两诗人 / 外省伟人在巴黎 / [illegible]	Illusions perdues: Deux poètes / Un grand homme de province à Paris / Les Misères des inventeurs	

作者大哥為作者博士論文製作的圖表

聽故事，到長大後寫論文，大哥永遠都在後面支持我，扶植我，使我放心前行不擔憂。

如此這般，大哥往後幾年一直在津港兩處來回奔波，教書探親兩兼顧，直到一九八五年，才因為找到《讀者文摘》編輯的差事而在香港定居下來。一九九八年，他們一家又再次涉重洋越關山，遠赴加拿大移民去了。大哥曾經説過，在香港的這十多年，是他一生最快樂安定的日子，不錯，那些年，父母健在，工作穩定，我們兄妹可以經常相見，無話不談，如此歲月靜好的日子，怎麼就在轉眼間消逝不見了呢？這些年來，他遠在多倫多，仍然關心時局，閒來以養鳥蒔花為樂，我曾經三次探訪，每次離別時都依依難捨，如今，因年邁，因疫情，更相見無期了！每念及此，不禁憮然！

所幸，還有電腦，還有手機，畢竟在高科技的年代，天涯已經真正若比鄰了。大哥是無事不通的萬寶全書，就如以前同處香江的時候一般，身體不適了，我問大哥，他會分析事理，查閱資料，告訴我不必驚慌；文章完成後，我傳給大哥看，他永遠是我的第一個讀者，會告訴我哪裏有筆誤，哪裏可改進；有事憂慮了，我向大哥訴説，他的通情達理，總是我最佳的後盾，經他勸導，會使我豁然開朗，煩惱頓消。

二〇二一年農曆十月欣逢大哥九秩誕辰，謹以此文，向他遙寄思念，並祝他身體健康，平安喜樂！

二〇二一年九月十九日

作者與大哥於香港雍雅山房合影

三、生活點滴

請問，該怎麼稱呼？

朋友年紀也不小了，可是精力充沛，興致勃勃，甚麼演講都要聽，甚麼課程都去學。年前，她參加了工聯會的電腦班。第一次上課，老師一來，她就舉手問道：「請問，您遵鮮打棉？」從台灣來了香港幾十年，她粵語還是沒有學好。老師是廣東人，對着這位積極好學的老學生，不明白她在問甚麼，不免瞠目結舌，不知如何回答。擾攘了半天，才弄清楚她在問「尊姓大名」，「叫阿 Sir 囉！」他翻了翻白眼，沒好氣的說。

記得初來香港進培正中學時，我也曾經不太習慣，為甚麼同學對男老師稱「阿 Sir」，對女老師稱「密絲」，在台灣，不論男女教師，我們不是得規規矩矩稱甚麼「張老師」，「李老師」的嗎？原來，不同的地方有不同的習慣和規矩，要快快融入社群，除了學會當地的語言，對人際交往的稱呼好好掌握，也是必經之途。

稱謂和稱呼，其實是不同的兩回事。根據詞典解釋，稱謂，是「對人或物所加的名稱」；稱呼，則是「對人口頭上的稱謂」。譬如說，對方的身份是教授，你跟他開始交往時，當然會尊稱一聲「某某教授」，但是根據國籍、年齡或性格的不同，他可能就會提出讓你用另外一種方式來稱呼。記得與好友布邁恪（Michael Bullock）第一次見面時，他是英屬哥倫比亞大學的名教授，我是前往當地旁聽他上課的年輕訪客，大家年齡地位差一大截，自然會恭恭敬敬的叫聲布教授，誰知留着一把大鬍子、眼神俏皮的他，馬上更正說，「叫我Michael」，看到我不以為然的表情，他立即加上一句，「這有甚麼？我的學生還叫我Mike呢！」

跟林文月和白先勇最初交往時，他們就分別提出大家互稱姓名的要求。這大概是我們這一代人在台灣唸中小學時已經養成的習慣吧！因為彼此稱名道姓，就會產生一種似同窗故舊的情誼，對方與己身之間的距離拉近了，生疏客套的感覺逐漸消失，親切融洽的感覺油然而生。稱呼，本來就是「用適合對方與己身關係的名稱來叫人」的意思，很高興當初這麼互稱對方，假如一開始就尊稱了「林先生」和「白教授」，恐怕至今還改不了口，會不會就此永遠停駐在高山仰止的遠距上？原來，人與人相處，稱呼就是一把衡量彼此之間交誼的尺，趄首扯長了，往後縮不攏！

張曉風曾在《明報月刊》發表過一篇有關華人「滿街認親戚」的文章，可說是妙趣橫生，讀來令人莞爾。中國人的稱呼，最喜歡攀親道故，又因為身份、地位的不同，衍生出甚麼尊稱、敬稱、謙稱、貶稱、戲稱、雅稱等等名堂，總之多姿多彩，不一而足。即使同一個稱謂，由於時代的變化，地域的差異，也有完全不同的解讀。中國大陸文革前夫妻彼此互稱愛人，哪怕兩者之間愛情已經蕩然無存也罷。現在不論中港台，很多夫妻都以「老公老婆」互稱，這種從前認為不太典雅的說法，現在出現在紳士淑女的口中，早已習以為常，就好比穿上破洞牛仔褲當時髦似的，誰敢說失禮？你若文縐縐說「外子內子」，人家還當你是從博物館裏走出來的老古董呢！

許多年前，跟隨香港翻譯學會去大陸訪問。那天到了杭州，接待單位盛情殷殷，大家對談時，有人衝着我叫，左一聲大姐，右一聲大姐，那時還很年輕，不由得心中很不服氣，對方明明年紀也不小，幹嘛叫我「大姐」呢？難道叫聲「小姐」就不行嗎？後來問了當地人，才知道在內地叫「大姐」是尊稱，叫「小姐」反而是貶義，暗指不正經行業的從業員。同樣稱「姐」，在崑曲《牡丹亭》柳夢梅《拾畫》、《叫畫》那兩折裏，只見他捧着杜麗娘的畫像大叫「姐姐」，一聲聲哀婉動人。這原是個親暱的叫法，難怪白先勇的《青春版牡丹亭》那年在美國加州巡演後，觀眾群中一大批洋學生看了戲都學着叫，對他們來說，這個稱呼，比起英文裏的「蜜糖」，「甜心」，「親愛的」來，顯得既貼心，又新奇。

法文裏的「Mademoiselle」，意指未婚女士，即為「小姐」；「Madame」則是「夫人」的意思。在巴黎留學時，看到一本有關稱呼禮儀的書，方才得知在法國，你若對陌生成年女子應該稱呼為「Madame」，而不能稱之為「Mademoiselle」，否則會冒犯了她，因為暗指她是嫁不出的老姑婆；在香港則剛剛相反，看到陌生女子，無論甚麼年齡，必須稱之為「小姐」，而不能胡亂叫「太太」，否則對方會不高興的心想「難道我看起來這麼老嗎？」聽說，此地曾經有一宗訴訟，就是因有人不知就裏亂叫女士做「太太」而不稱「小姐」所引起的。

這世界，看到坊間已經把年輕貌俏的男子，從叫做「小白臉」進化到「小鮮肉」了，就知道時代不同了。難怪我在教大學碩士班的「翻譯工作坊」問學生有關稱謂的問題時，提到「昆仲」兩字，居然一連幾年無人知曉。又有一回，說起「老冬烘」一詞，更是令全班面面相覷，默不作聲。幸好最近讀董橋的《讀胡適》，在第十八頁上看到了「我小時候的國文家教老師是一位冬烘先生」這樣的字句，發現這稱謂居然還有名家在用，頗有吾道不孤之感！

二〇一九年七月二日

「不厭其煩」與「不勝其煩」

女兒總是奇怪，為甚麼我寫文章，改作業，極有耐性；一看到要填表，尤其是要上網填寫甚麼東西，就會眉頭緊鎖，火氣上升；明明是幾個樣板式的簡單步驟，對我來說，卻像是看天書似的，老是弄得氣急敗壞，手忙腳亂，不是按錯鈕，就是填錯格，一不小心，又得從頭再來，這周而復始，重複又重複的繁瑣過程，直教人心煩意亂，不知所措！

豈止如此而已！這年頭，連打電話也麻煩，以前拿起電話一打，就有人會禮貌客氣的在另一端接上頭了；現在可不行，電話接通後，迎來的是一連串錄音，當然，所錄的聲音也許甜美圓潤，錄音的內容卻冗長可厭，叫人耳朵起繭。你得選擇：不是耐着性子聽完內容（多半是宣傳甚麼，促銷甚麼），因為怕錯過了下一步程序；就是把話筒挪開，算準時間，等對方囉嗦完畢再去領教。聽完連珠炮似的洗腦，好不容易一按再按，七拐八彎，終於接到了要找的對象，比方說，一個保險公司的經紀，一個政府機構的員工，一個某某銀行的服務員，不管你原意是要查詢，還是要投訴，此時可千萬得調整情緒，耐下心來，因為，對方尚未現身，多數又來一段錄音，「現在線路繁忙，請稍候片刻」，接着，一陣樂聲響起，碰到自己喜歡的音樂倒罷，萬一不是悅耳的曲調，一陣叮叮咚咚，直敲得你頭昏腦脹，欲罷不能，如此這般，完全是磨煉意志力的消耗戰。然後，經過了地老天荒的等待，對方終於又重複了一句「現在線路繁忙，請稍候片刻」，再加上「或請留下電話，我們會儘快回覆」，這下你就明白大勢已去，當天的努力已經白費了，恰如「等待果陀」（En attendant Godot）似的，電話多半是不會回覆的，看看鐘，所謂的「片刻」，原來好幾十分鐘已經磨掉了！此時，不由得心中一涼，唉！人生苦短，難道在應付芝麻綠豆的日常瑣事中，竟然如此就讓生命一點一滴虛耗殆盡嗎？

按說，現代人的生活，隨着高科技的進步，4G，5G的引入，無論在衣食住行各方面都發展得日新月異，日子應該是過得越來越方便舒適，越來越簡單利落的，事實又是否如此呢？以個人的經歷來說，似乎又未必盡然。現代人，連出個門，吃個飯，買個東西，搭個尋常的交通工具如火車飛機，都弄得越來越複雜，你所面對的再不是人與人之間的接洽，而是人與機器之間的往返。人是靈活多姿，可以隨機應變的；機器卻不然，按錯一個鈕，忘掉一個密碼，它就變通不了，卡在那裏，讓你上不得下不得，欲哭無淚。最記得一個真實的故事，楊絳晚年，在「我們仨」變成「我一人」的時刻，努力為《錢鍾書手稿集》編纂之餘，有一天，忽然想起十年沒動過的賬戶，就讓阿姨梅月陪同，到銀行去查詢，誰知道銀行櫃檯的小子，根本不認識鼎鼎大名的老前輩，檢查了賬戶的名字，身份證，只拋出一句「你的密碼呢」？這可讓老人愣住了，十年前哪有甚麼密碼啊？沒有密碼？一切都行不通！於是，原本可輕易解決的小事情，就變成動彈不得的大難題了！

說起來，我們難道真的忍心讓創作出《幹校六記》、《我們仨》、《走在人生邊上》，翻譯出《堂吉訶德》、《小癩子》的大才如楊絳，每天營營役役專注於打電話，看手機，上網填表格，訂車票，找飯店這樣的瑣事嗎？據我所知，作家群裏，王蒙是最早使用電腦的先進人物，當然，早期也鬧出不少有趣的笑話，例如，署名「王蒙」時，當時的輸入法尚未完善，電腦上一打「蒙」字，就會自動跳出「蒙古包」來，大作家來不及刪去後面兩字，就直接傳出去了，收件者是個身在遠方的另一作家，一見信件下款為「王蒙古包」，以為是王蒙伉儷致候，回函時，恭恭敬敬的書上：「王蒙先生，古包女士鈞鑑」。

當然，如果對現代科技的種種發明已經運用得純熟自如，出神入化，未嘗不是一樁大好事情，但是人各有所好，各有所長，不能一視同仁。一人使來「不厭其煩」的事，他人做來就可能「不勝其煩」。上面說過，你讓我批閱學生的作業，審視自己或友人的文章，我可以一字一句，反覆推敲，不斷斟酌，哪怕看上十遍八遍，也不會覺得煩厭。其實「推敲」兩字的出典，說的是詩人賈島為《題李凝幽居》一詩中，「僧敲月下門」一句，到底該用「推」還是用「敲」字，而反覆吟誦，直至失魂落魄，一頭撞到迎面而來官轎的故事，本身讀來就讓人神往。你要我在網上填個無聊的表格，機械式的一步步跟隨僵化的指示行事，稍一不慎就得從頭來過，這樣毫無創意的事情，我可極端受不了。余光中直到晚年，仍然在稿紙上一筆一畫寫下他的鴻篇巨製，白先勇直至近年才使用電郵微信。生也有涯，人總該知道甚麼才是自己的選擇。

隨着歷史的演進，社會原本已經發展到分工合作的模式，人人各安其所，各司其職，日常生活中，在不同領域中進行「不勝其煩」的事務，以便讓自己及他人在另外的範疇裏，可以過上「不厭其煩」的日子。於是，各行各業中，產生了「千錘百煉」，「精雕細琢」，「滴水穿石」，「鐵杵磨成針」的成果和業績。

歐洲宮殿中精美絕倫的掛氈，蘇州繡娘手裏巧奪天工的雙面繡，誰說不是一針一線日以繼夜磨出來的？這跟鋼琴家每天花費十個八個小時在琴鍵上，矢志彈奏出每一個音符都有如天籟；文學家廢寢忘食，窮經皓首，立意書寫下每一句文字都恰似甘露，又有何分別？然而，到了今天，時代變遷了，社會結構不同了，你若強迫傅聰生前天天忙着上網去購物，訂機票，銀行轉賬；催促余光中不斷用手機去看訊息，傳資料，在電腦上製作 PowerPoint，又會是怎麼樣的光景呢？

原來，如今社會的發展，早已從分工合作的模式演化為自力更生的局面了，每一個人都變成了自己的秘書，自己的助手，自己的跑腿，事無大小，樣樣「一腳踢」，之前靠電腦，現在靠手機，只要一機在手，就萬事皆備；機不傍身，就束手無策！

甚麼事令人「不厭其煩」，甚麼事令人「不勝其煩」？兩者之間的界別，似乎已經越來越模糊不清了！假如在有生之年，還能頂住潮流，多做「不厭其煩」的事，少碰「不勝其煩」的事，則與願足矣！

二〇二一年十二月五日

Zoom？「速睦」！

那學期第一次用 zoom 來上課，別人已經使用很久的軟件，對我來說，要打破心理關口，克服 IT 障礙，倒也不是那麼簡單的事。黃口小兒手上撫來弄去的小玩意，一到黃髮長者眼中，就變得複雜晦澀的大難題，而禁不住視為畏途了。

二〇一九年下半年，課上了一半，因為時局的關係，學生都各散東西，跑回老家去了。當時急就章，餘下的課，只好每次都長篇大論一字一句寫出來，放在電腦上，所以準備得特別辛苦。二〇二〇年上半年，剛跟學生打了個照面，上了幾堂課，又因為疫情嚴重，一切戛然而止。當時的系主任特別關照，跟電腦技術員商量後，認為我可以用錄音的方式，把上課的內容放上網，讓學生聽了，再用筆錄的方式分別回饋。儘管如此，仍然覺得有所欠缺，因為《翻譯工作坊》講求的是在課堂上集思廣益，反覆討論，用錄音的辦法，不能接收到學生的即時反應，老師也就無法立刻釋難解惑了。

二〇二一春季開課的時候，心想既然生活在高科技的時代，與其故步自封，倒不如與時並進，於是決心跟隨潮流，闖一闖 zoom 的關。想當初，連電腦都不知道怎麼使用，先後接受了幾個朋友指導，都成效不著，記得楊世彭導演還好心又請吃飯，又使出渾身解數把着手一步一步教，結果還是不甚了了。原來這門功夫，跟一切手藝相似，就算勉強學會了，必須「功多藝熟」，入了門還得時常用，否則轉瞬即忘，徒呼奈何！

終於要跟 zoom 短兵相接了。這玩意中文該怎麼説？上網查是不得要領的。網上給 zoom 的解釋，只是「可變焦距鏡頭」或「迅速接近或離開被攝對象」，這又管啥用？這麼長的解釋，哪可當名詞來使？況且跟我們現在運用的對象，並無實際的聯繫。於是，想方設法要替它取個中文名。根據翻譯的原則，可以音譯，而音譯的漢字又得帶點相關的意思。經過反覆思考，我能想到最接近本意而又音義兼顧的翻譯，應該是「速睦」。

按照實況來説，英語裏凡是以M來結尾的字眼，在普通話中是找不到對應的，只能用類似「姆」的發音來取代，例如《人性枷鎖》的作者，英國著名的小説家 Maugham，我們翻譯為「毛姆」；美國小説家馬克吐溫的名著 *Adventures of Tom Sawyer*，就翻譯為《湯姆．索亞歷險記》，因此，zoom 的字尾M，自然可以用與「姆」同音的「睦」字來處理；而字頭 zoo，則建議用「速」字（請用普通話發音）來對付。

記得很久以前，小時候常聽叔叔哥哥們在茶餘飯後討論《封神榜》或還珠樓主的武俠小說，談起甚麼順風耳、千里眼、水遁、土遁等等，往往說得眉飛色舞，不亦樂乎！誰想到過了幾十年，所有這些神乎其神的特技妙訣，已經成為生活中的常態了，只要可以上網的地方，誰會跟親朋音訊隔絕，鴻雁中斷呢？然而一場世紀瘟疫，卻把人與人的距離拉開，世界彷彿停擺了，以前認為尋常的事，例如舉辦國際會議，參加開幕盛典，出席婚喪之禮，參觀藝廊畫展，乃至於教書、學習、做評判、賀生辰、群聚聊天、合奏共唱等等，都已經成為夢寐難求，遙不可及的奢侈了。眾人之間分開了，疏遠了，再難以相攜共聚！要在幾秒之內，速速會晤，面面相對，真正做到天涯若比鄰，怎麼辦？當然只得依靠zoom——「速睦」了。

「速睦」的好處，在於瞬息之間能打破隔閡，和睦共存，不管對方人數眾多，身處何方，哪怕在天涯海角，一按鍵盤，就可以速速拘到眼前來。設想陶淵明《桃花源記》中令人遐想的情景，如今只要利用「速睦」，那「夾岸數百步，中無雜樹，芳草鮮美，落英繽紛」的桃花林，固然歷歷在目；那「美池桑竹，雞犬相聞」的村落，也宛然可見。就算武陵人去而復返，再也找不到入山之路，只要該處仍有網路，還是可以隨時通過「速睦」，跟「設酒殺雞」的好客村人，和「怡然自樂」的「黃髮垂髫」敍舊通信一番的。

先後參與了幾種運用「速睦」的活動，包括參加講座及頒獎典禮，與中學同學隔空聊天，祝賀老友壽辰，擔任大學辯論比賽評判，以及為翻譯碩士班授課。所用的方式，其實都如出一轍，你可以是主，負責召集會眾；也可以是客，應邀出席聚會。反正，面對着距離不到兩尺的電腦，只要一按鏈接，你想見的人，都會應邀依次出現在屏幕上。每人佔據一小格，別看大家彷彿如孩提時期在「排排坐」，其實，彼此之間天南地北，相隔萬里，譬如我的學生就半在香港半在大陸，而在內地的又分別身處大連、北京、天津、上海、廣州等地，從華北到華南，無遠弗屆，然而通過「速睦」，他們卻在屏幕上和睦共處，緊密相連，上課時，各人發言的聲音此起彼落，近在耳畔。

第一次上「速睦」，是跟大夥一起參加中文大學全球華文青年文學獎舉辦的講座及頒獎典禮，一連兩天舉行，久違的面龐在屏幕上一一出現，令人欣悅。第一天，看見遠在上海的王安憶背後的桌上有個大西瓜，第二天，那西瓜不見了。

原是毫不起眼的細微之處，卻使人感覺朋友雖遠在他方，而又近在眼前，當時心底暖暖的，因為知道大家都好好如常生活着——哪怕正當疫情嚴峻時！跟多位遠隔重洋的中學同學隔空聊天，又有另一番感懷。這是一群台北一女中畢業的精英，即使如今已然銀髮蒼蒼，卻依舊生氣勃勃，永不言休。各人自述近況：有的在練舞為樂，有的在整修房舍，有的在含飴弄孫，有的……最叫人悵然的是，從同學口中，得知班上最嬌俏可人的C，曾經贏得培植玫瑰全美大賽的「玫瑰皇后」，

作者與王安憶及林青霞合影

數年不見，竟然不幸得了失智症，如今，往昔遍植嬌花的園地，已經荒蕪失修，伊人的日常，竟然是躑躅園中，默默撿拾暮秋的落葉片片！

「速睦」就如人生，參與的會眾各據一小塊地盤，大家依次輪流發言。發言時可以轉為大格，佔據整個屏幕，令人一目了然；發言完可以退居幕後，更可按鍵隱去其身，不聞其聲。這就讓我想起多年前，老爸於暮年臥病在床，看到前來探望的重外孫時，對着小不點感嘆説：「王爾德講過，人生就像一齣戲，現在輪到我要退幕，你要上場了！」不錯，人生不都是在一格一格中上場下場，漸漸消磨的嗎？在生時，信箱，一小格；保險箱，一小格；安身立命之所，小如劏房，大至豪宅，還是一格格；至於一旦身後，功名利祿萬事空，灰飛煙滅，卻仍然寂然幽處一小格！

也許，真該從此感悟，每一場「速睦」完畢，按鍵退場，此時屏幕上眾人散去，空白一片，恰似賈寶玉最後出家，在雪地上向父親叩拜辭別，放眼望去，舟旁岸邊，白茫茫一片真乾淨！「速睦」，也該令人「速悟」吧！

二〇二一年三月二日

磁力共振的聯想

以前做過「磁力共振」嗎？肯定做過的，應該是很多年前的事了。第一次讓人把自己變成一個條狀物，塞進一個圓筒做檢驗，想來是當「外空人」時期的經歷。上個世紀八十年代，跟着時局的潮流，舉家移民美加澳洲而獨自留守香江的老百姓，比比皆是，一般是妻赴外，夫留港，這些男士，稱之為「太空人」（太太不在身邊之意）；吾家情況正好相反，於是，戲稱自己為「外空人」（外子不在身邊），氣勢上彷彿比「太空人」更勝一籌。

那一年冬天，獨自駕車自中大返家，途徑九龍塘，在一個路口紅燈前停下，尾隨的十四座車，大概收掣不住，砰的一下撞了上來。那時的「外空人」對「地球事」不太熟悉，茫然不知兩車相撞的情況得報警處理，懵懵懂懂下車察看，後車駕駛者一個勁兒的道歉，說自己是某公司的司機，不小心闖了車禍，茲事重大，「外空人」驚覺時近年關，深怕那司機會遭公司解僱，因而丟了飯碗，不免有點擔心，忙亂中反而安慰了對方幾句，沒有報警就匆匆駕車而去。回到家中，才發現腦袋昏昏沉沉，驚慌之下遵醫囑進院進行腦部掃描，以策安全。這就是第一次領略磁力共振的由來。當時畢竟年輕，做完沒事，就把檢驗的經歷忘記得乾乾淨淨。

第二次做磁力共振已經是若干年後了，為了確保心臟健康，醫生建議必須做一次徹底的檢驗。做心臟的磁力共振，得先注射顯影劑，當時心想，這顯影劑不知道是甚麼顏色，注射進去後，會變成藍的，紅的，還是我最喜歡的紫色？總不可能是綠色的吧！這注射的途徑又是怎麼樣？要經過彎彎曲曲的河道，上上下下的鬧口，是順流？還是逆流？再一想，反正這現代醫學的本領可大了，不是吾等這種學文科的人可以理解的，因此也不必操心了。

這一次，因腸胃炎進了醫院，遵醫囑得做腹腔磁力共振以探查究竟。也許是年紀大了，膽子小了；閱歷多了，信心少了，一進醫療室，竟然有點心神不寧的感覺，腦海裏浮起了許許多多的疑問。首先，記得有一次某人做磁力共振，不慎沒有除下戒指，而醫務人員又沒小心叮嚀，結果出了醫療事故。於是，忙於檢驗自己的隨身物品，到底有沒有戴了頸鏈手錶戒指扣針之類的東西？檢查完一遍又一遍，忽然想起「萬一有人鑲了金牙，不知又怎麼辦？」接着，急於找醫務人員詢問，「吊了幾天鹽水，口很乾，萬一檢驗時想咳嗽，怎麼辦？」「會給你時間咳嗽的」，答得氣定神閒。

「整個檢驗過程大概一個多鐘頭，前半個鐘頭，請保持正常呼吸，但是不要睡着，然後會替你注射顯影劑，後半個小時，你得間歇性先忍住呼吸，不要動，然後聽指示放鬆。」醫務人員説完，一切自然按序進行。又變成了一個不得隨意動彈的條狀物，放置在特定的台上，耳朵戴上聽筒，緩緩推進圓筒，如果患有幽閉恐懼症的人士，此刻大概會心跳加劇，呼吸急促。好了，開始檢驗了，忽然從耳機中傳來一陣樂聲，是悠揚輕柔的西方音樂，是誰選的？每一次都是同一樂曲嗎？是隨着儀器調校的嗎？檢驗者可以自選音樂嗎？假如這時來首怡情養性的古箏曲，例如《高山流水》，《漁舟唱晚》又如何？正在胡思亂想之際，嘎嘎嘎嘎，來了一陣震耳欲聾的噪音，甚麼音樂都沒有了。噪音連續不斷，或左或右，或前或後，上下夾攻，聲東擊西，令人防不勝防！怎麼回事？左鄰右里在半夜打麻將？劈裏啪啦，鬧個不停？樓上的住客在裝修？砰砰砰砰，在捶地？在拆牆？不！滋滋滋滋，是鑽孔的聲音，還是牙醫在整治蛀牙？還沒有弄清情況，樓上的仁兄暫停了，輪到樓下的工地在打樁了，星期天一早，怎麼可以擾人清夢？一下一下的撞擊，猛捶，教人提心吊膽；不多久，卻又讓喇叭狂按呼嘯過市的車聲取代了；不對，此處臨近火車站，時有巨龍隆隆而過，轟鳴之聲，不絕如縷。這麼多噪音，此起彼伏，再多的擬聲詞，也不足於形容其全貌。可惜只是些煩囂市聲，而不是聲聲入耳的風聲、雨聲、讀書聲！更不是蟬鳴鳥啼，清泉石上流的潺潺聲！

半個小時捱過了，以前年輕時，看電影喜歡「大銀幕身歷聲」，這會兒，置身這般「身歷聲」的環境裏，噪音夾雷霆萬鈞之勢，衝擊而來，怎麼可能睡得着？此時，聽筒裏忽然傳來指示：「現在要給你注射顯影劑了，有一點涼涼的感覺。」涼涼的？不是該熱熱的嗎？忘記了！反正，顯影劑一進血管，又得經歷河道閘口，丘陵谷地，通過蘇彝士運河，巴拿馬運河，千繞萬轉，才可以進入五臟六腑，那就耐心等吧！又一陣砰砰嘩嘩之後，再傳來指示：「現在深深吸口氣，然後屏息，不要動！」這時忽然想起，在水中遇溺而不得不閉氣自救時，也就是這個模樣吧！大概數了十幾二十下，「好了，現在可以呼口氣，也可以咳嗽一下了」，聽罷，如聆綸音諭旨，如遇皇恩大赦，不由得狠狠咳將起來。如此這般，周而復始，往返了好幾個回合，總算大功告成。

躺在圓筒裏一個多小時，也曾偷偷張開雙眼，悄悄瞄了一下，只見四周窄窄的，圓筒的頂部就覆蓋在離臉不遠處，原來，吾人勞碌一輩子，所佔的地方，生前一大格，身後一小格，人人都差不多，又有啥可以爭奪得頭破血流，爾虞我詐的？

終於出筒了，彷彿逃出生天，重見天日，要是檢驗結果無礙，這世界，還有甚麼可以抱怨的？

二〇一七年九月二十五日

這輩子最美的時刻是今天

那年九月初，剛開學不久，我讓碩士班的學生翻譯一篇散文詩作為練習，譯後在課堂上討論。一位年輕的同學自告奮勇侃侃而談，一開口就說，「這是上個世紀發表的作品了，所以翻譯用語要典雅一點」。「上個世紀」？似乎很遙遠，聞之令人悠然出神，不免興起思古之幽情。可她說的是我好友布邁恪教授的文章呀！那我不也是屬於上個世紀的人嗎？想着自己和學生之間的年齡差距，層層疊疊如隔崇山峻嶺，浩浩淼淼似涉汪洋大海，居然大家還坐在同一個教室裏互相交流，彼此溝通，實在太有意思了。望着他們年輕的臉龐，無邪的面容，不禁莞爾。

想起當年剛學成返港，進入中大執教時，所有的學生都有如自己的弟妹，大家年齡相仿，在課裏課外打成一片；過了幾年，班上的學生轉眼間變成自己的子侄一輩了；又是一些時日過去，他們不知不覺間跟我子女同齡了；再過若干年，驀然回首，放眼望去，怎麼一個個青春勃發，朝氣洋溢的身影，竟然和我的孫兒相似？

上個星期，下完課在等電梯的時候，跟學生聊天。大家熟稔了，也就變得不太拘束。「你們真是青春無敵呀！」我說。「哎呀！我不青春了，今年二十五了，有危機感呀！網上說，二十五歲應該賺到人生第一桶金了」，一個女孩子答道，似乎在感嘆自己年紀不小了，怎麼未及創業還在唸書。望着她一臉認真的模樣，不免又發出會心的微笑。

曾幾何時，自己也有過同樣的感喟。那一年，剛從美國留學返港，加入中文大學擔任宗教哲學系助教，半年後生日的那天，才不過二十六歲，就覺得自己青春不再了。辦公室外崇基教堂的斜坡上，影影綽綽的綠蔭下，一群來自美國耶魯大學交換計劃的年輕助教，對着我隔空唱歌，祝賀我生日快樂，可是當時並不覺得快樂，竟還感到心有戚戚焉，因為慨嘆時不我予，歲月匆匆，怎麼倏忽間人生已過了四分之一個世紀，而自己居然還一事無成？

年輕時，大概最容易多愁善感。記得小學畢業時，大夥兒唱起了李叔同填詞的《驪歌》：「長亭外，古道邊，芳草碧連天；晚風拂柳笛聲殘，夕陽山外山。天之涯，地之角，知交半零落；人生難得是歡聚，唯有別離多……」這歌詞的確動人，蕩氣迴腸，年輕孩子受到這種優美辭藻的熏陶，自然而然會愛上典雅的母語中文，然而，文辭的感染力如此強烈，當時邊唱邊覺心情惻然，才十二三歲的年齡，世事未涉，竟已讓離愁別緒湧上心頭，難以排遣。

小時候生於上海，因為時局的變化，離開故地，前往台灣；在台灣生活八年，又因父親赴港發展，再舉家遷往香江；大學畢業後遠涉重洋，赴北美留學；返港成家，生兒育女後再負笈西歐，攻讀博士學位。這期間，經歷多少次分分合合，聚聚散散，一年又一年，花開花落，周而復始，敏銳善感的心靈，竟然變得有點堅韌起來。記得四十歲的生日，是一個人在巴黎度過的。那天，搭乘地鐵，來到鐵塔附近一家名叫 Fauchon 的咖啡館，買一杯芳香四溢的咖啡，一塊遠近馳名的蛋糕，一個人靜靜站在圓圓的高檯旁，慢飲細嚼，一面凝望着遠處蔚藍的天空映襯着高聳的鐵塔，為自己慶生，那一刻但覺悠然獨處，竟如此灑脫自在。

人的一生，大概越年輕，越有傷春悲秋的感懷。當年事漸長，經歷過種種悲歡離合，就會漸漸發現潮起潮落，月圓月缺，原是自然的現象，不可逆，也不必嘆；是生命必經的規律，躲不了，也避不開，那又何不坦然面對？儘管目前世界衛生組織已經把年齡重新界定，年輕的歲月似乎增長了，但是不管如何分界，人人都曾青春過，人人也會漸老去，要緊的是面對韶華不為少年留的無奈，如何調整自己的心境。

南太平洋的薩摩亞人，在文明的歐洲人駕駛白色的大帆船破天而降之前，原是不知道甚麼是時間的，他們不會因為不夠時間而痛苦，不會因為爭分奪秒而氣急敗壞，更不會想到要贏在起跑線上。他們睿智的酋長說：「我讓時間自由來去，愛時間。我從來沒有想把時間褶褶疊疊，也沒有想把時間拆散得七零八落過。」（見林文月譯，《破天而降的文明人》）因此，看透世情之後，就會不再執着，逐漸忘齡，把年輕時一朝春盡紅顏老的哀嘆，轉為雲淡風輕逍遙遊的豁達，甚至化作春泥更護花的坦然。前些日子，去首爾賞紅葉，只見郊區林間，漫山遍野楓艷如霞，斑斕悦目。原來，綠葉美，紅葉更美，大自然中紅綠相間，才更添妍態。

年少時，來日方長；桑榆齡，去日無多。然而，這又有何妨？既然逝去的歲月永不再回，未來的日子不會比今天更年輕，那麼，何不在每一天中，好好度過每一分每一秒？就算是寫一個簡單的信封，都得一筆一畫寫好每一個字，就像余光中先生下筆認真執着，從不苟且那樣；哪怕是喝一口水，也可一吞一嚥細細嘗，就如久渴逢甘露的旅人一般。

慢慢來，好好過，把每一個「今天」過得猶如一顆圓潤的珍珠，一顆一顆相聯，就會變成一串晶瑩奪目的珠鏈。因此，不管年齡增，無視韶光逝，哪怕外界風疾雨驟，雷電交加；或兵荒馬亂，硝煙四起，也必須保持內心的澄明與寧靜。

告訴自己，這輩子最美的時刻是今天！

二〇一九年十一月九日

走路

每當說起，疫情期間一天走三刻鐘路，不熟的人會問「去哪裏走」？熟悉我的朋友都知道，一直宅在家中，怎麼走？當然是在不大的公寓裏，每天來來回回的踱上幾千步！

走路，有甚麼難？除非老了，行動不便，不良於行了，人一輩子都在走路，從小到大——出門上學，下課回家；上班趕路，下班返巢；離家遠行，倦遊歸來……不都是在重重複複的走麼？可是，要你十五個月四百五十多天以來，天天在同一空間同一狀態下走同樣的路線，不管你換甚麼花樣——調快慢速度，改韻律節奏，哼着歌或悶着聲，昂着首或低着頭，你還是得照樣走，不斷走，這就得需要一些額外的能耐了！

音樂放得很大聲，是恰恰的音樂，讓自己在慵懶怠惰的狀態中，有點激勵的外力，提起一點點勁來活動一下。音樂一響，腳步就起，從門口，到客廳，穿過走廊，經過書房，客房，走進臥室，繞一個圈，返身向外，沿同樣的路線，經走廊，客廳，再到門口，如此這般，周而復始，一天狠狠走上幾十個圈。

從小受到父母過分的呵護，由很少運動，變得不擅運動。這一輩子凡是涉及體力勞動的玩意，都是別人的樂趣，自己的苦差！避疫期間，都說該多多鍛煉以保持體力，不能出門，唯有在家裏走路。記得從前學過一點日語，知道同樣的漢字，中日文的意思可以相異，譬如中文的「勉強」，原來日文的意思是「努力用功」。這句話可真是太妙了，一語雙關，如實描繪了每日一走的狀態，既是「用功中」，也是「勉強中」！

怎麼勉強自己呢？頭十分鐘好難挨，因感到流光倏忽，生命無聊，昨日剛走完不久，不旋踵，怎麼又是一天，又得走了？走到臥房，返身向外時，當然是緩緩而行的，哪裏會像在台灣北一女受軍訓時來個九十度直角「唰」的一聲急轉彎？然而這緩緩的一轉，總令我想起倫敦的 Regent 街，還有哪個城市的規劃建築，會開闢出這樣優雅寬廣的弧形街道呢？走在街上，順着弧形，人自然而然會放慢腳步，一面觀賞美輪美奂的名店櫥窗，一面打量迎面漫步的閒適遊人，心想世界真美好！去年二月頭，正當疫情尚未蔓延到歐洲的前夕，我恰好在倫敦旅遊，當時但覺彼邦是避疫天堂，街上沒有一個人戴口罩，到處車水馬龍，歌舞昇平，歌劇院天天爆滿，飯館裏擠得水洩不通，誰知道不出兩週，那處已經病毒肆

二〇二〇年作者攝於倫敦 Regent Street

虐，天昏地黑了！這世界，一切都出人意表，誰能料到明天會發生甚麼事？

雖然天天只是在家裏走，也需注意「道路安全」，原來這年紀摔跤不得！一個老友，就是在家中行走轉身時，一不留神碰到牆角撞破了額頭！地上若有些紙屑膠粒之類的微型雜物，可不得不防！不小心踩上容易滑倒。不知何年何月，走路也曾這樣專心致志俯察地面？回想小時候，舉家從上海遷往台北，住在離北師附小頗有一段路程，記不得名叫六張犁或三張犁的地方，平時總由也是大陸來的老傭人「國生」負責接送，那一日，不知怎的，居然只有自己一個放學回家。半路上，陣雨嘩啦啦的迎頭潑下，薄薄的雨衣擋架不住，雨水從領口，袖口滾滾灌入，轉瞬間濕透了全身。那時路上幾乎沒有行人，也沒有車輛（當年正值台灣的克難時期，街上根本難見汽車的蹤影），偶爾一輛自行車從身旁叮噹掠過，然後又陷入無邊的寂靜。天色將晚，一個人在碎石路上踽踽獨行，害怕嗎？一點也不，當時心中懸念的，是在地上尋寶，一雙銳利的眼睛，盯着泥濘的地面端詳，期望能在泥漿水灘中找到甚麼稀世奇珍，也許是一塊寶石？也許是一顆珍珠？那年頭童話故事看多了，對未來充滿憧憬，總以為不知哪裏會隨時蹦出一個阿拉丁神燈來，擦一擦就會展現出一個璀璨絢爛，華光四射的神秘世界。大雨中，濕地上，尋尋覓覓，浮想聯翩，不一會，就回到了溫暖的家，誰還在乎風吹又雨打？如今，又在走路，又在看地，昔日尋寶的孩子，變成今天怕摔的長者，生命的年譜在不知不覺中一頁頁掀過，就如電影裏以一組春花秋月夏荷冬梅的鏡頭，簡略交代戲中人風華不再似的，太匆匆，也太無奈了吧？

走着走着，有時嫌悶，也會開個岔，繞到窗前去看街景。人的一生，總想給自己闢出一條不斷向前的直路，以為只要循規蹈矩，沿線而行，就可以成功在望了。誰想到，偶爾該歇歇停停，路邊的景致，有時比目的地更饒趣味？有一回，在前往瑞士途中，旅遊車忽然壞了，不得不在道旁停下，這半路上突發的狀況，令全車旅客愁眉苦臉，有人開始不耐，有人開始抱怨，大家悶坐車中，不知道如何排遣。此時正當午後，放眼窗外，只見路邊一大片綠茵，在陽光照射下燦爛生輝，草地上各色小花迎着風，微微頷首，淺淺含笑，似乎在向我輕輕招手！想都沒想，我一馬當先衝下車去，直奔草原，誰說「路邊的野花不可採」？這漫山遍野的繁花，比甚麼名貴花卉更宜人，更悅目！其他的乘客一見，紛紛效法，跟着衝進綠茵，玩得不亦樂乎，人人都採得滿懷繽紛而歸。至於旅遊車何時修好？當天的目的地究竟是甚麼？現在根本不記得了，然而那無邊綠原滿地芬芳所帶來的

作者攝於歐遊途中路邊花叢裏

瞬間喜悅，片刻歡愉，至今卻依然留存在夢魂深處！原來，人生如羈旅，過程往往比目標更具吸引力，漫漫長途上，偶爾開個小差又有啥關係，誰知道命運會將我們帶往何處？

堅持了半個小時，那最後的十多分鐘最令人難耐。快要完成任務，即將衝線了，偏偏心底蠢蠢欲動想放棄，這種感覺，怎麼如此熟悉？不由得想起在巴黎攻讀博士學位的歲月。那些年，曾經因地鐵忽然罷工，在黑越越的隧道中，跟着成群乘客，一腳高一腳低沿着軌道小心走，好不容易才爬上地面；也曾搭錯火車班次，午夜前後差點流落荒郊，匆匆趕上尾班回頭車，凌晨時分形單影隻穿過大學城空曠落寞的樹林，提心吊膽摸回宿舍；更曾經在暑熱的季節，獨自去飯堂晚餐後，在沒帶雨具的情況下，突然大雨瓢潑，雷電交加，一個人孤零零站在門口，徬徨無計，等了幾十分鐘，雨越下越大，沒有任何停歇的現象，此時，飯堂即將關閉，後無退路，唯有前行。匆匆衝進雨陣，發足狂奔，頭上雷聲隆隆，閃電霍霍，兩旁是濃密的大樹，明知打雷時不可待在樹下，卻避無可避，只好豁出去了！多少次，在艱苦的求學生涯中，很想打退堂鼓，但終於咬着牙強忍下去。長路迢迢，後退容易前進難。

於是，日復一日，只要疫情仍在，宅家依舊，就得繼續走下去。轉念一想，能夠在病毒肆虐時安居家中，已經該感恩了。千里之行，始於足下，回首往昔，人的一生，哪一樁事，不是一步步走出來的？

二〇二一年五月六日

「年中無休」的同行者

避疫期間宅在家中，時間多了，雜務少了，於是時常躬身自省，想想這輩子匆匆數十寒暑，一路走來，跨過大大小小的坎兒無數，是誰？在自己摔倒時伸出援手；是誰？在自己失落時予以力量！這背後默默扶持，暗暗付出的同行者，除了生我育我的父母，教我誨我的師長，愛我卹我的親人，惜我懂我的朋友，還有哪個？

對了，還有它們！就是它們，這麼多年來一直靜靜的守候着我，維護着我，沒日沒夜，每時每刻，不曾稍歇，不敢暫停。我有沒有好好對待它們珍惜它們呢？似乎沒有！由於我以為這一切都理所當然，不需領會，不予注視，就會自然而然運行順暢的，偶有緩怠，我還會怨懟不滿，認為它們沒有克盡己責，沒有發揮功能，我怎麼沒有想到，它們是如何盡忠職守，如何刻苦耐勞的在長年累月中助我不斷向前呢？

現在我終於明白了，我該感謝，衷心的感謝這群「年中無休」的幕後英雄，它們沒有假期，沒有酬勞，只知道自我出生迄今，一直靜靜的隨行在旁，不離不棄！在此，且讓我慢慢的逐個致謝吧！

首先要感謝是我的雙腿雙腳，自從呱呱墜地之後，過不了多久慵懶的日子，這腿腳部位就要支撐起全身的重量，承受起行走的任務了。人的一生，從一兩歲搖搖晃晃學步開始，到少年時步履輕快，青年時健步如飛，盛年時昂首闊步，晚年時舉步維艱，暮年時步履蹣跚，顫顫巍巍，這一路走來，數十年幾萬個日子，要承受多少重擔，多少壓力啊！腿腳是吾人生命的支柱，所謂的「人體鐵三角」，即強健的骨骼，精壯的肌肉，堅韌的關節，大部份都集中在這個部位。

我的腳型生得特別不好，這就成為了一輩子不擅運動的弊端。媽媽身上很多優點我都遺傳不到，偏偏遺傳了她所有的腳部毛病，甚麼拇趾外翻，扁平足，筋膜炎等等，應有盡有，這一切，全都在我身上複製了，那年代哪裏知道這些毛病都可以矯正治療？於是，我從小就飽受足部的種種磨難，無論穿甚麼鞋，走多了就會腳底起繭，後跟起泡，寸步難行，因此，平日裏不願意多走，只喜歡靜坐。長大了，仍然像Cinderella一般，套上了一雙合適的鞋子，就好比遇上了仙履奇緣似的，比甚麼都難得！就是這樣一雙腳，居然在我成長的歲月中，伴着我多次遠涉重洋，負笈海外，踏足美加與法國；於我盛年時，隨着我到處旅遊，足跡遍佈歐美澳非等大洲。

十年前痛失終身伴侶後，突然失去動力，腳趾疼痛難當，不良於行，有一段時期不得不借助輪椅度日，這時候才真正意識到雙腿雙腳的重要！原來，生活中百分之七十的活動量，都得依賴健全的腿腳來完成的。曾經嫌棄自己的雙腿不夠修長，雙腳不夠纖細，如今知道，只要它們仍然行走自如，哪怕有些小小的不適，就已是最大的福分了！

其次要感謝的是自己的雙手。曾經羨慕很多女士，一雙玉手嬌滴滴軟綿綿，生得柔若無骨，十指纖纖，戴上鑽石翡翠戒指，一閃一閃的，不知道有多嫵媚！偏偏自己的雙手，生來節骨分明，青筋常現，後來聽人說：「男子手軟如綿好，女子手硬方是福」。這話有沒有道理，姑且不論，我的這雙手，的確一路陪着我，童年時練大小楷，中學時練蟹形文，長大了打字寫論文，成年後從爬格子到用電腦，一字字撰寫了數百萬字的文稿，如今，這雙手也許累了，倦了，關節扭曲了，但是仍然不肯稍息，日日執勤，閒來還要在古箏的二十一弦上苦練掙扎，不自量力的要攻克難關，希望有朝一日把越級挑戰的《梁祝》彈好。這樣的一雙手，怎麼還捨得嫌它生得不夠柔美？感激都來不及！

再次要感謝的是臉上的五官。年輕時耳聰目明，但從來不覺得這是種恩賜，還在嫌東嫌西，覺得不夠十全十美，沉魚落雁，恨不得要長得像美艷巨星方才甘心。如今才意識到，這雙眼是生命中不可或缺的良伴，曾經陪同我目測過這麼多美好的事物：親人的藹藹慈顏，愛侶的深深凝眸，書中的清辭蘭藻，網上的奇聞趣事；這雙耳朵更是須臾不離的益友，曾給予我無盡的支持，聞得金玉良言時，它全神貫注，豎起身來好好領教；聽到閒言碎語，八卦謠傳時，它又會自動關上屏障，充耳不聞！如今雖然還沒有看夠好書聽夠好音樂，眼睛澀了，耳朵乏了，但是它們仍然在勉力盡責，時刻相隨。可以想像它們罷工罷市的情況嗎？日子怎麼還過得下去？

另該感謝的是口鼻唇齒。曾經攬鏡自照，嫌棄鼻子不夠高挺，側影不夠秀美，可想到它是空氣進出的管道，自出世迄今，每分每秒都在一呼一吸不停工作？鼻子更是主理嗅覺的大本營，數年前嗅覺失靈，連帶味覺呆滯，再不知天下的佳餚美食為何物，日子消耗在渾渾噩噩昏昏沌沌中，如今嗅覺復原，方體會到哪怕是清茶淡飯，一口新鮮的空氣，一縷淡淡的幽香，都是這麼難能可貴！嗅覺能正常運行就好，休管是否生得鼻如玉葱，鼻若懸膽！的確，口鼻相連，唇齒相依，每日的飲食起居，要如常進行，實在不得不依賴這群忠心耿耿缺一不可的好夥伴。

額上的紋路，眼下的褶痕，是畢生經歷留下的記印，又何須介懷。那青葱歲月，那青春年華，那風華正茂的時光，生命中一切美好的片刻，溫馨的剎那，曾經來過，又匆匆走了，然而每一條皺紋，都訴說着多少悠然神往的故事，承載着滔滔東流的似水年華。感謝它們，不但告訴我曾經如此年輕，如此無憂，如此幸福過，更提醒我要繼續開懷，繼續忘憂，繼續快樂下去！

最該感謝的無疑是如今依然運行無阻的大腦。在重要的中樞神經系統裏，最關鍵的就是位於大腦顳葉內側的海馬體了。這個形態美觀的部位，擔當主管記憶及空間定位的任務，別看它體積小小，然而作用大大，每一念及，就會想起一則孩子年幼時的童言趣事。一天，兩個小家伙並肩看電視，電視上放映着海洋生態的科普片，看着海馬在螢光幕上悠哉游哉又忽然交疊起來，愣頭愣腦的四歲小子聽了配音突然發問，「甚麼是交配？」「結婚！」七歲的姐姐回答得乾脆利落。這一幕使我自此一直覺得海馬是最有趣最羅曼蒂克的形象，而海馬體在腦中能繼續正常操作，也就成為今日生活中最令人欣慰的神奇現象了。

最最勤快的，當然是一年三百六十五天，一分一秒都不停歇的心臟，默默無聲的支撐住全身每個器官的運作。其實，身體的四肢百骸，五臟六腑，都是值得感謝的。它們的設計構造，彼此之間的配合運行，比世間任何人為建築或設置，都要複雜細緻得多。這樣一部精美絕倫的機器天天運行如常，使我們頭腦清晰，四肢健全，可以呼吸可以吞嚥，真是玄妙！只要活着，我們日日晨起，豈不是都應該衷心感恩，滿懷欣喜，努力過好每一天！

二〇二二年五月二日

四、回首往昔

雪

年輕的時候，喜歡淋雨，更喜歡沐雪。踽踽獨行於雪中，讓我有一種遺世獨立、遠離煩囂的感覺，處身在冰雕玉琢的琉璃世界裏，一切都變得沉靜，變得明淨，可以促我靜思，助我反省，勉我自強。

從小生長在南國，這一輩子，除了在美國聖路易留學的那一段日子，接觸雪的機會並不多，然而生命中幾場遇見的大雪，都在心田中留下了難忘的印記，至今宛然可尋。

最記得的那場雪，是我小時候，在離開上海前最後一個生日的那天降下的。上海地處長江之南，本來就跟北國寒冬「欲渡黃河冰塞川，將登太行雪滿山」的景觀截然不同，冬天雖然冷，但是下雪的時候不多，這就是為何爸爸於一九三九至一九四〇年投資《孔夫子》時，導演費穆為了拍攝孔子陳蔡之厄解圍後的那場漫天風雪，不知道出了多少次外景，等了多少天才完成的，而當時資金的投放消散，也的確是「撒鹽空中差可擬」了。一九四九那年，舊曆新年後不久，迎來了我的生日，媽媽總是說，我當年出生時是趕着投胎來看元宵花燈的。因為家裏寵愛女孩子，人人挺當一回事，說是要買整整一個奶油蛋糕為我慶生，在那個年代，這可是了不起的大手筆！也讓我心中竊喜，日盼夜盼了好久。誰知道那時局勢動盪，瞬息萬變，金圓券一跌再跌，貶值得令人咋舌！原本上街買東西，鈔票是一疊疊拿出去的，不久，竟然變成一袋袋扛出去了。起先買一整個蛋糕的如意算盤，才過了三五日，到我生日那天，同樣的錢只可以買到小小的一塊了！我的失望可想而知！所幸，那天上海下了一場大雪，大人都說，那是一場瑞雪，表示好兆頭，於是，我就乖乖坐在窗前，望着窗外的漫天飛絮，一小口一小口慢慢細嘗我的寶貝蛋糕，生怕吃得太快，一下子就沒了。當時幼小的心裏，根本不知道，那是我在上海度過的最後一個生日，不久即將離鄉他往，從此跟哥哥們遙隔萬里，相見無期了！

第二場大雪是在美國聖路易遇上的。那是我第一次離家遠遊的歲月，也是我成長後第一次看到雪的日子。在艱苦求學的過程中，從深秋的紅葉，等到了隆冬的白雪，光陰過得匆匆，心中不無忐忑憂慮的感覺。然而，那一天，放了學，大雪紛飛，寒冷刺骨，一個人穿過空曠的校園，四周寂靜無聲，抬頭前看，白茫茫一片，似乎在邀約我去尋幽探勝；回頭後望，雪地裏一個又一個腳印，都是我一步步走出來的，已經走得很遠了，不必猶豫，不必膽怯，只要一直走，總有一刻，會走到暖暖的前方。

第三場大雪，發生在不常下雪的溫哥華。那是我在大學教書後第一次放進修假（Sabbatical leave）的所在地。在溫哥華一學期，我邂逅了名詩人暨翻譯家布邁恪，翻譯了第一本小說《小酒館的悲歌》，學習了「翻譯工作坊」的良方並將之帶回中大翻譯系，成為日後深受學生歡迎的必修科，然而這一切，在我心目中，都不是甚麼值得大書特書的事情，真正讓我引以為榮的「壯舉」，是我這個運動白癡，居然痛下決心，決定去偷偷學車了，假如我能把汽車這麼龐大的機器發動，並有膽量開到大街上行走，那可是破天荒的偉大成就，不但可在回港後向家人吹噓，以後遇到任何事也就天不怕地不怕，所向無敵了！一九七四年二月底，我開始正式學車，誰知道一個星期後溫哥華竟然下了一場全年少見的大雪，到處白皚皚，滑溜溜，街上不少汽車已經四腳朝天了！這樣的情況下，我還得硬着頭皮去學車，不由得膽戰心驚，唯有不斷給自己打氣：「下雪天開車，怕甚麼？總比狂風驟雨好，總比打雷閃電好！開就開吧！」一下子，車就衝上了大街，教車師傅在身邊不斷鼓勵，說我大有進步，這時，心裏突然感到踏實起來。

雪越下越大，飄在空中，吹在樹上，落在街上，降在屋頂上，到處晶瑩剔透，一切似幻似真，像個童話世界！霎時間，不知道自己身在何處，只知道一扇嶄新的大門敞開了，我駕着車，左轉右轉，隨心所欲！那場大雪告訴我，怕！是沒有用的，每當困難來時，唯有迎頭而上！

最讓我感到溫馨的一場雪，是一九八〇年代中在多倫多領略的。那時候，我們一家分隔兩地，外子帶着子女在加拿大上學，我則留守香港當「外空人」（外子不在家之意），一年裏凡有假期，都得來來回回在加港之間往返奔波。那年聖誕過後，短暫的假期匆匆過

作者全家攝於多倫多

作者子女屋後山坡玩雪圖

去了，第二天即將返港工作，那天特別冷，天氣冷，心頭冷，窗外大雪紛飛，窗裏了無生氣，全家人都情緒低落，一個個蔫在床上，提不起勁！時間似乎凝凍了，僵化在寒冬下，無精打采。這時，突然靈機一動，想起既然還有整整一天的時光，怎可如此虛擲？大好光陰怎麼不去好好利用呢？於是，急忙叫起了大的小的，一家人穿上了厚厚的外套雪靴，到屋後遍地泛銀的小山谷踏雪去也！那時，陽光下白雪皚皚，樹枝枯草上都粉裝玉飾，顯得璀璨晶瑩，美得耀眼！山谷裏沒有旁人，全讓我們包場了，大家在雪地上一時興起，拋雪球，堆雪人，互相追逐，玩得不亦樂乎！時光很識趣，留下來陪我們慢慢玩，讓我們盡情消磨。離別在即？這光景誰會管它？第二天的事，第二天再說！就這樣，我們在雪地上度過了漫長的午後，撿來的時間，似乎過得特別持久，特別從容！原來，生命中的一瞬間，倘若細細品嘗，好好珍惜，就會幻化為永恆，常駐心間！

那幾場雪，標誌着逝去的年華，如今，生活在四季無雪的南國，追憶起來，寒冬的降雪，竟然是溫暖的！

二〇二一年十一月一日

心波中的柔草

心中，有一口湖，這心湖，歲月久了，已難起波瀾。曾經有過風急雨驟的日子，橫木敗瓦掃來，斷枝殘葉吹下，湖面波濤洶湧，湖底雜物紛呈！都過去了，都隨着流光消逝了無痕。如今，過橋抽板的闖將，到別處去繼續耀武揚威，與這口在山麓靜靜躺着的心湖，又有何干？冷眼勢利的過客，到他鄉去拜高踩低了，跟這口與世無爭安歇一旁的心湖，又有何涉？

倒是，晨起向晚時分，清風徐徐吹來，湖面偶爾會泛起陣陣漣漪，也許，不經意中，想起多年前一次不算邂逅的邂逅，一回短暫的偶遇，一趟瞬間的交會，這些記憶深處的畫面與情景，怎麼竟然還會在晨曦夕照中微微閃亮，煥發出粼粼波光，映照着湖底一束束柔草，在心波中輕輕蕩漾！

是許久許久之前的青葱歲月，北師附小畢業，考取了傲視學界的台北第一女中，那光景，就好比古時科舉高中似的，頗有光宗耀祖的架勢。那一身綠衣黑裙的校服是榮譽的象徵，上學時穿，放假時穿，連去喝喜酒時也不捨得換下，席上遇見親朋戚友，少不得賺來一些羡慕的眼光。校服上的校名和學號，是個人身份的印記。多年後看幾米的創作《向左走，向右走》，說到作品中的男女主角只知道對方的學號，不知道彼此的名字，乍相逢，又離別，雖然身為比鄰，卻失之交臂——「她習慣向左走，他習慣向右走，他們始終不曾相遇」！現實中，這樣的戲劇，天天在默默搬演，那時代的少年少女，誰不曾經歷過類似的情節？

當年，家住和平東路二段的一個小巷，巷子曲折蜿蜒，門口有一條小河，恰似童年時常唱的《流水》：「門前一道清流，夾岸兩行垂柳，風景年年依舊，只有那流水，總是一去不回頭」！那年頭，台灣的中學基本上是男女分校的。雖然家裏一向呵護備至，唸中學了，再也不讓家中接送，每天清晨，沿着小河，穿過彎曲的小巷，來到平坦的大街，等待不記得是哪一號的公共汽車，從和平東路二段到重慶南路一段去上學。無論天雨天晴，從夏到冬，行車的路線不改，時間也不變。久而久之，就會發現，同一時段車上的乘客，都是同一群人。不知哪一天，突然有個第六感，感到似乎有人在窺望自己，回首一瞧，在車廂後座靠右的窗邊，逮到一雙熾熱的眼睛，正目不轉睛的逼視過來！當下不敢細看他的臉龐，只用眼角的餘光悄悄一瞄，掃到那一身制服——板橋中學！啊！原來是板橋的！在那個年頭，學校的排名，似乎比印度的種姓還涇渭分明——北一女配建中，北二女配附中，這板橋？不入流吧！那天，到學校下了車，留在車上的那雙熾熱眼睛，還透過右窗，怔怔的向後凝視，一直不停望着，望着，直至公車遠去，才消失無蹤！就這樣，自此天天邂逅，天天凝望，天天回眸，大概一學期左右，彼此從來沒有交談過。

歲月悠悠，多少年過去了，如今偶爾回想起遙遠如夢的荳蔻年華，不禁心中好奇，當年那身影，那回眸的主人，到底是誰？他此生平安嗎？日子順心嗎？這謎樣的故事，從未開始，更永遠無法知道結局！

又是數十寒暑之後的事了。是上個世紀八十年代的偶遇。那段日子，外子帶了兩個孩子出國上學。那些年，日子挺艱難的，每逢過年過節，倍感寂寥，一有長假，就忙不迭的往多倫多跑，探望遠在他鄉的家人。一個人形單影隻長途跋涉多了，一聽到坐飛機就怕！那一回，坐上飛機，原本在閉目養神，忽然鄰座來了一個四五歲的小女孩，沒有大人陪同，自己一人悶聲不響，乖乖的坐在位子上。十多小時的旅程，她既不鬧也不吵，一直在自己玩電子遊戲，寫寫字，畫畫圖，不睡，也不大吃東西。問她為何獨自去旅行，她說去三藩市會媽媽囉！（這程飛多倫多不是直航，要停三藩市轉機的）。那爸爸呢？「爸爸跟哥哥住，哥哥好惜我的！」「哥哥和爸爸幹嘛不陪你去三藩市呀？」「哥哥要跟他的新媽媽住呀！」哦！原來如此，這下輪到我語塞了！接着，小女孩又喃喃自語：「我好想哥哥！」隨即她又一本正經輕輕加了一句：「不是想哥哥，就可以跟哥哥住的，要等官來判的囉！」不知她是說給我聽，還是在自開自解？她哪裏知道甚麼是「官」啊！那麼稚嫩的聲音，說出那樣老氣的話來，讓我聽了特別心疼，久久不能釋懷！

這麼多年過去了，這機上的一幕，至今難忘，算起來，這個弱小的女孩，應該已是四十出頭的中年人了，她還在三藩市嗎？她過得可好？會有心理陰影嗎？如今應該已為人母了，但願她諸事順遂，平安幸福，讓她的下一代，再也不要經歷同樣心酸的童年。

到了上個世紀九十年代中，終於一家可以團聚了，曾經有過一段較為安逸的歲月。那段日子，最喜歡坐郵輪去遠行。記得有一次，坐着巨大的郵輪來到克羅地亞的杜布羅夫尼克（Dubrovnik）。船停泊在海邊，十幾層高的船身，像個巨無霸似的俯瞰着港口，無論遠望近看，都十分壯觀！當年南斯拉夫解體，克羅地亞，波斯尼亞，塞爾維亞三族之間發生了歷時三年半慘絕人寰的波黑戰爭，九十年中葉戰事剛歇，人民喘息未定，當地經濟的衰敗，生活的窘迫，可想而知。好不容易來了一艘豪華的遠洋郵輪，那天外的來客，異域的生活，又多麼令人嚮往！不久，船又起行了，笛聲響起，領航船開出，偌大的船身慢慢移開岸邊，此時，在高高的船艙下望，忽然看到一個年輕的父親，肩膀上騎着個一兩歲的孩童，正在碼頭上一臉急切，發足狂奔，拼命想趕上逐漸遠去的郵輪。是他自己想追逐船影，還是他那稚齡的孩子？他全神貫注，專心致志，怎麼也想不到高高的船艙上，還有一個陌生客正在向

作者夫婦於一九九〇年代坐郵輪赴歐洲旅行

他凝神觀望。那畫面，令人想起卞之琳膾炙人口的詩句：「你站在橋上看風景／看風景的人在樓上看你」！真不知道，那年輕的男子，當年是否經常在碼頭背着幼兒追船？他們如今的生活改善了嗎？孩子長大了，是困守故土，還是已經揚帆出海，遨遊天下了？他能過上父親當年曾經嚮往的日子嗎？能讓父親終於卸下重擔，安穩度日了嗎？

茫茫人海，都是過客，都是暫駐，生命的旅途上，一個回眸，一次偶遇，一趟交會，毋需多言，何必相識，只要心存善念，哪怕歲月如流，年代久遠，那瞬間一絲絲體恤與憐惜，總會在心波上流轉，恰似一縷縷柔草，在清風吹送中，緩緩款擺搖曳，令人怡然。

二〇二一年八月二日

從綠衣黑裙到紅帶藍裙——追憶培正的歲月

竇打老道？在竇裏打老道士？還是一竇蜂打老人家？這是甚麼路名？真奇怪！

多年前，來到新學校報考，一看到校門口的路牌，不禁心中嘀咕，覺得這香港真是沒有文化，這學校一定也不是甚麼好學校，要我從台北名校跑到這裏來轉學，不免深感委屈。

當年，從台北搬來香港，可以跟久別重逢的爸爸相聚，當然是一椿好事，可是這次搬遷，也意味着跟自己熟悉的環境告別，跟多年好友分離，跟響噹噹，一考進去就自覺神氣得不得了的母校「台北第一女子中學」脫離聯繫。一切來得太突然，令人措手不及，才十六歲的年紀，已經飽嚐離愁別緒，只覺得心中惆悵，不知道如何排遣。

好不容易來到香港，又面臨失學問題，高二上唸了一半，輟學在家，整日無所事事，對着這陌生的城市，不知道哪所學校才是落腳之地。聽說，香港的學制跟台灣不同，分為英文中學及中文中學兩種系統，如想進英文中學，就得倒退兩年，去讀中三，這可如何是好？難道等台北的同學神氣活現的上了大學，我還得穿了制服背上書包當中學生？正在徬徨無計時，忽然得知有幾家中文中學在招收春季插班生，其中包括德明與培正，於是就抱着姑且一試的心情，去報名投考。

那一年，培正錄取了七個插班生，其中居然有三個是姓金的。事後才知道，這學校根本一向不收插班生，那一年是個例外。又隔了半個世紀，在整理爸爸的遺物時，無意中發現一張字條，是友人恭賀他女兒以第一名考上培正，原來那一回是命運之神的安排，使我懵懵懂懂的再次與名校結緣。

唸到高二下，才轉到一所新學校；以同學來說，從清一色女生的班級，換到男女同班；從四周環繞熟悉的面孔，到望去盡是漠然的臉龐，簡直是西出陽關無故人；以老師來說，從國語教學，變為粵語授課；從採用數理化中文課本，改為英語課本，其中的改變不可謂不大，無奈飛鳥跌進池塘裏，不會游泳也得游。當時不論上課下課，廣東話的九個高低語音不停在耳邊絮絮叨叨，很像疲勞轟炸，以國語開口回應吧，又惹得全班哄堂大笑，每天既聽不懂也說不清，真是有耳莫聞，有口難言，這才領略到倘若生而聾啞該是多麼苦惱的事！

在香港上學，當然也得穿制服，有的學校女生居然是穿旗袍的，當年瘦瘦小小的我，穿起來一定像個洗衫板，幸虧培正不是如此。從綠衣黑裙換上了紅領結，藏青裙；從及耳短髮，變成了兩辮垂肩，這外形的轉變，恰恰是整個學習過程改天換日的體現。

培正中學可能是個異數，雖為中文中學，數理化生各科卻是採用英文課本的。上課時，學生對着這英文課本，聽老師用粵語講解，這其中有沒有翻譯的困難？由於我當年是處於又聾又啞的狀態，每天掙扎求存還來不及，根本不知道這種教法的利弊所在。當時，我連「三角形」叫「triangle」，「二氧化碳」叫「carbon dioxide」也弄不清，卻馬上要面對交功課，做測驗，應付小考大考的挑戰。

只記得每天上完課，回到家裏，來不及做作業，光是查閱各科內容的生字，就已經忙得昏頭轉向，查完生字，每每將近午夜，再要溫習課文，更是精疲力竭了。但是，課業如滔滔東流水，只會滾滾向前，不會因為江上舟子乏力划艇而放慢流速。最記得第一次化學測驗，這是外號「化學張」的老師每次做實驗前的程序，學生必須熟讀內容，通過測驗，才可以進入實驗室。張老師讓每個學生自選筆記本，每次測驗完畢，他會以得分高低來排列本子的先後。那一回，老師走進課室，雙手像拉風琴似的橫向捧了一疊本子，我那本綠色封面的赫然放在最邊上。當時心想，這下可糟了，我一定考得最壞，因此名列最後。接着老師讀出名字，想不到我是第一個，也就是第一名，這可真讓人喜出望外，怎麼回事呢？原來早一晚因初臨大敵，戰戰兢兢用英文死背了所有化學元素以及實驗程序，竟然大有好處。這以後，每逢化學測驗，都不敢造次，為了保持佳績，特別用心，會考時，竟然得了 Distinction 的成績，要不是有一次做實驗時臉孔對着酒精燈和試管中的硫酸銅呆若木雞，險出意外，給平時挺寵我的化學張大罵一頓，還妄以為大學時可以唸化學系呢！

培正雖是中文中學，英文卻

作者進入香港培正中學就讀

作者初中畢業時

深得嚇人。高二時，英文課居然教米爾頓的《失樂園》（John Milton, *Paradise Lost*）。那位老師姓吳，蓄了小鬍子，上課時英文説得字正腔圓，看起來派頭十足，很神氣的模樣。記得他要我們背課文，每個同學都得在班上輪流背誦，誰夠勇氣先背的，就可以先脱難，免得在課室裏提心吊膽，一面對着長長的雞腸文直冒冷汗，一面希望下課鈴快快響起，能夠賴就賴一堂。

中文課是我的「樂園」，無論背誦，作文，都是台北一女中訓練有素的能事。唯一特別的是別人背誦時用粵語，我則因為新來乍到，可以用國語。記得在北一女時，班上有位僑生名叫趙美，國語説得不錯，只是一背書就得用母語。她開口用廣東話背誦，使全班哄堂大笑，嘻哈絕倒。想不到風水輪流轉，到了香港，那惹得同學捧腹發噱，前俯後仰的角色，竟然變了我自己！

上體育課，又是一個全新的經驗。培正雖著名，操場卻不算太大，上體育課時，男生去打球跑步，女生卻在一旁做韻律操。我是班上的插班生，體育老師並沒有特別照顧，一上來就喊起號令，帶上全班做體操。「一二！一二！」她用粵語大聲喊着，我聽起來卻像國語的「訝異！訝異！」莫名其妙之餘，頓時手忙腳亂起來，再也跟不上節奏了。那一年期終考時，我的體育不及格。

培正是基督教學校，除了中英數理化等基本科目之外，每個學生都得上聖經課。在台北，我們唸的是《論語》、《中庸》，注重的是忠孝仁愛，信義和平，連分班都是「忠班，孝班」，而不是「A班，B班」；來了香港，卻要學習從未涉及的新舊約《聖經》。因為天天睡眠不足，加以老師上課時以陌生話說陌生事，每次都在班上昏昏欲睡，費盡力氣撐眼皮，好不容易挨到下課，只記得《聖經》故事中兩三個片段，例如耶穌為門徒洗腳之類。天可憐見！一年半後參加會考時，《聖經》科目居然有一題「耶穌為門徒洗腳的意義」，當下洋洋灑灑以作文的技巧發揮了一陣，這一科放榜時居然得了一個 credit！

在培正唸了一年半，糊糊塗塗會考及格，朦朦朧朧過了難關，升大學時，明明考取了台大外文系，有機會跟白先勇、陳若曦等學長成為同系窗友，卻因父母不捨讓我遠行而作罷。結果就考上了中文大學前身崇基學院英文系，兜兜轉轉，多年後終於踏上翻譯與創作之路。

二〇一七年五月二十七日

在那往昔的歲月——記早年崇基生活的濃濃詩情

「在那遙遠的地方，有位好姑娘……」。每聽到王洛賓這首家喻戶曉的民歌，總想起牧羊姑娘的清麗可人，邊陲風光的淳樸脱俗，而不禁心嚮往之。也許，現實生活中雜務纏身，節奏急促，因而遙不可及的她，年代久遠的時，常使人悠然神往，緬懷不已吧！

「在那往昔的歲月，有段好時光……」。多少年了？回想在崇基當學生的日子，既近在眼前，又遠在天邊，追憶似水流年，到底該從哪一點、哪一滴開始？

在同一地點上學，做事，大半生駐足於此，倏倏忽忽，數十年已經過去了。恰似拾級登山，迤邐而上，一路行來，驕陽似火，時而喘息樹下，時而暫歇亭中，但多半時候，必須鼓起勇氣，勉力向前，行行復行行，猛舉首，峰頂已經在望；再回頭，但見來路蜿蜒如線，刻劃在碧綠的山坡上。拋去的歲月，綿長如許，而下山的日子，竟隱隱然展現在眼前了。

同樣的地方，不知生活了多少年；同樣的路，不知走過了多少遍。路邊的

作者攝於崇基學院

景觀，天天在變，但路上的行人，卻往往渾然不覺。就好比天天面對着身邊的伴侶，朝夕與共，日夜相依，誰會注意到他或她時時刻刻的變化？曾幾何時，額前添紋，鬢邊堆霜，不知不覺間，歲月已經在對方的臉上，留下了深深的印記。

現在的崇基，跟早年的崇基，從外觀看來，已大不相同了。當年的馬料水，遠離市囂，清幽如畫。背後是青翠嫵媚的山，前面是碧藍澄澈的海，如茵的山坡上，豎立着疏疏落落、美觀雅緻的建築物，與對面雄偉巍峨的馬鞍山，遙遙相對。馬鞍山下有一個村落，名叫烏溪沙，那處寧謐安詳，除了一家慈善機構開辦的孤兒院，幾乎不見人煙。

一條彎彎曲曲的鐵路，途徑崇基，每隔一小時多，為學院帶來一批充滿活力、朝氣勃勃的年輕學子。從火車站到課室，要經過正在擴建的大操場。上坡的道路，天晴時，因樹小無蔭，而烈日當頭；天雨時，操場水浸土淹，頓成澤國。小夥子捲起褲腳，小姑娘拉高裙裾。大家嘻嘻哈哈，涉水而過，不但不以為苦，反而樂在其中。那年頭，誰也沒有昂貴的牛仔褲，名牌的網球鞋，衣物浸濕了也罷，瞬息即乾，少年情懷灑脱豪邁，物質生活豐裕與否，又何必計較？

上了小坡，來到活動的中心地帶，一邊是麻雀雖小而五臟俱全的圖書館，另一邊拾級而上，來到了繳費、註冊等辦事必經的行政樓。由圖書館再往前走，就是課前課後、全校六百學生流連聚散的飯堂了。當年的圖書館，空間不大，書籍不多，但是學生都喜歡往裏頭鑽，一半是為了勤學苦讀，另一半卻為了便於親近心儀的對象。一張張長方桌子，一把把木製椅子，大家擠在一起，好不溫馨！《牛津大辭典》近在咫尺，隨手可查；《莎士比亞全集》就在眼前，隨時能閱。看倦了書，正好寫張便條，夾在扉頁，遞到鄰座的她手中，問她今宵可有空閒，能否相約共遊，泛舟月下？圖書館外，有一小塊青草地，當年種了一株白蘭，花開時芳香四溢，不知多少年，一屆又一屆，嬌柔的小妮子曾經站在樹下，首微昂，手輕揚，無數小夥子就會紛紛上前，大獻殷勤，為她摘下白蘭串串。

行政樓是一座兩層的樓房，院長辦公室在樓上，註冊出納等辦事處就在樓下。每一年，招收新生的時候，一大批高年級的舊生總要在註冊處探頭探腦，收集情報，看看今年招收了多少新生？有沒有出色的俊男美女？然後，把名字默默記下，在迎新會上逐一細細端詳，查核真人跟照片有啥出入。行政樓向上，通往大埔公路；向下行，就直指火車站了。在通往火車站的一端，有一個小草坡，課餘飯後，正是並肩閒坐，觀白雲，訴心聲的好去處。如今，這一切都已覆蓋在鋼筋水泥下，新建的音樂廳，設備集全，為校園生活添增姿彩。

飯堂是各路英雄聚首會晤，或比試技藝，或共商大計的場所。由於每小時最多只有一班火車進城，誤了班次，就不得不在學校流連，飯堂因而經常座無虛席，人頭湧湧。當年的飯堂既無冷氣，也無雅座，菜餚只有那幾款，衛生條件更免談，午膳時，經常可以在白飯裏挑砂石，青菜中找昆蟲。儘管如此，年輕人成群結隊，呼朋喚友，倒也其樂融融。全校只有那幾百名學生，除非是天生的蛀書蟲，在當年的崇基，只要一進校門，上三屆，下三屆，幾乎誰都認識誰。飯堂的功能極多，上課時，是走堂逃課的庇護所；考試前，是惡補備戰的兵工廠；到了聖誕前，更可一改而為全體學生的跳舞廳。曾經有一次舞會，開得通宵達旦，盡興盡情。誰說教會學院校規嚴？當年的崇基可開放自由得很呢！飯堂既是全校的社交中心，大家都不會對之視若等閒，男生們最喜歡在此論球技、打橋牌，越近考試越起勁；女生呢？當時流行的羅傘裙，蜂巢頭，種種時髦的玩意兒，一經打扮停當，怎可不在此一一亮相？曾經有位家境不錯的男學生，無心向學，常向女同學借筆記，問功課，然後再以跑馬「貼士」來償還。閒來無事，飯堂是他的瞭望台。當年時興牛奶公司的蓮花杯，五毫子一大杯，三毫子一小杯，這位仁兄，每見美女，必以蓮花杯相贈。在他心目中，美貌有價，絕色美女一大杯，次等美女一小杯，當然，也有只獲贈兩毫子維他奶者。如今，這所飯堂早已拆去，原址變成了甚有規模的教育學院了。

當年的崇基，背山面海。那山，真是入目青葱，不見片瓦，如今的大學本部，聯合、新亞及逸夫書院，仍然蹤跡全無。山頭上，設置「崇基」兩個大字，居高臨下，俯瞰着這所別具一格的大專學院。鐵路彎彎，依海而築；向右是一道清泉，水流淙淙，奔瀉不絕，沿着鐵路走不遠，就可以找到石階，拾級而下。大熱天來到水邊，但覺清涼沁心，暑氣全消。這地方，幽靜怡人，既可以一人獨往，潛心苦讀；也可以偕伴而至，喁喁談心；更可以三五成群，嬉水其中。馬料水之名，想必由此清泉而得吧！時過景遷，近年來，每乘火車途徑，但見這清泉，時而乾涸無水，時而水細如注，加以潭邊垃圾堆積，蚊蚋叢生，如今，恐怕再沒有甚麼閒客肯涉足此地了。

鐵路向左，到了車站盡頭再往海邊走，就是渡船碼頭。碼頭上，有渡船定期開往對岸的馬鞍山，除了渡船，還有小艇出租，供消閒之用，當年的崇基健兒，於是個個都成了划艇高手。在大學四年，每逢上下午皆有課，而中間有空檔時，附近既沒有新城市廣場可供溜達，於是鑽空子「扒艇仔」就成了最佳娛樂。當年激流失槳、英雄救美的故事，時有所聞，但真正遇險的意外，從未發生，反而製造了不少拍拖良機。崇基歷來多校園姻緣，這碧海泛舟的浪漫情調，想必是主因之一吧！

在沒有電氣火車的日子，於鐵路上乘搭座位狹窄、設備簡陋的舊火車，一路汽笛嗚嗚，穿山越洞而去，也是一種樂趣。那時候，車廂前後都設有平台，下附梯階，供人上落之用。一節節車廂就靠小平台之間的鐵鏈鈎在一起。平台上設有圍欄，高不及腰，人擠的時候，年輕學子都不肯老老實實耽在車廂裏，偏要站在車外的平台上。每逢車速加快，路軌急轉，往往搖搖晃晃，險象環生，但是泰半時候，車行不徐不急，擺動有致，站在平台上，車外的景色，一覽無遺。如今大廈林立、公路交錯的沙田，當年只是一條小村，鐵路所經之處，一邊是田，一邊是海。清晨時水清草綠，旭日初升；傍晚時歸帆點點，夕照燦爛，那種身心淨滌、俗囂盡去的感覺，迄今難忘。

火車穿越山洞又別有一番滋味。山洞既沒有照明，車上也沒有燈火，於是一進入獅子山隧道，就變得漆黑一片，伸手不見五指。舊式火車在黑黝黝的山洞裏，起碼得爬行三分鐘之久，這時站在平台上，但覺耳際車聲隆隆，涼風習習，既緊張又刺激。身旁是一個個熟悉或不熟悉的同窗，大家屏息靜氣，凝神以待。恍惚中，恰似進入了時光隧道，只覺混混沌沌，既不知身在何處，也不知此行何往，唯有凝望着遠處一線微光，向前奔馳而去。不久，微光漸增，終於形成一框黃暈，此時，轟然一聲，巨龍飛竄而出，眼前頓覺天遼地濶，豁然開朗，黑暗過後，終於重見光明了。

當年報考崇基，為爭勝好強，偏選讀把握不大的外文系，卻在中文作文比

作者崇基學院畢業照

賽中得了冠軍。文章很短，寥寥數百字，以「生活在崇基，像生活在詩中」為起首；以「生活在崇基，有前途、有希望」為結尾。也許，就為了「前途」與「希望」，使我在當年的崇基、日後的中大依戀不去，久留迄今。

追思往昔，生活中充滿了挑戰，大學時期學習生涯既艱苦辛勞，又樂趣無窮，每當克服困難時，更感到無比欣慰，其中甘苦，一言難盡，此文記下的，只是當年崇基生活中最使人津津樂道、念念不忘的濃濃詩情。

一九九七年七月二日初稿

二〇二三年四月十六日修訂

這個人是誰

這個人是誰？跟我到底有甚麼關係？為甚麼看起來似近而遠，似親猶疏，似熟還生？何以一個年輕女孩當年的一念一息，一舉一動，竟會決定了今時今日的我畢生的命運？

面對着一大堆微微泛黃的書信，按照信封的郵戳一封封打開細看，一個塵封遙遠的世界，在記憶深處慢慢浮現出來，似塘中泛起的漣漪，窗外飄來的飛絮，一串串，一片片展示眼前，連接的驚喜，不斷的追尋——這個人是我嗎？她見過的人，欠過的情，嚐過的樂，受過的苦，做過的事，去過的地方，為甚麼有的記憶猶新，有的遺忘殆盡？原來記憶真是不知不覺經過篩選的，在追憶所及星光燦爛的亮點之後，竟然還有這麼一大片朦朧暗淡，沒入忘鄉的夜空！

這批信，是我一九六三年至一九六五年負笈美國時寫給爸媽的家書。記得老爸老媽九十出頭那年，他們住所還經過一次大裝修，兩老忙着清理雜物，把多餘衣物送的送，丟的丟；舊信賬單撕的撕，毀的毀。還以為我的信早已不知去向，誰知道他們去世後，在遺物中竟然發現這批信還整整齊齊原封不動的珍藏着。當時未及細看，就一大包拿回家來束之高閣。多年過去了，平日裏忙忙碌碌，哪會有閒情去翻閱這些陳年舊函呢？

疫情嚴峻期間，幽居斗室，百無聊賴，一日在家中東翻翻西看看，打開櫃子，瞥見這批函件和爸媽的回郵，當下如獲至寶，忍不住細閱起來。一開始，停不了，那厚厚一疊信一封封追看下去，時光倒流，舊夢重溫，霎時間，彷彿又回到了早已失落的國度，再次經歷了青春時代的喜與憂，樂與怒，憧憬與期盼，忐忑與煩愁。

那年頭風氣使然，大學畢業了都想出國，然而出國留學談何容易，那一大筆旅費學費生活費可難以對付。當年在香港崇基學院英文系畢業，進入亞細亞石油公司工作，一年之後獲得美國大學的助學金，就摒擋一切，執意上路了。

其實，那時已有了穩定的工作，可靠的男友，原本可以留在香港，安享父母的庇佑愛侶的守護，卻不知是上進心強，還是好勝心切，竟然寧願拋開一切遠涉重洋去隻身闖天涯。

上世紀六十年代出國可是件大事，事前父母努力打點張羅，籌備行裝；臨行親朋戚友都趕到啟德機場去送別。記得那天第一次坐飛機出遠門，孤零零瘦削一個，左手拿着打字機，右手挽着化妝箱（如今回想，這又要來何用？是為了女兒家出門以壯行色嗎？）身上揹着一個大手袋，腋下夾着一件呢大衣，渾身沉甸甸勉力往向前行，還沒走到機艙口，眼淚已經撲簌簌往下流。此去經年，那時候誰都不會隔三五個月就輕鬆回家度個假，也付不起昂貴費用打長途電話，倘若思家心切，唯有靠鴻雁往返萬里傳書了。

那批信，歷時兩年，一共有好幾百封。原本自以為這輩子毫無理財觀念，翻看舊函，才發現那時涉世未深的自己，居然很會撙節用度，時常在信裏提到省錢之道。也難怪，一開始，飄飄然來大學報到，老爸的說法在耳旁迴盪：「你去金元王國（美國）聖路易華盛頓大學唸書，跟你的名字息息相關，這是命中注定的緣份！」於是，一切似乎都染上了玫瑰金色的浪漫幻彩。沒多久，卻嚐到了獨立生活必須量入為出精打細算的滋味了。帶去的三百美金，付了一百三十五元宿舍按金，加上每天的膳食費、日用品費、書籍文具及郵費，不出幾天，已經所剩無幾。當時有個台灣來唸化工系的女孩石，她出身富裕，性情開朗，興沖沖指點我說，「在美國身上是不必帶錢的，錢都存在銀行裏，要用時開張支票就行了。」她竭力慫恿我像她一般去銀行開個上千元存款的戶口，我只好唯唯諾諾，不置可否，轉頭把用剩的幾十美元悄悄塞在枕頭下，靜待一個月後助學金出糧的時候。

留美兩載，第一年住宿舍，為了學好英文，跟兩個美國女孩同房。第二年，宿舍需要整修，也為了省錢，於是就跟兩位台灣來的女孩——唸化工的石和唸衛生工程的廖，一起搬到學校附近的公寓居住。三個女生，同住一層樓，每逢月初，各放九十美元在一個鐵罐裏，每星期上超市買菜，就往罐頭裏掏錢。上超市，當然是日常生活中一件大事，在美國沒有汽車是寸步難行的，所幸隔壁住了兩位大姐黃與張，她們已經來美數年了，擁有一輛後座踩腳地方有個窟窿的老爺車，每次出行，恰好帶上我們這三個毛丫頭，只要我們上車後小心翼翼不把腳伸到洞裏去就行了。從超市回來，大包小包的，滿載而歸，當時我們住在三樓，要把戰利品搬回公寓，重的牛奶罐頭之類由兩位理工科高材生全力包辦，輕的如紙張膠布則由手無縛雞之力的我拉扯上樓。

跟石、廖兩位室友同住，一星期六天三人輪流做飯，每逢星期日，則因她們要去教堂禮拜，午飯甚至晚餐常由我獨立操持。多年後，我們每逢長途電話聊天敍舊，她倆堅持不信我當年竟有此能耐，如今翻看舊信，才發現證據確鑿，有書為憑。原本在家時，因老爸思想前衛，舉措新潮，一向重女輕男；老媽則篤信女

作者一九六三年攝於美國華盛頓大學校門前

兒當自強，讀書最要緊，從來不讓我進廚房，不必我做家務。沒想到來了美國，因生活所需，竟會不時憑記憶胡亂湊出四菜一湯，偶爾還夠膽請老外來作客品嚐。「拿手好菜是乾燒明蝦」，我在信裏洋洋自得向父母吹噓，並宣稱日後回家要克盡孝道，為他們下廚分勞。話雖如此，學成返港之後又故態復萌，一頭鑽進教書工作，自此與廚房絕緣。多年後，自己兒女成長，絕不相信我能做菜，並時常調侃說，從小到大嚐過老媽廚藝的次數，不用十根手指就數得完。

烹飪如是，縫紉又是另一個故事。中學時台灣北一女的勞作，不論刺繡編織，都是媽媽代勞，蒙混過關的。來了美國，發現飯堂裏的牛奶，一開籠頭就嘩啦啦溢出，任喝無妨，簡直比香港的自來水還流得暢快，誰叫香港當時還在制水呢？於是，在那仍未崇尚唯瘦為美的時代，日飲鮮奶三杯，體重由初到美國的八十八磅暴升到一零二磅，帶去衣裙都無法再穿，那十一件旗袍更撐不下了。由於不捨得花錢，一九六四年暑假去哥羅拉多打暑期工教中文時，除了把舊衣修改放大，居然還從聖路易公寓中帶去舊窗簾一幅，情商教授夫人代為剪裁，自己親力親為縫了一件衣服！看到這封信的內容，除了馬上想起《亂世佳人》中郝思嘉色誘白瑞德那經典一幕之外，不由得也大吃一驚！這個人難道是自己嗎？不但如此，當年的我更曾大發宏願，在課餘到處向人討教，千辛萬苦完成了一件生平唯一手織的毛衣，獻給媽媽當作生日禮物。多年後翻譯《傅雷家書》和《海隅逐客》等名著時，譯了又改，改了再譯，十次八次，不厭其煩，那過程，每每使我想起當年在聖路易秘密練兵，悄悄為媽媽編織毛衣拆了又改，改了又拆的情景。

人的際遇，十分玄妙，當年若不是邂逅好友石與廖，我的留學生活不會如此單純——每日裏除了唸書就是唸書。我們同進同出，彼此扶持，不知道寂寞孤單為何物。當年的旅美學界，多的是各式各類的派對聚會，我們每次出席，都由張、黃兩位大姐領隊，她倆如母雞守護小雞般照看我們，晚飯一過，就五人同行，全身以退，連一次舞會都沒有參加過。廖當年也已有固定男友在瑞士攻讀，因此我們立意固守陣地，堅壁清野，不讓任何誘惑近身。

兩年過去，該是學成返港的時候了。亞洲學系的主任與教授竭力挽留，說是只要我點頭，就可以讓我繼續攻讀博士學位或獨當一面當講師，每年約有七千多美元薪水，這個優渥的待遇，對別人來說，可是求之不得；對我來說，也是天文數字。但我當時去意已決，辜負了系方一番美意，讓他們大失所望，覺得我不識好歹，不堪造就。那一批信裏，充滿了徬徨與憂慮，煩躁與不安，深恐因此得罪教授，拿不到碩士學位無功而返，白白讓兩年光陰化作東流水。

如今回想，當年的一個堅持，一個決定，差之毫釐，失之千里。假如選擇留下了，不知道是禍是福，多半會成為於梨華小說中另一個角色吧！（這位早年旅美文學代言者在美於二〇二〇年染疫身亡，令人唏噓！）但是這個人絕不會是現在的我——一個和睦家庭裏的受寵者；一個漫長譯道上的拓荒人！

展信細閱，竟然看得累眼昏花了，那批信當年是寫給爸媽的，為甚麼毫不體恤，為了省點郵費，寫的都是蠅頭小字？轉念一想，以年齡來說，那時的爸媽，比起現在的自己，實在算不了甚麼啊！

二〇二〇年五月四日

二〇二三年二月二十二日修訂

作者攝於華盛頓大學校園

作者一九六三年冬攝於美國華盛頓市

「一期一會」三部曲

「一期一會」？這個原是日語中有關茶道的說法，不知道是哪一年第一次聽到，應該是一個日語系的同事提及的。不錯，人生的聚會，每一次都獨一無二，不可重複，每個瞬間的機緣，來去匆匆，常使人未來時期盼，已去時感嘆，其實何須盼何須嘆，只須相聚時牢牢把握，好好珍惜，就已足矣。

二〇一六年八月到九月，旅遊北美整個月，從東到西，把所有心常繫念的親友都探訪一遍。就如一首蘊含繁富的交響曲，從暢快愉悅，到歡騰雀躍，到恬適淡雅，一個個樂章依次呈現，使沉靜的歲月，平添了瑰麗多姿的色彩。

一、三友重聚三藩市

女兒常笑說，「你們這聖路易市的三劍客，當年一定是住的公寓 Kingsbury 風水特別好！」其實她信基督，不信風水。

一九六三年出國，負笈美國聖路易華盛頓大學。第一年住宿舍，第二年就跟兩位來自台灣的好友E和F共同租住離校不遠的公寓。當年三個年輕的女孩，不知憂，不知愁，只知如何把書讀得好。E學工程，F攻化學，閒來喜歡把我這唸文科辛苦蒐集的論文資料糟蹋當閒書看。我們輪流煮飯，分工抹地洗廚廁。月初，大家把分別領取的獎學金，各掏九十元放在鐵罐裏，吃喝雜費全靠它；月底，看到罐頭裏還有餘錢，就感到日子過得十分豐足。一年後，碩士畢業，各奔前程。E留校讀博士，F轉行唸社會學，我則回港執教中文大學。

此後，經歷數十年，音信不斷，時相往返。我們都先後得到博士學位，並成家立業，分別在各自的領域中努力耕耘。E是個不折不扣的女強人，自畢業後創立公司，開疆闢土，旗下博士眾多，人才濟濟，工程遍佈世界各地，如今依然幹勁十足，馬不停蹄。別看她個子嬌小，柔美的外貌下是如鋼似鐵的意志和毅力。F則聰明絕頂，豁達恢宏。她可以大學唸化工，碩士攻化學，博士讀社會學，轉瞬又取得律師資格，為華裔社群的利益而盡心盡力。種種艱深的專業，對她而言，都似囊中取物，易如反掌。多年後重聚的她，樂觀開朗依舊，只是當年的她，袋中取出的寶物，往往是好友兒女的照片——東家的小娃，西家的小妞，如今喜滋滋傳閱的相片中人，卻是趣緻可愛的孫兒孫女了。

在三藩市六天，F特地和幽默風趣的夫婿從Houston前來，讓我同住在他們

作者研究院室友石福津博士

作者研究院室友士廖裕蘭博士

位於市中心的公寓中；E則於日理萬機中，分身抽暇，與室友相聚共緬往日情。

到訪第二天就要我接受「管訓」，步行一小時前往飯館共進午膳。三藩市的海邊是風光旖旎的，三藩市的碼頭是名聞遐邇的，不步行，難以領略，她們如是說。孰知我這個來自香港，四肢不勤的老友，豈能跟每日四時起床，勤練網球的北美健將相比擬？第三天，暢遊三藩市唐人街，路面高低起伏，遊人穿梭不絕，行行復行行，路程比前一天更漫長。相隔一日，第五天，參觀全美最大的現代美術館，七層樓的展品，都一一細看，加上來回往返的腳程，又比前兩天有過之而無不及。想來，銅筋鐵骨，就是如此操練出來的。

六日盤桓，在歡聲笑語中度過，看到當年的好友，E堅毅不變，F開朗如舊，時光彷彿停駐在 Kingsbury 那綠樹掩映，快樂無憂的小樓上。

二、千里相聚共嬋娟

車行一個多小時，滿滿兩架大旅遊巴終於來到了舊金山東北方的「尹家莊」。

「尹家莊」是一座佔地四十多畝的莊園，在北加州乾旱的地理環境中顯得一片蒼翠，綠意盈盈。莊園前早就站好了一群主理這次活動的同學，舉起了「歡迎北一女同學會——五十八屆迎五十八年」的牌子，迎賓和來客同樣興奮，一相逢，對望，擁抱，歡笑……說不盡的喜悅，訴不完的衷情。一百多位老同學和同學的老伴形成了一個一百六十六人親密無間的團體，迢迢千里，來自各地，如今，畢業後經過了五十八載漫長歲月，大家重聚一堂，歡慶中秋佳節。一切如夢似幻，但是在同學們臉上看到的，卻仍是那份純真、那份懇摯。這時候，汩汩流溢泛起心中的，不是疏離陌生，而是我們一個甲子前青蔥歲月裏曾享的共同回憶。

年邁了，是否特別容易懷舊？人閒了，是否特別喜歡熱鬧？也許吧！然而可以確定的是，我們這群北一女五十八屆的同學，組織力特強，親和力特濃，自從上個世紀八十年代末開始，每隔兩三年必定會舉辦一次規模宏大的全級同學會。當年，我們有「忠、孝、仁、愛、信、義、和」共七班同學，每班四五十個人，大家都以身為綠衣黑裙的北一女學生為榮。這群學生，畢業後大都考進大學，在不同系別裏潛心苦讀，唸完大學又往往負笈美國，然後在當地成家立業，開枝散葉。

多的是各行各業的翹楚，醫生、律師、工程師、會計師，從事這種種傳統專業的不在話下；另外，我們有希拉里的御用傳譯、宇宙飛行服的設計專家、花藝超卓的全美「玫瑰皇后」，還有才華橫溢的作家、畫家、戲劇家和舞蹈家。「尹家莊」更是一個典型「美國夢」成真的故事。當年孝班的小女孩隻身離家，遠涉重洋來到金元王國，求學成家，婚後跟夫婿胼手胝足，不辭勞苦，一步一腳印，經過幾十年的打拚，終於成就了今日的輝煌事業。

「尹家莊」綠茵遍地，花木葱蘢，與會的同學可以盡興瀏覽，隨意歇息。午飯是由主人招待的，各種台灣寶島小吃，包括燒餅油條，陳設在垂柳處處的湖心島上，特約樂隊在竭力演奏，樂聲悠揚，都是耳熟能詳的老歌，太陽和煦地照着，大家邊吃邊聊，互道別情，誰還記得自己日常生活中那本「難念的經」？飯後，由擅長舞蹈的同學帶領，大家在小亭前隨着音樂盡情盡興翩翩起舞，拄着拐杖的跳得特別起勁，口中頻說，「一跳舞，腳就不痛了」！

晚飯由主辦方北加州同學宴請遠道而來的同學，宴設「尹家莊」的風雨操場，席開十五桌。由於適逢中秋佳節，席上除了美酒佳餚，還有各式月餅，主席台上銀幕兩端掛上對聯：「皓月清輝滿尹莊，同窗歡欣聚一堂。」所有出席的北一女姑爺當晚都成了出汗出力的服務人員——當酒保、當侍應、當巡場，忙得心甘情願，不亦樂乎。由於他們任勞任怨，表現出色，早已給收納編制為「平」班同學，既填補「信義和平」的「平」字，也表示自此地位提升，得以和北一女精英太座平起平坐，平分秋色。

中秋之後，大隊人馬出發南行，到旅遊勝地艾斯羅馬（Asilomar）共度數日歡慶節目。我們曾經在海邊觀浪，月下高歌，也曾經在台上傾述，庭中共操，主辦的同學盡心盡力，為了給大家帶來歡樂，不惜粉墨登場，製造笑料，四天三夜的歡聚時光，就在悉心付出、盡情享受中偷偷溜走了。

三、三姐的紅帽

舊金山金門公園那一片蒼翠盈目的綠蔭裏，片片初秋帶黃的葉子在陽光下閃亮，不遠處，忽然冒出一頂艷麗的紅帽，闊邊的帽緣在風中起伏，像是掀起了微微的波浪，三姐夫J抬頭望了一眼，感覺這下心中踏實了，於是就繼續帶着我們這三位來客，安然去參觀園中收藏豐富的博物館。

同學會過後，摯友夫婦和我三人，一起造訪家住金門公園附近的三姐伉儷，並在此盤桓數日敍舊。三姐是我童年鄰居，認識她時，我唸小學，她唸初中。那是台灣民風淳樸、生活克勤克儉的年代。當年曾經在租住的大雜院裏，追隨着外號「豆芽」的她，一起孵了不少豆芽夢。

多年後，來美留學，第一站落腳的就是舊金山的大姐家。那時三姐還沒有結婚，住在大姐處，正在蜜運中。一天，J當嚮導帶我出遊，回來後三姐悄悄問我：「這男友可行？」不久，就傳來他們共諧連理的喜訊。

這次，在三姐溫馨的家中，還看到他倆四目交投、情意綿綿的結婚照，多少年過去了？如今，兩位都已經年過八旬，難得的是幾十年來相濡以沫，生活靜靜過，淡淡過，緩緩過。他當他的教授，悉心於教研工作；她當她的主婦，投入於相夫教女。再沒有誰比她更淡泊自甘，與世無爭。小樓裏寧靜安逸，素雅樸實，起居作息應有之物，該有就有，無用之物，一件不留。每日裏，晨起運動，步行數公里到山上打拳，回家後，看書，唱歌，聽音樂。日出日落，雲來雲往，望着窗外的過客，形形色色的人，牽着大大小小的狗，一派悠閒。

問三姐，她為何如此快樂？答曰：「因為我對人生的要求很低，早上起來，看到藍天白雲，我就開心！」因此，她不在乎頭上白髮，身上衣服，在乎的是內心的充實和滿足。小樓近門口處，放了好幾頂帽子，頂頂都是紅色的，那頂闊邊紅紅帽下繫了兩條棕黃色的帶子，顏色好不協調——「是我自己縫上去的。」三姐不無得意地說。她關心的不是美觀與否，而是帽子不能在舊金山的大風裏給颳去的問題。他與她，多年來攜手共邁人生路，如今「執子之手，與子偕老」，彼此是對方的心之所繫，情之所託，是生命中不可或缺的愛侶，生活裏息息相關的良伴，相攜出遊時，萬一步履不一，一前一後，他在風中追尋的，就是那闊邊的紅帽啊！

三姐夫溫柔敦厚，沉默寡言，偶爾道出一兩句精彩的雋言。旁人為行為舉止孰是孰非、誰耗時耗力、誰浪費生命而爭得臉紅耳赤時，他在一邊淡淡說道：「時間都是用來浪費的，只是每人消耗的方式不同而已！」說時，凝視愛妻，充滿默契。

在小樓逗留三天，遍嚐了三姐的拿手好菜。原籍四川的她搬出了辣泡菜、酸豇豆、自製的醬瓜……臨別，三姐忙於張羅，「這個給你，帶在飛機上吃」，她拿了一個熱烘烘的番薯，一把塞在我的掌心，看到她關懷的眼神，童年的回憶霎時湧上了心頭。

左起：作者、黃仲蓉、三姐。

如今，金門公園已經遠在天邊，遙想起園中那片綠海，就彷彿瞥見三姐的紅帽，在風中緩緩幡動。

二〇一六年十月三十日

五、巴黎歲月

在救世軍宿舍的日子

翻看張愛玲受人稱道的散文《憶胡適之》，文章很長，詳述了兩人之間的交往過從，然而最使我入目不忘的，卻是其中一段描繪：「炎櫻有認識的人住過一個職業女子宿舍，我也就搬了去住，是救世軍辦的，救世軍是出名救濟貧民的，誰聽見了都會駭笑，就連住在那裏的女孩子們提起來也都訕訕的嗤笑着。」

救世軍宿舍，原來張愛玲也住過？太感同身受了。憶起了那段不同尋常的日子，我不由得心底有點顫動，是在駭笑，還是偷偷的嗤笑？

不是張迷，沒去深究張愛玲到底是何年何月住進這宿舍的，反正，一名女子，雖然在本地已經有了相當工作經驗或地位，突然拋開一切，孑然一身跑到外國去，不管是求學或打拚，在無依無靠的狀態下獨闖天下，日子總是不好過的。

很多很多年前的一個十月天，我從香港中文大學執教崗位暫歇，趁Sabbatical Leave之便，拿了法國政府的獎學金，隻身跑到巴黎去進修。原本以為留學生涯，早已在美國聖路易華盛頓大學唸碩士時嚐過，沒甚麼了不得，總有決心和毅力挨過去，誰想到這美利堅和法蘭西，雖說都由歐美人士立國，隔了一個大西洋，在典章制度、風土人情上，就天南地北，大不相同了呢？

剛到巴黎的第一天，因為飛機班次早，清晨六點多就抵達了，校方雖答應了派員來接機，但愛熬夜晚起的巴黎人自然不會一大早就跑到機場來，左等右等不見人影，只好自己一人拉着兩個大皮箱一個手提包，坐上機場巴士跑到城裏的外國學生中心去報到。到了位於城南的目的地，一看門外的陣勢，不免倒抽一口冷氣！原來，自四面八方而來的歐亞澳非各路英雄，早已聚集在此，以「打蛇餅」（粵語）的方式，把建築物繞場三匝，團團圍住。且不說辦手續要等多久了，巴黎不同美國，連名聞遐邇的索邦大學也不提供宿舍的，報到後的住宿問題，仍毫無着落呢！焦慮中瞥到前面有人手執一紙，上面似乎有幾個居所的電話號碼，問他借來一看，說是可以打電話去詢問能否收容，先到先得，於是，急忙拜託排在後面陌不相識的韓國女孩，請她代為看管兩個大皮箱，自己匆匆跑去電話亭碰運氣。

那年頭，在巴黎公眾電話亭打個電話，可是一絕。街頭一列電話亭，四個裏頭三個是壞的，好不容易找到一個沒有失靈的，掏出一把鎳幣，逐個逐個的加進小孔去，一面耐心等候懶洋洋的巴黎人來接電話，接通了，結結巴巴的用法文詢問對方有沒有住宿的空位，對方根本不耐煩聽，一句「C'est plein」（滿了），就啪的一聲掛上了。於是，又得重新開始，再撥打另外一個電話。如此周而復始，次次不得要領，不一會，鎳幣用光了，於是只好愣愣的望着電話筒發呆，一籌莫展的跑回學生中心去插入長蛇陣。

當天晚上，勉強找到一家小旅館去暫住，旅館中有個只可容納行李的小電梯，兩個大箱子塞進去了，住客自己可得攀四層樓梯，爬到一個黑黝黝的小房間來容身。這樣耗了好幾天，吃不下睡不着，尋尋覓覓，一日，喜訊從天而降，終於找到住宿的地方了——Palais

作者攝於巴黎路邊咖啡座

de la Femme，一所位於巴黎東部的救世軍宿舍！

Palais de la Femme，譯成中文是「婦女宮」、「女兒宮」、或「紅袖」、「巾幗」、「粉黛」宮，名字可香艷了，簡直引人浮想聯翩，然而這宿舍到底是啥模樣？只有親身領教過才知道原來這麼名不副實。

「婦女宮」是一座老舊建築物，位於巴黎十一區沙洪路九十四號，從市中心過去，要轉好幾個地鐵站才到。這棟房子，據說第一次世界大戰時曾經是家醫院，一九二六年改建為宿舍，專門收容中下階層的貧苦大眾。宿舍很大，共有六層樓六百多間白鴿籠，住了六百多個由法國外省或世界各地前來巴黎尋夢的女子。

初來乍到的那天，外面天色陰沉沉，室內環境冷漠漠，接洽的是個面無表情的矮個兒老婦人，一身軍裝倒是穿得煞有介事。她面色凝重的遞給我一大堆表格規章之類的東西，訓誡我在宿舍裏要守規矩，並告訴我分配在六百九十二號房，那就表示天天得在沒有電梯的宿舍裏爬上爬下六層樓了。

房間很小，正對着樓梯口。室內只有一床、一桌、一椅。推開門，幾乎可以直接跳到床上。洗手間是公用的，設在走廊盡頭。那天晚上，搬家搬累了，可硬是輾轉難眠，唯有開了檯燈看書，直到午夜前後才朦朧睡去。正在慢慢進入夢鄉，忽然聽到「嘎嘎」兩聲，有誰在開房門，冷不防一個龐然巨物闖現在床前，一張猙獰的大臉，正目光炯炯地從上往下俯瞰着睡夢中的我，「Who's that」？聽見自己在尖聲高叫，情急之下，説的是英文，不是法文。「你不記得關燈！過了十二點就不許開燈」，對方吼着，原來是住在對門的管事老太婆。

第二天早上起來，睡眼惺忪的去洗手間梳洗，剛回到房間，對門老太婆又一腳竄進來，一手揪着我耳朵往後拽，一面扯開嗓門大聲吼：「Allez, allez, il

作者攝於巴黎盧森堡公園喬治桑石像旁

faut faire le lit!」（喂！喂！你得鋪床呀！）一輩子從來沒有受過這樣的侮辱，是可忍孰不可忍？我不知道當年唐伯虎為了秋香屈身為奴到底是甚麼味道，這次自己山長水遠來到巴黎進修，書還沒讀，蝸居在救世軍宿舍受到這種待遇，到底是所為何事啊？一氣之下，我劈里啪啦衝口而出：「你幹嘛呀？我當然會鋪床的，剛起身去梳洗嚒！我又不是小孩，我，我是在大學教書的，教書的……」，連珠炮似的一大串，是我到了巴黎之後，法文說得最多最沒有顧忌的一次。

那天之後，發現婦女宮裏，所有管事的都有軍階，我可不記得對門老太婆是甚麼來頭，反正自從那天我冒火之後，她的態度變得稍微收斂些了。張愛玲在文章裏說，救世軍宿舍裏「管事的老姑娘都稱中尉少校」，餐廳裏做事的有流浪漢，有酒鬼，客廳是黑洞洞的，「空空落落放着些舊沙發」，這些場景，似曾相識，當年胡適之來訪，看了「還直讚這地方很好」，於是，張愛玲說：「還是我們中國人有涵養」。讀到這段，不由得使我啞然失笑。

至於這所位於巴黎東部的救世軍宿舍，到底稱不稱得上「地方很好」，生活在裏頭又滋味如何，且留待另文細述了。

二〇二二年七月三十一日

「婦女宮」見聞錄

搬入巴黎東部救世軍宿舍「婦女宮」時，已經是十月中了，深秋季節，天色灰暗，寒風嗖嗖，而且經常下雨，路上都是濕漉漉的，佈滿了穢物，當地人愛狗如命，放狗時任由寵物到處排洩，所以走路時一不小心，就會踩中地雷，每天進出宿舍時，都得垂頭注目，一面走一面盯着地下瞧，原本昂首闊步的姿態，早已隨着身份環境的轉變，在異鄉消失得無影無蹤了。

「婦女宮」中的設備，與「宮」字毫無關連，簡直風馬牛不相及。宿舍中的臥室固然小如鴿籠，那公用的洗手間加浴室，更是奇葩！洗手間的馬桶一概沒有廁板，不知道是年久失修，還是故意拆除，因此變成了非坐廁非蹲廁的怪胎，叫人如廁時必須使出一點坐「空氣凳」的特異功能，幸好當時年輕，腿力還沒衰退，勉強可以應付得來。那浴室的水龍頭，是個特殊裝置，左按右按不出水，原來水掣藏在背後的隱蔽處，必須用手大力去壓，方見半冷不熱的涓涓細流，嫋嫋弱弱的慢慢而降，當然，手停水停，如要沖涼洗頭，必須得練就一手繼續按水掣，一手盡快勤沖洗的本領，於是，每一次沐浴折騰下來，雖然筋疲力盡，倒也不免有點完成壯舉的躊躇滿志。這澡還不是隨時可以洗的，宿舍裏明文規定，每日使用時間有所限制，星期天安息日更不准洗，令人不得不隱隱想起，法國香水的來緣與國民洗澡習慣息息相關的傳聞。

剛到巴黎時，託了各位香港好友的福，把他們在花都的朋友介紹給我，讓我萬一需要時有個依靠，這些朋友一個在城南，一個在城北，一個在西郊，而我住在城東救世軍宿舍，在那沒有電腦，沒有手機的年代，要保持聯絡絕非易事。偶爾想打個電話，問題就來了。原來整個「婦女宮」六百多名寄宿者，一共只有兩個設在大門口的公共電話。其中一個我搬進時壞了，到我三個月後搬走時，仍然沒有修好。另外一個，成為奇貨可居的大寶貝，眾人矚目的搶手物，每當黃昏後晚餐畢，需要跟外界聯絡的當口，這獨一無二的電話後面，就排起了長長的人龍，高矮肥瘦，不一而足，各懷不同的目的，來此共度訓練耐性的大好時光。風起了，霧重了，輪候大軍依然以龜速慢慢蜿蜒向前，不知道經過了多少光陰，幾許等待，終於熬出了頭，挨到隊伍的頂端，只有一個女孩在前面了。這時候，忽聽得傳來一疊聲嬌喘軟語，「Oh, mon chéri, tu me manques, Je t'aime, je t'aime!」（哦！親愛的，想你了，我愛你，我愛你！）天哪！原來她在隔空情話綿綿！這威力無窮的媚態嗲功，一發作起來，可真是春花秋月何時了啊？越着急，時間過得越慢，如此光景，唯有安慰自己，這不正是學習法語的好機會嗎？可惜的是，傾耳聆聽之際，除了聽到斷斷續續的話語，還夾雜着一連串嬌喘聲，嬉笑聲，嘆息聲，真是學了也沒啥長進呀！就這樣，足足再等上好幾十分鐘，終於碰到電話筒了。

住在這宿舍，萬一外頭的親友有急事，必須來電找人又如何呢？管事老太婆（啊呀，應該尊稱為中尉或少校才對）的辦公室裏有個電話，只可打進不可打出，收到來電，通知當事人的做法，可別創一格，那是用擴音器大聲廣播來傳達的，例如我住在六百九十二號房，大喇叭裏放出來的訊息就是法文的「注意注意，六百九十二號房，有電話」！最糟的是法文的數目字，特別複雜，從一數到六十還可以，六十之後，數法就別出心裁了。七十叫「soixante-dix」（即六十加十），八十叫「quatre-vingts」（即四個二十），九十叫做「qutre-vingt-dix」（即四個二十加十），因此，辦公室放喇叭傳訊息時，要知道是否在叫自己號房，就得耐心的等候——等聽完了「六百加四個二十加十二號」，才能確認無誤。「婦女宮」裏這種沒日沒夜隨時響徹全宿舍的廣播，為了生怕錯過，每一次都得側耳傾聽，令人神經繃得緊緊的放鬆不了，回想起來，可真有點置身集中營的況味。

宿舍裏唯一最令人寬慰的待遇，還是每天清晨時分供應的早餐。原來住在「婦女宮」裏的，都是些低下階層的賣花女、售貨員等，一早就得起身趕上班，這頓早餐總得吃得飽飽的才有力氣。早餐設在大廳裏，熱氣騰騰的牛奶，加上新鮮出爐的 Baguette，讓人食指大動。一群睡眼惺忪的女子，默默交了錢，排上隊，端好盤子，就魚貫向前走；管事的那一列胖大媽，威風凜凜站在長櫺後，一面快速倒牛奶分麵包，一面不停的朝前揮手，就像趕鴨子趕羊群似的，放開喉嚨大聲吆喝着：「Avancez, avancez」！（向前走，向前走！）這光景似曾相識，使人想起戰亂中或災情後，災民在陋街上排隊領取救濟品的慣見場面。

搬進宿舍後過了一段時日，寒冬蒞臨，氣溫驟降，好幾天跌到零下，偏偏這時候「婦女宮」裏的暖氣停擺了，讓原本已經冷冰冰的地方，更顯得寒氣逼人！在這種溫度底下生存，必須要有點超高的耐力，否則，人在室內，勉強讀書寫字，坐也不是站也不是，日子是很難熬的。一晚，看見管事大娘，忍不住問她大概幾時暖氣會修好，她回以一個招牌的法式動作，頭一仰，眼一瞇，口裏吐出連串「Oh la-la, la-la, la-la」，意即表示「這事兒？天知道！」接着，她又好像忽然省起，這可不是作威作福的好機會嗎？於是，頃刻間兩眼發光，神氣活現指着我鼻子說：「Comme ça, c'est tres bien pour faire de la gymnastique」！（沒暖氣，正適合好好做體操呀！）聽完訓示，我蹬蹬蹬跑上六樓，在窄小的房間裏，嘗試做體操，「一二，一二」，做了一會，沒啥功效，手腳還是硬梆梆、冷僵僵的，於是只好上床睡覺，把箱子裏帶來的厚衣服，統統翻出來蓋在薄薄的被子上。

原來，在巴黎過日子，尤其是生活在救世軍宿舍裏，最早學會的兩個法文詞語，都跟介詞「en」有關。一個是「en panne」（音「昂班那」，意「失靈了」）；一個是「en grève」（音「昂格雷弗」，意「罷工了」）。不管是暖氣故障，電話失修，或地鐵因罷工而停頓，大家都司空見慣，習以為常了，「昂班那」？攤一攤手；「昂格雷弗」？聳一聳肩，誰在乎?!

於是，風繼續吹，塞納河繼續潺潺流動，這六百多名「婦女宮」裏的寄宿者，繼續日出而作，忙忙碌碌，為生活奔波打拼，就如巴黎各處，那大街小巷中每日裏肩上扛着 Baguette 匆匆步過，川流不息的人群。

二〇二二年八月八日

作者攝於莫內故居

作者攝於莫內故居花園

從蕭邦到雨果

香港的秋天，是最好的季節，天朗氣清，沒有濕漉漉的陰雨，也沒有寒嗖嗖的冷風，可是在巴黎，十一月已經遍地落葉，秋意蕭瑟了。

生平最怕去陰森森的墓地，可是人到了異國，換一種生活，變一種心態，那一年在婦女宮中居住時，居然壯起膽來，跟同宿舍的女孩們結伴去造訪城郊的拉雪茲神父公墓了。

記得那是十一月一日萬聖節，也就等於法國的「清明節」，是追思先人的日子。當天雖然沒有冷雨紛紛風蕭蕭，但那暗沉沉的天色，卻也令人牽起不少哀思與愁緒。

拉雪茲公墓佔地極廣，裏面長眠着許多各行各業的翹楚，生前或顯赫一時，威名遠播；身後卻佔地一方，比鄰而居。入園不久，就看到一座墳塋，墳前點起了一根根白色的蠟燭，堆滿了一枝枝白色的秋菊，一個長髮垂肩的少女，雙手合十跪於墓前，看來正在潛心默禱，原來那是鋼琴詩人蕭邦的墓！這肅穆的場面令我想起了這位音樂才子，當年流亡巴黎而心繫祖國，創作了無數膾炙人口流傳千古的名曲，死後叮囑姐妹，務必把自己的心臟帶回波蘭，永存故土；而我就在負笈巴黎之前不久，曾經於一次長途旅遊時前往華沙，有緣到訪過城中那名聞遐邇的聖十字教堂，蕭邦的心臟就長埋在教堂的柱子之中。當時，哪想到日後竟然會在萬聖節親身來到墓前瞻仰大師啊！

再走不遠，就是浪漫劇作家繆塞（Alfred de Musset）的墳墓。繆塞乃法國十九世紀浪漫主義四大詩人之一，生前是名美男子，在蕭邦之前，曾經也跟性情豪邁的喬治桑（George Sand）鬧過一場轟轟烈烈的戀愛。記得多年前在香港法國文化協會進修法文的時候，曾經讀過繆塞的名著《愛情不可兒戲》（*On ne badine pas avec l'amour*）這是一齣甜中帶苦的愛情喜劇，是詩人與喬治桑分手後所撰的作品，深刻描繪出愛情的癡與痛，沉醉與無奈，讀來頗有蕩氣迴腸之感。繆塞英年早逝，在生時曾經說過，身後希望有棵柳樹長伴墓前。那天在詩人的墳頭，果然看到一株弱柳依依，在風中輕搖。

公墓中的名人，多不勝數，令人唏噓的是，生前不睦的例如十七世紀著名詩人莫里哀和拉封丹，居然在身後對門而居，從此世世代代互相守望，再也難分彼此了。巴爾扎克跟他的紅顏知己韓斯嘉夫人近在比鄰，他倆生前離多聚少，《人間喜劇》的大作家筆下，曾經刻劃過悱惻纏綿的愛情故事無數，然而自己的愛情生活卻並不如意，韓斯嘉夫人本是他的書迷，兩人相戀十八載，終於排除萬難結為夫婦，誰知道不出數月，積勞成疾的作家就溘然長逝了。如今，這位在《高老頭》結尾，以動人心弦的筆觸，描寫書中主角拉斯蒂涅送葬高里奧至拉希公墓（即拉雪茲公墓）場景的作家，自己也長眠在這個可以從高處「遠眺巴黎」的墓地了。

見識了不少名人的歸宿之處，自然也不忘去探訪一下大文豪的故居所在。一天，跟同宿舍的幾個女孩，一行四人，一起去參觀雨果故居（Maison de Victor Hugo）。

雨果的故居，坐落在一個小廣場（6 Places des Vosges）的一角，是雨果自一八三二年到一八四六年的居所。這個廣場四周都是房子，相當舊了，跟聖日耳曼區的那些灰色建築物不一樣，多數都是黃色的，只有三層或四層，再加上閣樓。那三層樓，一層比一層矮，二樓最高敞，怪不得有本講述法國現代史的書籍說，十九世紀初法國的社會階級是垂直發展的，富人，窮人同進一門，富人住樓下，二樓；窮人往上走。直到如今，還有很多詩人畫家的種子，盤踞在巴黎的閣

作者攝於法國諾曼第

樓上，癡癡等待着有一天能發芽抽枝，出人頭地呢！

雨果的家境，相當不錯。他的故居是座四層樓的建築，二樓陳設的全是他的畫作，真沒想到這位才氣橫溢的大文豪，居然還是個十分出色的畫家哩！雨果的畫，用色暗沉陰鬱，畫的內容大多是一座座古堡，高塔，或風景之類，但是運筆激越濃重，彷彿有壓抑不住的熱情，不能再受拘於傳統古典的模式中，而必須奪框而出。

三樓佈展的是作家許多作品如《鐘樓駝俠》的插圖。從一張《死囚末日記》的插圖中，不難看出雨果當年曾經如何為反對死刑而大聲疾呼！還有一幅插圖，題名「戰役之前」（Avant de Bataille），畫的是當年著名「埃爾納尼」（Hernani）之戰的情況。這是雨果於一八三〇年所寫的劇本，憑此一劇，浪漫派向傳統戲劇界宣戰，從此法國戲劇昂然進入了新紀元。此劇首演的當天，有的觀眾大喝倒彩，有的觀眾熱烈擁護，真正掀起了軒然大波，從此畫中，可以看到劇院中混亂一片的場面。

四樓陳設的是雨果的傢具，家族的藏品，以及當年作家逝世時房間的模擬。想不到這位天資出眾的文豪如此多才多藝，居然會自製傢具，有很多擺

作者身穿索邦大學博士袍攝於巴爾扎克海報前

設，像煞中國的紅木藝術品，手工精細，雕刻美觀，令人讚嘆！

藏品中有幾件特別值得一提。首先是雨果的雕像，出自大雕刻家羅丹的手筆，也是天才對天才的禮讚！另外一件特別矚目的藏品是一張方桌，上面釘着一塊木板，木板的四個角上，用銅絲繫着一些書寫的用具，例如一枝筆、一個舊墨水瓶等，就近一看，才發現原來分別寫着 Victor Hugo, George Sand, Lamartine, Alexandre Dumas 的名字，木板旁另外釘着四張鑲着玻璃的紙張，是四位名家的簽名。原來，這是當年雨果夫人別出心裁，為了慈善義賣會而特別訂製的一張桌子，匯集了當年文壇響噹噹的四大文豪各自捐出的文具以及親筆的簽名。事後，雨果夫人又把這張具有紀念價值的書桌買了回來，存放家中。看到這張桌子，不由得不令人驚嘆，法國的十九世紀，是一個多麼人才輩出，精英凝聚的年代啊！突然間，有個四五歲的小男孩跑過來，一眼望見這張桌子，就推着搖呀搖的，看着桌上的東西，伸出一雙胖胖的小手躍躍欲試，心想這是甚麼新鮮的玩意兒？旁邊的媽媽連忙喝止，小男孩一臉不解，揚聲問道：「Maman, qu'est-ce que c'est」（媽媽，這是甚麼）？的確，在孩子的心目中，哪裏知道未來的成人世界裏，會有那麼多高低起伏，成敗得失的故事，留待有才的作家來悉力抒發，傾心描述呢？

接着，在一旁看到雨果的出生證，上面寫着 Garçon（男孩），誰會想到這一八〇二年出世的小男孩，日後會成為法國十九世紀叱吒風雲的一代宗師？這世上每日有多少孩子出世，是誰決定此後的歲月，有的會成器成才，有的會庸庸碌碌？

一轉眼，又來到了雨果逝世情景的模擬擺設，陰沉沉，淒惻惻，令人神傷！雨果活了八十三歲，也可算是長壽之人了，然而訪客從房間的一端走到另一端，不過幾步之遙，呈現眼前的，卻是大師生命的起首與終端，這一生曾經輝煌，卻也匆匆！

俱往矣，由蕭邦到雨果！婦女宮中的無名女子，從飽涵先賢樂韻書香的餘蘊中，回到了默默無聞的居所，多年後才得知，那位於巴黎東城救世軍宿舍的前身，在十七世紀曾經是個修道院，傳說中竟然是鼎鼎大名的大鼻子情聖西拉諾（Cyrano de Bergerac）的長眠之地呢！

二〇二二年十月二十日

安端，別來無恙嗎？

不錯！巴黎是我魂牽夢縈的所在，這麼多年了，寫過不少其他的地方，就是不太敢去描繪巴黎，所以不敢碰觸，就好比邂逅了一個風情萬種的對象，太嫵媚了，雖然心中戀戀不捨，面對面時卻不敢跟她四目交投，更別説提筆細述了，怕寫不盡她的好，道不清她的美，辜負了曾與她相知相惜的一番真情意。

不説巴黎也罷，但那三位來自法國的友人，多年來卻常在念中，姑美其名曰「花都三劍客」。當然，名字是由大仲馬的名著 *Les Trois Mousquetaires* 衍生而來的，這本名著，最初譯為《三劍客》，後來又改為《三個火槍手》，像是準確些，可是趣味卻蕩然無存了。「三劍客」給人的感覺是風流倜儻，英姿颯爽，「火槍手」算甚麼？就不過是受過訓練的武夫罷了。

先説安端。

是幾十年前的事了，那時候正在巴黎索邦攻讀博士學位，由於當時已經在中文大學任教，情況特殊，應該説是另類「半工半讀」：一年裏約半年在港授課，半年赴法讀書，這樣來來回回好幾年，花了不少力氣，才終於圓夢。那段日子，恨不得多交幾個法國朋友，可以討教法文，練習口語，做個徹頭徹尾的 Francophile（法國文化愛好者）。

一九八〇年中，剛完成了在索邦第一年的學習返港小休，準備開始撰寫論文初稿，這時遠在巴黎的朋友介紹說，有個 HEC Paris（巴黎高等商學院）畢業生即將來港實習。原來法國跟韓國等許多國家一般，大學畢業後的青年男子，必須入伍接受軍訓，有趣的是這軍訓卻可以遠赴海外機構服務來取代的。Antoine 就如此這般遠道而來，進入香港一家銀行工作，他想學習中文，我想練習法文，我們因此結緣。

從來沒有見過這麼一個端秀，斯文，卻又十分靦腆的外國男士。我們相約在尖沙咀一家酒店的咖啡廳初次見面時，大家都顯得有點拘謹，我盡量想把法文說好，他呢？表現得像是見長輩似的畢恭畢敬。後來，大家稔熟了，他才告訴我：「你呀！一開口說法文說得這麼字正腔圓，可把我震住了，誰知道跟你熟了，才發現你越說錯越多」。這以後，他每個星期都會上門來交流。他姓 Bian，我給他取了個中文名字叫「卞安端」，並叮嚀他出差去中國大陸時，千萬別在某個名勝區讓街邊攤主為了推銷印章，把他名字弄成甚麼「安東尼．比安」之類的俗氣譯

左起：布邁恪、作者、卞安端。

名。

安端既是家中常客，自然跟我的家人也熟悉起來。熟讀金庸的女兒說，他就像是《天龍八部》中的段譽，天性善良，卻又有些拘泥。有一回，他來我家晚飯，很喜歡他的老傭人堯姐特地做了拿手好菜「茄汁中蝦」，飯桌上，大家看見他很快的把第一隻蝦子吞下，以為他很欣賞，就不斷為他佈菜添加，他一聲不響，低頭進食，幾個回合之後，只見他滿臉通紅，忸怩不安，再一望，發現原來他的碟子上，一個蝦殼也不見，這才恍然省起法國上流人家吃飯講求禮儀，吃進嘴裏的東西在飯桌上是絕不隨便吐出的，天曉得，他可把三四個蝦子連頭帶殼狠狠的硬啃下去了，難怪頭上冒汗，面容扭曲呢！

在港小休之後，第二年再赴巴黎。這時仍在香港的安端，叮囑我一定要去他家探訪，這樣就可以認識他的母親和妹妹，讓她們就近照顧我。安端的父親是名牌 Lacoste 的副總裁，府邸在巴黎市中心，諾曼底老家仍有祖屋。安端的母親是典型的法國貴婦，非常嫺雅端莊；三個妹妹則嬌俏可人，尤其是大妹長得特別秀麗，活脱脱就是童話裏走出來的白雪公主！安端原來是家裏的長子，又是唯一的男孩，難怪萬千寵愛集一身。談話間，主人家突然拿出一個盒子，說是安端特別囑咐買來送我的。依照法國習俗，我立即打開禮物。這是一方 Lanvin 的絲巾，色彩艷麗繽紛，鮮紫的底色上，綻放了朵朵桃紅嫩黃的嬌花。「安端說，這些都是你喜歡的顏色」，卞夫人在旁輕輕解說。這下，除了驚喜，我着實有些感動，怎麼可能想像一個二十出頭的大男孩，遠隔重洋，竟會囑咐家人在巴黎千挑萬揀的選中了我的心頭好？那可是一個沒有智能手機的年代，不能手觸屏幕就快速傳達訊息，而必須要在昂貴的長途電話裏花費多少口舌，或在鴻雁往返中描繪得如何精準，才能夠達到這個效果？這方絲巾，我至今好好珍藏着，特殊場合才捨得拿出來用。

安端為人體貼細心，就是喜歡遲到。最初有些不耐，相處日久，也就覺得坦然了。原來這是巴黎人的通病，領教得最徹底的是一個初秋的夜晚。那時又過了一年，安端已經服役完畢，返回故里了。某天晚上，他答應來帶我去一位朋友家聚會，說好八點來接，結果施施然九點才出現。晚餐時間不是說好九點的嗎？坐在車上的我心急如焚，他卻溫溫吞吞的不當一回事。在巴黎開車原本就不容易，結果他兜兜轉轉迷了路，到達朋友家已是十點了。一進門，還來不及道歉，主人就迎上前來在臉頰上左親右親打完招呼說：「歡迎歡迎，你們是最先到的客人！」接着，一批批客人陸陸續續到達，誰也不着急，大家都慢條斯理端着酒杯在寒暄。晚餐大約十一點才開始。此時夜未央，興正濃，幾杯酒下肚，賓客都在高談闊論。談甚麼呢？我清楚記得整整一晚，沒有人講過政治提過錢，大家不是討論人生哲學，就是評論最近在大皇宮或羅浮宮裏舉行的甚麼藝術展，晚餐結束時早已過了凌晨，誰在乎呢？到了門口玄關道別時，為了某一個哲學論點，主客還可以站着辯論半個多小時。難怪，曾經看過一本講解國際禮儀的書籍說道，在日本，凡事必須準時，遲到是不可饒恕的惡習；在法國，倘若主人邀約赴宴，千萬不可依時到達，至少得遲到十五分鐘才出現，否則是十分失禮的舉動。法國人時間觀念差，藝術眼光卻是出類拔萃的。

我在巴黎的最後一年，即將呈交論文的倒數階段，安端動員了一堆「小朋友」組成啦啦隊，隔三差五給我輪流打氣，問我寫了多少字，還差多少頁，面對着這些熱心的年輕人，我覺得自己幾乎在「為他人讀書」，不努力，沒面目見人。終於，在一九八二年十一月二十一日那天下午四點鐘，安端打電話來，說是這堆朋友當晚要去看十點鐘的電影，已經買了我的票。我說在趕寫論文的結論，不知來不來得及，他說這個他可不管，反正到時候就來接我。在此衝擊下，我拼命的趕着衝線，結果不到晚上八點半，竟然把論文的最後一頁逼出來了。那晚，我們看的電影是 *From Mao to Mozart*，一部講述名小提琴家 Isaac Stern 在中國巡演的紀錄片。

安端外表持重，內心柔弱，是個不折不扣的癡情人。在香港時，曾經受到一個北京女郎吸引，差點忘了來我家上課；後來，在台北又遇上一位寶島姑娘，談了一場異國戀，結果終於落葉歸根，回歸巴黎，跟一位法國歌唱家共諧連理，那是一九八九年的事了。我跟外子特地遠道去巴黎參加他的盛大婚禮。當天下午在歷史悠久的古老教堂行禮之後，晚上宴設巴黎近郊的La Petite Malmaison。已是金秋季節，室外搭建了一個個白色的帳篷，賓客如雲，微風吹拂，如茵的草地上，佈滿了點點燭光，恰似天上的繁星，應多情公子之邀，紛紛下凡，與人間同樂。

此後，我們天各一方，他在彼邦忙於成家立業，我在香港埋首教研，在那少用電腦，沒有手機的年代，要在繁忙的歲月中保持聯繫，又談何容易！多少年過去了，流光滔滔如逝水，不知道遠在花都的故友，如今是否別來無恙？

但願他安詳如昔，端方依舊，就好比我給他取的中文名字一樣！

二〇二〇年九月二十四日

舒卷自如說拂嵐

他來了！是遠處山間吹來的一陣煙嵐，像雲又像霧，有點飄忽，卻又舒卷自如，愛來的時候來，想去的時候去，不必囁囁嚅嚅解釋，無需喋喋不休致歉，反正，一進門，他就會坦然坐下，他舒服，你也舒服。

Franc 是安端的朋友，當年跟安端一樣，遠道從巴黎到香港來服役。經過安端的介紹，他也成為我家的常客，雖然，他並沒有要學中文的打算。Franc 氣宇軒昂，在法國人之中，算是個子挺高的了，加以說得一口流利的俄文，看來像斯拉夫人多於像拉丁族人。他長得很帥，薄薄的雙唇，挺直的鼻樑，一雙眼睛特別深邃，兩肩寬闊，舉止率性而又灑脫，魅力十足。原來一個人生得俊朗，是種天賦的特權，可以老少咸宜，不然，為甚麼我家的老傭人和小兒子都竟然雙雙給他迷倒了呢？老傭人堯姐喜歡安端，可是更喜歡 Franc，我深信愛美是每個人的天性，不過她倒是給自己找了個更好的理由，說因為他「吃素」，所以一定信佛（她不知道外國人很多 vegetarians 跟信不信佛毫無關係），於是給他取了一個外號，叫做「齋公」。每次「齋公」大駕光臨，她必定想方設法做出很多可口的齋菜來

左起：布邁恪、郝拂嵐。

款待。才十歲的小傢伙更出奇，平日裏懶懶散散，飯來張口，要別人服侍，一看到Franc上門，在客廳大咧咧一坐，他就會自動自發去倒水奉客，倒完一杯又一杯，起勁得很，比做甚麼都勤快。

Franc出身世家，有位先祖若非罹疾，曾經一度幾乎出任了法國總統。他家境富裕，父親在法國南部擁有酒莊，不過，心懷大志的男兒，並不稀罕坐享富二代的安逸，反而立意要浪跡天涯，憑自己赤手空拳去開創一番事業。

為了要去中國開天闢地，闖蕩江湖，他需要一個中文名字，於是，我把他名字譯為「拂嵐」，飄忽如風，舒卷如霧，加上他的姓氏，全名為「郝拂嵐」。

拂嵐為甚麼興起要做芭蕾舞鞋的生意？這一點我完全無從知曉，他也不是絮絮叨叨要給你解釋來龍去脈的人，總之，有一回，他飄然來了，告訴我他在福建三沙找到了適合的場地，興建了製作芭蕾舞鞋的廠房。八十年代初，一個不諳中文的法國年輕人，遠赴中國窮鄉僻壤去開展事業，若非膽識過人，簡直匪夷所思！這以後，他一次又一次的進出閩港兩地，穿梭頻頻，風塵僕僕，真不知道曾經吃過甚麼苦，遭過甚麼難，然而在他那俊俏開朗的臉上，只見一派怡然自得，絲毫不見端倪。

直至有一天夜晚，在我家晚餐桌上，拂嵐慢悠悠的說起：「你們知道我前兩天在三沙跟誰一起吃飯嗎？」當時心想，難道他在中國鄉下碰到甚麼熟人不成？一定不是甚麼達官貴人，拂嵐是不屑這麼瑣碎俗氣的，正猜疑不定時，他卻笑口盈盈的接着說：「是跟『郭兄』呀！」千萬別誤會，郭兄（請以普通話發音）不是郭台銘（那時應該尚未發跡），而是法文裏的 cochon，即為「豬玀」的意思！這下，可輪到我目定口呆了！他怎麼會跟豬一起吃飯呢？拂嵐說，在鄉下地方，不論吃住，都得跟當地人打成一片，為了跟工人交往，他經常要在豬圈裏用膳，一邊吃，一邊聞着豬身上的餿水味！

另外一事更驚人。有一回，他在我家說起三沙的風貌。「你知道那裏是用甚麼交通工具的嗎？」鄉下地方，除了板車牛車，當然是腳踏車（自行車）啦！這不稀奇，我在台灣鄉下見得多了，當地人踩車的能耐神乎其神，車上甚麼都有，前帶小孩後載老婆，或者掛上種種雜物，小如菜籃大至傢具，都妥妥當當，一騎在手，穿街過巷左避右閃，靈活得很啊！「三沙可不一樣」，拂嵐施施然說：「他們在車上帶的東西很特別。」他望着我接下去：「前幾天，我騎了車出去，在一條窄路上跟對面的車迎頭相撞，啊呀！他帶的東西全潑出來了，潑得我一臉一身呀！」當時的對頭人在單車上攜帶的是甚麼？原來是一桶大糞！虧得這位來自法國的世家子弟還說得如此輕鬆，絲毫不以為忤呢！

要創業，就必須咬緊牙關，刻苦耐勞。拂嵐從沒挪用過家裏一分錢，只知道自己克勤克儉。有一回，他跟我一起去聽音樂，只記得他身穿一條褪色穿孔的牛仔褲，腳踏一雙破破爛爛的膠拖鞋，挺着胸，揚着眉，昂首闊步的走進大會堂，那一身優雅雍容的氣派，霎時間震懾了四周，借用現在的流行用語，可不知道吸引了多少眼球！我當時心中想到的只有一個英文字眼——Princely！不錯，的確就是那種超然脫俗的王者風範！時隔多年，誰會想到破爛穿洞的牛仔褲，竟然成為了今時今日時尚的指標呢！

拂嵐無論對事對人，一概都氣定神閒。我曾聽他提起過那時創辦不久的香港城市當代舞蹈團，並說跟創辦人曹誠淵相熟，這也許跟他投身芭蕾舞鞋事業息息相關吧！至於孰因孰果，那就是雞與蛋的問題了。有一天，他忽然告訴我們，城市舞蹈團要演出了，他應邀擔任黑魔王一角。「你學過芭蕾舞？」我有點好奇；「沒有！」他答得乾脆。那怎麼演呢？他可表現得毫不在乎！到了公演那一天，我們舉家去捧場，只見他一身黑袍，揚起寬大的雙袖，像一隻巨無霸蝙蝠似的從後台撲出，氣勢萬千，不一會就輕輕鬆鬆演完了，台下的我們倒是還沒有回過神來，看的比演的還緊張！

拂嵐不拘小節，沒有安端那樣謹慎體貼，但是對朋友卻始終有情有義。我在法國最後一年，即將回港之前，正對着一屋子越添越多的衣物發愁。在巴黎這樣的時尚之都，即使面對着繳交論文時限的威脅，又有誰會忍得住購買的誘惑呢？那時，拂嵐恰好回來巴黎一趟，不久就要返港，聽到我在為行李過重犯愁，馬上爽爽快快的提議，「衣服？拿來，多多無妨，我替你帶回去」。結果，他眉頭也不皺一下，替我帶了滿滿一箱女裝，自己的東西一件沒放。幸虧香港是個自由港，倘若在其他地區，海關一查，還以為他是個跑單幫的揹客呢！

幾年之後，拂嵐的生意大有起色。他在九七之前，人棄我取，以極好的價錢，購買了堅尼地道的單位，投資眼光的精準，真不愧為HEC Paris的高材生。如今，他已經成為世界芭蕾舞鞋行業的領軍人物，物業遍佈香港，曼谷，莫斯科等名都，旗下的業務，更廣及世界各地，無遠弗屆。

久違了，當年的翩翩公子，如今的商業鉅子，誰知道呢？說不定哪一天，沒有先兆，沒有預告，他又會飄然而至，就像從遠處拂來，一陣如雲如霧的山嵐？

二〇二〇年十一月三日

慧眼獨具話伯樂

伯樂坐在對面，歲暮時分，疫情期間，難得在中環飯敍，若非交往多年的朋友，大概誰也不肯在這時候相約晤面了。

「到明年二〇二一年的中國農曆新年，我們就相識整整四十年了」，他輕輕說，言下並無韶華易逝、流年似水的感喟，反而像是在閒話家常。這可是一位日理萬機的大忙人，身為瑞士百達銀行亞太區財富管理主席，每日為多少億萬富豪的財富增值而運籌帷幄的主帥呢！怎麼記得這麼清楚？他那自然而溫馨的語氣，讓我感到他還是數十年前的他，地位變了，閱歷廣了，卻絲毫沒有隔閡的感覺，當年共處的點點滴滴，依然留存在彼此的記憶深處，穩妥而純淨，不朦朧，也不褪色。

Claude 是三位法國來客中相識最晚、卻相交最久的朋友。當年，畢業於巴黎高等商學院的三位高材生，安端和拂嵐來了香港，Claude 則去了新加坡服役。一九八一年，經安端介紹，我與 Claude 相識。當時他已經有了一個中文名字「華伯樂」，翻譯自他的姓氏 Haberer，一望就知道出自高人的手筆。

作者與華伯樂

借用現代的流行語來説，伯樂是個不折不扣的學霸，除了取得巴黎高等商學院的MBA學位之外，他更是位語言天才，不但在巴黎大學東方語文中心獲得中文碩士學位，又曾經在莫斯科待過一年學習俄語，此外還精通英語、德語、西班牙文等多國語言。剛從新加坡來港時，伯樂一啟齒的那口純正英語，絲毫不帶法國人説英文的濃濃口音，不由得讓人另眼相看；他再張口學起新加坡英語，更拿腔拿調、惟妙惟肖得令人嘻哈絕倒！一個人能掌握這麼多種語文而揮灑自如，除了天賦，就靠勤奮了。據説，當年每次他和年輕窗友結伴同遊，凌晨時分玩到盡興，別人都七倒八歪紛紛睡下了，唯獨他一人仍然撐着把正在學習的外語苦練四五十分鐘，才去上床，憑藉這份堅毅，持之以恆，終於練就了一身好本領。

一九八二年，他剛於新加坡服役完畢，在巴黎的母公司已經急不及待的邀請這位出色人才回國就任。年輕人提出條件，要先用七個月時間去周遊列國，拓寬眼界，體驗生活，才返回巴黎就業。就這樣，他選擇了來港小住，再以兩個月的時間去中國遊歷，足跡遍及大江南北。在港期間，他經常跟安端、拂嵐一起來我家作客。記得他曾經央我那擅於書法的大哥把「華伯樂」三字書寫在宣紙上，讓他掛在案頭，以便隨時端詳，他自己也用毛筆寫了「謝謝你」三字，並蓋上印章，作為回贈。伯樂每做一件事，都盡心盡力，絕不含糊。他的睿智、穎悟、認真與執着，早在年輕時候已經表露無遺。

此後，伯樂返回故里，在法國巴黎國家銀行工作。我在巴黎進修時，曾應邀到伯樂府邸拜訪，認識了他的父母及妹妹。伯樂一家愛馬，並在勃艮第鄉下養馬，因此他從小就善於騎術，精於馬球。不但如此，他也像春秋時代的伯樂一般，愛馬之餘，更慧眼獨具，目光如炬，能夠在灰不溜湫的瘦馬身上，看出馳騁千里的神駒潛質，這種特長，不但體現在他專業投資的才幹上，也展露在他超卓的審美眼光和深厚的文化底蘊中。

從八十年初到九十年代中，伯樂在巴黎、台北、香港等地屢任要職。每至一處，我們或多或少都有機會見面。我曾經到訪過他在各處的居所，每每為他的精心佈置和高雅口味而驚嘆而折服。記得在早年歲月，他已經懂得欣賞中國文化的精髓，家中掛了一幅康有為手書的對聯，矮几上一座佛像，書架上幾列書籍，不經意中散發出書香墨韻和思古的幽情。八十年代中，他在巴黎市中心 Les Halles 有個公寓，寸土尺金的地方，五臟雖小，精緻不減，一張黑白相間的斑馬皮，閒鋪在茶几下，帶出了時尚的品味與雅趣。在台北的寓所，寬敞的客廳外，透過落地玻璃，一排綠樹在夜色掩映中隨風輕搖。二〇〇〇年重訪巴黎，跟他坐在新居的露台上，淺酌漫談，俯瞰那城市鱗次櫛比屋頂構成的瑰麗景色，令人神往。

二〇〇五年，伯樂再臨香港，自此層樓更上，成為推動遠東與歐洲金融事業的樞紐人物。跟伯樂在一起，儘管相識多年，儘管他是投資專家，我們幾乎從來都不談金融管理的事，他唯一給我的建議，就是「不要把雞蛋放在一個籃子裏」，如此而已。我們談論的話題，除了文學藝術之外，主要集中在他悉心所繫、傾力以赴的文化大業——如何推廣《利氏漢法辭典》一事之上。

此事的緣起，要追溯伯樂於一九九一年至一九九四年在台北出任巴黎銀行總裁期間。機緣巧合之下，他知悉了台北利氏學社和巴黎利氏學社協作推動的中法辭典編撰計劃，返回巴黎之後，更結識了當地的辭典主要負責人顧從義神父（Father Claude Larresj），從此決心投入這波瀾壯闊的文化征途，成為推廣及發展這項龐大工程的中堅份子。

《利氏漢法辭典》的編撰和出版，本身就是個令人動容的傳奇故事。早在二十世紀上半葉，身在中國大陸的耶穌會士，已秉承該會第一位來華傳教先驅利瑪竇的宏願，矢志搭建中西文化的橋樑，肩負起編撰中歐語文辭典的大任。一九四九年山河變色，這批耶穌會士乃輾轉赴台，在台中繼續辭典的編撰。在那沒有電腦，科技落後的年代，身處物質匱乏，人手不足的情況下，這批會士仍孜孜矻矻殫精竭慮，在林林總總的中文典籍文獻，古書故紙堆中發掘爬梳，並參閱多種外語辭典，用人手製作成約兩百萬張卡片，分門別類，整理歸檔，繼而不辭勞苦進行增補修訂，先後花費了足足半個世紀，終於完成了一套共七冊，涵蓋一萬三千五百個漢字及三十萬種法文解釋的大辭典，是為我國有史以來，最全面最宏大的中外雙語辭典。該辭典於二〇〇一年底由法國 Desclée de Brouwer 出版社出版，二〇〇二年在巴黎正式推出，成為中法文化交流史上一座令人矚目的豐碑。

在辭典出版之前，為了籌募資金，法國利氏辭典推展協會（Ricci Association）於一九八七年正式成立，由顧從義神父出任會長。伯樂積極加入該會，早在一九九四年就為辭典的出版，出謀獻策，竭力募款。二〇〇二年《利氏漢法辭典》舉行的隆重發佈會，就是在伯樂籌劃下，由他任職的法國巴黎銀行全力贊助的。令人遺憾的是，就在二〇〇一年辭典即將面世的時刻，勞苦功高的顧神父不幸去世，伯樂乃成為眾望所歸的接班人，出任利氏辭典推展協會的主席迄今。

自從《利氏漢法辭典》面世以來，十多年間辭典編撰小組又再接再厲投入另一項同樣艱巨的工作，即運用辭典原本豐富的資料，推展出永續的利氏大辭典，打造一個可以歷久彌新的百科全書式的數據庫。這項工作，自然得有龐大資金來支助，就好比縱有良田萬頃，也需灌溉施肥，水源充足，方能收穫豐碩，於是伯樂多年來領導協會積極募款的努力，就顯得格外舉足輕重，若說利氏辭典計劃是一匹馳騁中西文化疆域的千里駒，伯樂就是促進此事的大推手。二〇〇五年協會發佈的《利氏中國植物名稱辭典》，二〇一〇年利瑪竇逝世四百週年出版的電子版《利氏漢法辭典》，以及隨後出版的《利氏中國法律大辭典》，在原有規模上發揚光大，無疑是漫漫長途上一道道亮麗的風景。

由於推動中法文化交流以及促進中歐金融的傑出貢獻，伯樂於二〇一二年獲頒法國民族榮譽騎士勳銜（Ordre national du Mérite）。其實，伯樂的興趣廣泛，目光遠大，除了推廣辭典，他曾於二〇〇九年出版講述中菲關係的專著《龍虎之間》（*Between Tiger and Dragon: A History of Philippine Relations with China and Taiwan*）；他更通曉敘利亞文，對參與位於土耳其南部古敘利亞修道院 Mar Gabriel 的修復計劃，不遺餘力。此外，他還是梵蒂岡耶穌會財務委員會的四名在俗委員之一。

凡此種種，充份表現出伯樂以商養學的練達，士賈合一的從容。對我來說，他更是一位願意在公司聖誕派對上，為下屬獻唱張學友歌曲的好上司；肯服中藥，看崑曲，愛吃北京填鴨，熱愛中華文化的法籍好友。在伯樂身上，徹底顛覆了商人不識文化，士人不諳投資的慣例，也見證了一位雍容典雅儒商的泱泱氣度與風範。

二〇二〇年十二月二十日

六、追思故友

一斛晶瑩念詩翁

船行水上，海闊天空，一片汪洋伸展無涯，平靜如鏡，此時腦海中卻波濤起伏，風急浪高；心底裏一直惦記着，懸掛着，憂慮着，不知遠在高雄的詩翁，此刻是否已渡難關，安然無恙？

赴澳旅遊，出發前駭然得知余光中先生抱恙入院的消息，不由得心急如焚，忐忑不安。才一個多月前剛赴高雄參加中山大學為余先生慶生的盛會，當時他精神矍鑠，言笑晏晏。明明記得他應邀上台，不肯坐在大會為他準備的座椅上，偏要站着演講，一講半小時有多，一貫的妙語如珠，機智風趣；明明記得他會後與親友步出陽台，眺望西子灣的夕照晚霞，並與眾人合照留影，一派閒適自如；明明記得他在會前的晚宴上與後輩打成一片，伸手做出最為流行，表示「love」的韓式手勢，笑得開懷，難道這一切都會轉眼成空，不可再追？

郵輪緩緩向南澳駛行，船上聯絡不便，於是每到一埠就急忙上岸，打開手機查看消息，突然，噩耗傳來，余先生已於十二月十四日溘然長逝，霎時間，南太平洋澄碧的海水，變為一汪蒼茫的幽藍！

接着，《明報月刊》潘總來訊，痛陳詩翁離世，天下同悲，擬刊特輯，以示悼念。潘總囑我將原已在月刊發排，將於一月刊登的拙文《一斛晶瑩》略事修改，並務必在十九號返港之夜立即交稿，以便趕及在次日付梓。

《一斛晶瑩》原本記載着早前有幸為詩人慶生，與其共度八九壽辰正日的經過，在此謹以一瓣心香，敬錄如下，以為紀念。

* * *

那天是余光中先生的生日（重陽佳節）正日，兩天前高雄中山大學特地為他舉行了一場温馨貼心的慶生會，會上發佈了「余光中香港歲月」的錄影帶。這天下午壽翁就安安靜靜的在寓所休憩。一大盆賀壽的蘭花，黃花紅芯，開得燦爛。我們（秀蓮與我）坐在余府的客廳，一邊吃水果，一邊輕鬆自在的閒聊，午後的斜陽緩緩照入窗扉，今年有閏月，重九茱萸的日子在台灣南部，已經不再燠熱了。

看到師母擱在桌上的一副眼鏡，眼鏡繩由密密細細的珠子串成，精緻纖巧，色彩斑斕，問師母哪裏買？「我穿的呀！」這才記起她是串珠高手，多年來收藏的珍珠瑪瑙翡翠白玉，都已經化成一串串典雅美麗的長鏈，在麗人玉頸上煥然生輝。「我們有好幾個朋友都喜歡串珠，其中三人的作品有一次應藝廊邀請展售，那總得想個名字呀！於是請余先生賜題，他說就叫做《一hu晶瑩》吧！」「甚麼hu？」「『角』字邊那個呀！」這才猛然想起是「斛」字，好個優雅貼切的名字！

「斛」是個古典的量詞，與「斛」有關，最為人所知的大概是唐明皇寵姬梅妃江采萍和貴妃楊玉環爭風吃醋的故事。梅妃寫下《一斛珠》，流傳後世。

其實，著名的詩人都是善於使用量詞的，余光中驅文遣字尤具特色，除了他那膾炙人口的《鄉愁》，其他詩句中運用得出神入化的量詞，更俯拾皆是，隨手拈來的有「一截斷雲」（《山中傳奇》），「一彎燈光」（《也開此門》），「一幅……絢艷」（《金色時辰》），「一片水藍」（《保力溪砂嘴》），「一扇耳朵」，「一盞眼睛」，「一面靈魂」（《在多風的夜晚》）等等。不錯，詩人是詩歌接力賽中的健將，他的那一棒是「遠自李白和蘇東坡的那頭傳過來的」，因而能在作品中秉承傳統而又推陳出新。

「一斛」是個量詞，古時為十斗，後改為五斗，那「晶瑩」呢？又有何所指？余詩人在結婚三十週年時，為夫人寫下了情真意摯的《珍珠項鏈》一詩，他在詩中說：「三十年的歲月成串了／一年還不到一寸，好貴的時光啊／每一粒含着銀灰的晶瑩／溫潤而圓滿，就像有幸／跟你同享的每一個日子」。不錯，余光中伉儷數十年來攜手同進，相濡以沫，每一個相依相守的日子，都飽含着「晶瑩」，溫潤如玉，圓滿如珠。

余光中先生畢生孜孜矻矻，為華夏文化守護着「最後一盞燈」，范我存夫人一生般般相隨，守候着永不言倦的「守夜人」，如今兩人已經度過六十週年鑽石婚了。夫人把愛婿原擬購買鑽石的款項，悉數捐作慈善用途。余先生的輝煌業績，恰似一粒粒絢麗矜貴的珠玉，晶瑩耀目，而余夫人在旁默默支持，就如巧手中那股堅韌綿長的錦線，將珠玉穿連成串，化為瑰寶。「一斛晶瑩」，多少個飽含幸福的日子，構成了鶼鰈情深的圓滿和豐盈！

午後閒聊中，余先生提議不如大家來個詩歌接龍，一人即興吟唱首句，一人隨後串聯成詩。背詩不是我的強項，我說還是讓詩翁愛徒黃秀蓮上陣接招吧！

談笑間日影西斜了，來客與主人一齊起座，外出共膳。余夫人悉心打點一切，細細檢視着余先生的衣着，最要緊的是戴好帽子，帶上拐杖；眼藥拿了，鞋子呢？綁好鞋帶了嗎？不會絆腳了吧？待一切安排妥當，再由女兒幼珊從旁帶領，一行人緩緩下樓。夕陽下，愛河畔，儷影成雙，波光瀲灩中，但見一斛晶瑩！

那晚，由我和秀蓮作東為詩人慶生，與余氏伉儷及幼珊一行五人前往一家精緻的齋菜館共膳賀壽。當晚詩翁胃口甚佳，興致甚高。飯後下樓，余師與高足仍然在背誦古典詩詞，從李白、杜甫、蘇東坡到龔自珍，你一言我一語，兩師徒一唱一和，沉浸在詩情雅韻中，渾然忘我，樂此不疲，這個動人的一刻，將在記憶中永不磨滅！

* * *

余先生，在畢生晶瑩澄澈的華光映照下，如今您已進入了永恆，從此——
不必再滴眼藥，擾人的眼疾，再也肆虐不了您那敏銳明淨的雙眸；
不必再戴厚帽，凜冽的寒風，再也吹襲不了您那睿智無雙的頭腦；

不必再拄拐杖，崎嶇的路徑，再也阻攔不了您那矯健銳行的步伐；

不必再繫鞋帶，絆腳的細繩，再也捆綁不了您那自由無拘的靈魂！

不必再背古詩，從今以後在華夏詩歌延綿不絕的長河上，後學晚輩琅琅背誦的，除了李詩、杜詩、蘇詩，必然還有不朽的余詩！

二〇一七年十一月二十七日初稿

二〇一七年十二月十九日定稿

左起：羅新璋、余光中、作者、許鈞
合影於一九九六年香港中文大學翻譯會議上。

余光中於二〇〇三年榮獲香港中文大學
榮譽文學博士學位後，與作者及林文月合影。

將人心深處的悲愴化為音符——懷念鋼琴詩人傅聰

電話那端，傳來傅聰夫人 Patsy 的聲音，低低的，卻沉穩：「我在教琴，可否過一會兒再通電話？」那天是二〇二〇年十二月三十一日，傅聰走後的第三天。

我知道她會挺過去的，各地問候的電話不斷，弔唁的電郵如雪片飛來，她要處理的事物太多了，相依相守數十載的伴侶驟然離世，難免哀傷欲絕，但是，對音樂的尊崇，對藝術的大愛，仍然要繼續下去，為他，也為自己！於是，她收拾心情，讓哀思傷痛化為一片樂韻琴聲，在傳授下一代的莊嚴任務中，向鋼琴詩人寄予至懇至切的祝禱！

我也深信，傅聰雖然不幸讓新冠病毒奪去生命，他並沒有離開，他永遠都在，活在我心中，活在全世界熱愛音樂，熱愛文化，能明辨是非，有獨立思想，儉樸純真，懷有赤子之心，即一個大寫之「人」的心目中！

不過是幾個月前，還在疫情之中向傅聰傅敏分別致候，得知他們安好，心頭放下大石。誰知道事情竟然會如此逆轉？

四十年的友情，像一棵繁茂的綠樹，怎麼就這樣突然枝斷葉萎，令人神傷！回憶一九八〇年農曆大年初一，我因為要研究傅雷，從巴黎渡海到倫敦去拜訪傅氏昆仲，當時懾於傅聰的盛名，不免緊張，對他的了解也不夠，只知道他是名聞遐邇的鋼琴家，還以為他早年去國，也許跟父親沒有那麼近，直至後來閱讀了傅雷寫給他的許多書信，才開始了解父子之間的似海親情，傅雷對傅聰的期許之深，愛護之切，的確世上難見！一封封信經蘇聯輾轉寄到英國，書傳萬里，載滿了幾許關懷與思念！這批家書，包括了傅雷寫給當年兒媳 Zamira 的英法文信，承蒙傅氏兄弟對我信任，相識不久就囑我把這些信件翻譯為中文。

一九八二年初，傅聰來港，因為翻譯傅雷家書的事來電相約，我們在他半島的房間見面。交代完要辦的事之後，他的話就滔滔不絕而出，記得他含笑說：「你上次來我家，留下了一頂黑色的 Beret，帽子一時不見了，一時又出現了！」說得那麼隨意，就像是個相識多年的老朋友，使我一下子就放鬆下來。他一旦說起了頭，就一直說下去，我根本不需插嘴，而絕無冷場。藝術家的熱情，爽朗，純真，不矯揉造作，直叫人暖透心底。雖然是第二次見面，他卻跟我吐露了許多肺腑之言，大概有真性情的人，不再受拘於虛偽的客套，更無需在世俗的外圍兜圈子，在適當的時地，三言兩語，就可以直扣胸臆，觸動心弦的。

這以後，傅聰多次來港演奏，每次他必定為我留票，相約晤面。記得一次又一次聽完演奏後，去後台找他，總見到他換好唐裝，點上煙斗，一個人靜靜坐着，默默思量，臉上的汗水涔涔流下。我曾經問過：「你每次上台演奏，會不會緊張？」「當然會啊！人家說心裏小鹿亂撞？我心裏有幾十隻小鹿呢！」多年後，我看到別人對他的訪談，他說：「每一次音樂會，對我來講，都是從容就義。」試想一個畢生奉獻音樂的虔誠信徒，每日練琴十小時以上，深信自己「一日不練琴，觀眾就會知道」的鋼琴家，數十年來演奏過千百次的老手，居然把每次上台，當作一次「從容就義」，而不期然透顯出一股悲壯的激情，怎不使人聽了既嘆服又心疼？不但如此，每次演奏後，儘管觀眾反應熱烈，如癡如醉，問傅聰自己，他總是眉頭深鎖，長嘆一聲，幾乎沒有一次感到滿意的。

傅聰是個徹頭徹尾的理想主義者，對於音樂，他極為謙卑，自甘為奴，以勤和真來悉心侍奉。他一輩子的生涯，就處於勤奮不懈，永遠追求的狀態，活得十分辛苦。在家裏，他是個中古世紀的修道士，常想躲在一隅，專注音樂，不問世事，偏偏又古道熱腸，對世態炎涼感觸良多，對真理永遠執着，難以排遣；在途中，他又像個摩頂放踵的苦行僧，每次演出，往往在演奏前一天才到達當地，行囊未放，已經急不及待去練琴了；演出當天，繼續練琴，上台前不吃晚飯，演出後精疲力盡；第三天又匆匆踏上征途，從來沒有時間去遊覽或鬆弛。這樣的日程，周而復始，貫穿了他的一生，使他承受着無比的壓力，卻又永不言棄。

傅聰的真，體現在他對音樂的追求，也體現在他為人處世上。他從來不會敷衍偽裝，也從來不說假話。《傅雷家書》於一九八一年初版，一九八四年增訂版中，收編了我翻譯的十七封英文信及六封法文信。雖說只有二十來封書信，當初接手這任務時，也的確戰戰兢兢，不敢掉以輕心。畢竟這是翻譯大家傅雷的家書，要討論傅譯容易，要着手譯傅則是另外一回事了。我必須通讀全書，細心體會，悉力揣摩傅雷的文風，才能把他的英法文還原成中文。所幸這一次的嘗試，得到了傅聰的嘉許，他說：「你翻譯的家書，我看起來，分不出哪些是原文，哪些是譯文。」他的這句話，是我這輩子從事翻譯工作所得最大的鼓勵，我一直銘記在心，直到今天。一九九六年，傅聰重訪波蘭，發現了當年傅雷致傅聰業師杰維茨基教授的十四封法文信，這批信又於次年交在我手上。信中的措辭是非常謹慎而謙恭的，禮儀周到，進退有據，因此翻譯時需要格外小心，以免不符傅聰的要求。這批信是參考傅雷致黃賓虹書信的體裁翻譯的，完稿後傅聰說：「啊呀！怎麼你還會文言文啊？」一句肯定，就將所有的辛勞一掃而空。一九九九年梅紐因去世，遺孀狄阿娜夫人將一批傅雷當年寫給親家的法文信件交還傅聰，這批信件內容豐富，除了涉及兩家小兒女的閒話家常之外，也包含了不少對人生的看法及對藝術的追求等嚴肅的話題。收到這第三批信時不由得心中琢磨，家書用白話來翻，杰老師的信用文言來譯，這批信又該如何處理？就用文白相間的體裁吧！誰知道初稿完成後，傅聰一看並不滿意，他可不會客氣：「這語調，又不文又不白，怪怪的！」結果，我得努力揣摩傅雷致友人如劉抗等人的書信，以一鬆一緊，駢散互濟的方式，取得了文白相糅的平衡，九易譯稿之後再拿給傅聰看，終於得到了他的認可。

傅聰最討厭的是虛偽客套。一九八三年，香港大學頒授榮譽博士學位給他，我應邀觀禮。典禮之後，在茶會上一大群人圍着他索取簽名合照，令他不勝其煩，結果他乾脆誰也不理，索性避開了人群，拉着我躲到一個角落，悄悄問我，過一陣要去見一個甚麼聞人，那人到底怎麼樣？說時像小孩怕見大人似的，一臉盡顯童真。對傅聰來說，俗套的儀式，例如眾人聚集在公眾場所高唱生日歌教他受不了，一堆烏合之眾不分是非黑白的群體愚昧更讓他深惡痛絕！然而在私人的場合，談得來的朋友之間，他是毫無保留，真情流露的。有一回，在晚餐後同往酒館聊天，飯飽酒酣中，他憶起了少年往事，說到十七歲時從昆明返回上海，沿途歷經一月，困難重重，不知接受了多少善心人士的義助，才得以返家，說到激動處，不禁熱淚縱橫，難以自抑！當然，多年相交，開心見誠時，也曾看過他最真誠，最坦然，如赤子一般的笑容，連他自己也說：「不要以為我永遠在那兒哭哭啼啼，沒有這回事，我笑的時候比誰都笑得痛快！」（見《與郭宇寬對談》）。

一九八九年中，當時我出任香港翻譯學會會長，想到再過兩年就是傅雷逝世二十五週年，也是學會成立二十週年了，何不邀請傅聰來舉行一場《傅雷紀念音樂會》籌募基金，以推動翻譯事業？話雖如此，學會是個毫無資源的民間學術機構，怎麼請得起鋼琴大師傅聰呢？這事必須他答應義演才行。於是，硬着頭皮，鼓起勇氣，寫信徵求傅聰的意見。一九九〇年初，傅聰來電，表示一九九一年他決定來港演出紀念音樂會，義助香港翻譯學會募款。當時一聽，不由得驚喜交集，喜的是一個心血來潮的意念，原本有點像天方夜譚，居然得以如願；驚的是自己雖喜愛音樂，但畢竟不是內行，要在無兵無將無財力的情況下去籌辦一場募款音樂會，簡直有點不自量力。但是為了不負傅聰的信任，還是決定訂下了最大的場地文化中心音樂廳，並堅持樓上樓下二千零一十九個座位齊開，以期達到最盛大的效果。為了配合音樂會，我們同時舉辦了傅雷逝世二十五週年的紀念展覽會，將傅雷生平的手稿、家書、生活照片等等在香港商務印書館展出，是為海內外傅雷生平的第一次佈展。十月二十四日，傅聰傅敏二人，一個來自台北，一個來自北京，於同日抵港。難得的是傅聰，十月二十九日才是演奏的日子，為了參加連串紀念活動，他居然提前五天來到，這可是絕無僅有的事。於是，我這主辦者也就因此有機會貼身全程參與了他在演奏前悉心準備的過程。二十四日在啟德機場接了傅聰，一到旅館，曾福琴行就把練習用的鋼琴送上房間，音樂家也就馬上進入情況。隨後的幾天，他除了天天練琴，一律保持低調謝絕採訪。那幾天楊世彭執導的話劇《傅雷與傅聰》恰好在香港上演，傅聰於首演當天在啟幕後悄悄進場，散場前靜靜離開。至於《傅雷紀念展覽會》，他也是在開展前默默去參觀的。那些天，他心無旁鶩，全神貫注在音樂上，誓要以最佳的演出向父親致最深的懷念。演出前，我陪他去文化中心查勘場地，那是一套非常嚴謹的程序，傅聰要求的是一架音色最佳的鋼琴，一個技術最好的特定調音師，一張最合適的琴

一九九一年，傅聰為香港翻譯學會義演後與任會長之作者及傅敏合影。

一九九一年，傅聰於香港翻譯學會晚宴上與翻譯家戈寶權伉儷合影。

凳，琴凳的傾斜面必須合乎某個角度，記得那天琴凳怎麼都調校不妥，一時情急，我還得速召外子從家裏送個墊子來。十月二十九日的紀念音樂會，終於在全場滿座的盛況下順利演出。音樂會後，兄弟二人終於可以鬆口氣，坐下來慢慢談心了。傅聰對傅敏說：「要記得，我對政治毫無興趣，但是正義感卻不可一日或缺！」一句話，體現出一個真正知識分子光明磊落的胸襟與風骨！

這場音樂會，為翻譯學會募集了數十萬款項，成立了傅雷翻譯基金，並支援了學會往後幾十年的運行與發展。儘管如此，舉辦之初，仍聽到一些目光欠缺的會員說，「翻譯學會辦翻譯活動也罷了，搞甚麼音樂會！」他們哪裏知道，傅聰以音樂來紀念父親，是含有多重意義的。其實，只要真正了解《傅雷家書》的價值，就可以明白在對精神領域的追求上，傅雷與傅聰二人完全如出一轍。《家書》不是普通父子之間的閒談，而是「藝術家與藝術家之間的對話」，他們暢談藝術，縱論人生，而他們畢生從事的工作——文學翻譯與音樂演奏，無論在形式或內涵上都彼此類同，再沒有其他藝術範疇可以比擬！前者以文字表達原著的風貌，後者以音符奏出樂曲的神髓，翻譯者對原著的倚重，恰似演奏家對樂曲的尊崇，兩者在演繹的過程中，都有很大的空間去詮釋，去發揮，但必須有一定的章法和依據，不能亂來。翻譯家的自我，就如演奏家的個性，傅聰曾經說：「真正的『個性』是要將自己完全融化消失在藝術裏面，不應該是自己的『個性』高出於藝術。原作本來就等於是我們的上帝，我們必須完全獻身於他。」（見《與潘耀明對談》）。在這一點體會上，傅雷與傅聰完全是心靈相通的，他們父子二人，走的是同一條路！

在一九九二年跟傅聰所進行的訪談錄《父親是我的一面鏡子》中，他坦承父親性格中的種種矛盾，如憤世嫉俗而又憂國憂民；熱情洋溢而又冷靜沉着，以及畢生歷經的多重痛苦與磨難，似乎都由他承受下來了。傅雷處事衝動，傅聰指着自己那張俊臉上唯一的缺陷——鼻樑上的疤痕，回憶起童年舊事：「他在吃花生米，我在寫字，不知為甚麼，他火了，一個不高興，拿起盤子就摔過來，一下打中我，立即血流如注，給送到醫院去」。傅聰認為自己也常常衝動，他曾經對我表示，「我的名字音對了，字不對，我該叫做傅沖，林沖的沖，不是聰明的聰！」這固然是他面對着沉重的歷史包袱，個人的，家庭的，中國人良知的包袱而壓得透不過氣來時的感喟；然而在沉靜下來時，卻又人如其名——「聽無音之音者謂之聰」（《淮南子》），其實他內心深處篤信的，是不必宣諸於口卻永遠

作者與傅敏伉儷於北京合影

存在的真理，一種「larger than life」的至高境界。誠如李斐然在《傅聰：故園無此聲》一文中提到，傅聰的勇氣，也許可以說表現在他「沒有做過的事情上」：他一不接受政治庇護，二不稀罕商業包裝，即使因此得罪權貴，遭受排擠，亦在所不惜，君子有所為有所不為，名韁利鎖，對他根本不起作用，他可真正做到了「人不知而不慍」！生活在這個滔滔濁世中，眾人皆醉而獨醒，傅聰與傅雷，都是希臘神話中先知卡珊德拉一般的人物！

一九九八年，中文大學新亞書院成立五十週年，為了慶祝金禧並籌募款項，當時的院長梁秉中教授囑咐我邀請傅聰來港演出。傅聰如約前來，演奏會所選的曲目完全是蕭邦的作品，包括最為人樂道的《二十四首前奏曲》。如所周知，傅聰是最擅長演繹蕭邦的鋼琴家，兩人不但性情敏銳，天生氣質相同，並且都歷經過離鄉別井的哀傷，對故國的思念同樣刻骨銘心。傅聰曾經說過：「蕭邦好像我的命運」，而他認為《二十四首前奏曲》是蕭邦音樂中獨一無二的偉大作品，練習起來，是一項非常艱巨的工作。然而我清楚記得，當晚在文化中心的演奏，是我多年來第一次聽到傅聰自認為滿意的演出；後台裏，也第一次見到他笑容滿面，如釋重負的神態。音樂會後新亞書院在半島酒店設宴慶祝，餐桌上，傅聰與

傅聰於一九九八年為香港新亞書院五十週年院慶演奏後，
在晚宴上與作者合影。

傅聰與作者於一九九八年在北京合影

金耀基教授分別坐在我的兩旁，一左一右燃起了兩枝煙斗，兩位智者談興甚濃，雋永機智的話語，在煙霧繚繞中來回飄送，這是我第一次感到籠罩在二手煙下竟也其樂融融！

因為那次演奏，我在九八年夏曾經去倫敦造訪傅聰，請他提供一些近照和簡介，他居然面有難色，一時裏不知道如何去找，結果好不容易在鋼琴底茶几下翻出了幾張照片塞給我。他對身外之物從來都不放在心上，他說因為經常去各處演奏，返英時帶回一大堆不同國家的鈔票硬幣，統統放在紙袋裏，丟在衣櫃中。有一回 Patsy 收拾房間，看到櫃子裏一個皺巴巴的牛皮紙袋，還以為是廢物，一把丟到垃圾桶裏去。儘管如此，他那天倒是鄭重其事的告訴我，有一篇諾貝爾文學獎得主黑塞（Hermann Hesse）談論他音樂的文章，頗有價值，希望我有空時可以翻譯出來，這就是我於二〇〇三年發表的《黑塞『致一位音樂家』》。

一九六〇年，當時八十三歲的黑塞，通過電台收音機偶然聽到了時年二十六的傅聰所彈奏的蕭邦。一聽之下，大為激賞，忍不住寫下「太好了，好得令人難以置信」的字句。他認為那位名不見經傳的年輕鋼琴家所奏的蕭邦是個奇蹟，使他「感受到紫羅蘭的清香，馬略卡島的甘霖，以及藝術沙龍的氣息」，對他而言，這「不僅是完美的演奏，而是真正的蕭邦」。他更認為傅聰的演奏，「如魅如幻，在『道』的精神引領下，由一隻穩健沉着，從容不迫的手所操縱」，使聆聽者「自覺正進入一個了解宇宙真諦及生命意義的境界」。其實，黑塞寫完這篇文章之後，曾經印了一百多份，分發給知心朋友，希望能這樣把訊息輾轉傳到大約在波蘭的傅聰手中。結果，黑塞於一九六二年就去世了，直到傅聰在七十年代初重返波蘭時，才由一位極負盛名的樂評家給了他這篇文章。因此，黑塞與傅聰，一位是心儀東方精神文明的文學巨匠，一位是沉醉西方古典音樂的鋼琴大師，兩顆熱愛藝術的心靈，就如此憑藉蕭邦不朽的傳世之作，在超越時空的某處某刻，驟然邂逅了！藝術到了最高的境界，原是不分畛域，心神相融的，兩人因而成為靈性上的同道中人，素未謀面的莫逆之交，成就了一樁傳頌千古的藝壇佳話！

傅聰雖然與蕭邦氣質相近，彈蕭邦就像蕭邦本人在演奏一般，但是這成就卻得來非易，鋼琴家除了長年累月勤於磨煉之外，還悉心研究作曲家手稿，並到蕭邦故居的舊琴上依稿揣摩，傅聰彈奏其他心儀作曲家的作品，如莫扎特、德彪西、舒柏特等，也一概如此，這就跟傅雷翻譯巴爾扎克和羅曼羅蘭之前致力吃透原文，又何其相似？鋼琴家多年來鍥而不捨的努力，導致他的手指在中年後患上了腱鞘炎而痛苦不堪，我曾經在他演出前，於旅館中幫他把撕成細條的藥膏貼，一條條小心翼翼貼在他十個手指的四邊，那時方才明白，原來止痛藥膏貼是不能整張團團貼在手指周圍的，因為這樣會減低手指的彈性，影響演出的效果。傅聰多年來一直在這種艱苦卓絕的狀態中練琴及演出，因此，他自認為滿意的一場表演，就成為難能可貴的千古絕唱了。幾年前我把這場演奏的錄音帶交給傅聰的忘年知音陳廣琛，最近聽說他正在積極籌劃整理這個錄音，希望能通過有心唱片公司的合作，讓它得以現代化的方式重見天日，假如真能成事，廣大的樂迷可就有福了。

傅聰當年由於父母的培育和熏陶，在熱愛音樂之餘，也喜歡詩詞歌賦，更鍾情地方戲曲。二〇〇八年六月，白先勇監製的《青春版牡丹亭》遠赴英倫演出，我特地從中為傅聰安排了搶手的戲票。傅聰全家都去看戲，一連三天，非常投入。傅聰與白先勇這兩位原本相識的性情中人，在音樂與文學上各領風騷的傑出大師，就因此在倫敦的劇院中，為中華文化的傳承而喜相逢，為演出成功的愉悅而留下了難得的合影。白先勇曾經說，他之所以寫作，是希望「把人類心靈中無言的痛楚轉化為文字」，那麼，跟他意氣相投的傅聰畢生努力所致的，豈不就是要「將人心深處的悲愴轉化為音符」？

二〇一三年十月二十七日，傅雷伉儷自一九六六年在文革中以死明志以來，經歷了四十七年的漫長歲月，終於由有關單位在浦東墓園舉行安葬儀式。那天傅聰跟兒媳以及傅敏夫婦來到墓前行禮致敬。自公墓移出的小小骨灰盒彷彿有千斤重，從傅氏兄弟二人的手中緩緩垂放鮮花圍繞的墓穴中。傅聰的背影微駝，步履沉重，畢竟是望八之年了，然而更沉重的應是他內心深處的傷痛。墓旁樸素的灰色碑石上刻了兩行字：「赤子孤獨了，會創造一個世界」，這是傅聰所選傅雷的話語，他堅持在父母的墓碑上，不能安置浮誇的雕龍飾鳳。如今，傅聰自己亦已大去，不知道是否已與父母在赤子的另一個世界裏重逢？

十二月三十一日，致電北京問候傅敏伉儷，夫人哲明告訴我傅敏在服藥之後，情緒方才穩定下來。十二月二十八日白天得到英倫消息，說傅聰仍在醫院留醫，但到當天晚上將近午夜時分，傅敏突然哀慟不已嚎啕大哭，說怕哥有不測！第二天一早噩耗傳來，傅聰不幸於二十八日下午三時許逝世，北京倫敦兩地時差八小時，正好是傅敏悲從中來的時刻！兄弟二人，手足情深，雖相隔萬里，冥冥之中仍心靈相通，難捨難離！傅聰彌留之際 Patsy 與次子淩雲都守候身旁，他臨終時說了兩句話：「我想傅敏，我想回家！」

傅聰曾經說過，音樂的奇妙，是「能把全場的人都帶到另外一個世界……使人們的靈魂得到淨化」（見《與華韜對談》），他更說過理想境界永遠無法達到，世間沒有完美，恐怕唯有死亡，才能臻完美。如今，他已以八十六年的歲月，在滾滾紅塵裏人琴合一，自淬自勵，嚥下生命的苦杯，釀出救贖的甘醇。百年一遇的一代琴聖，從此安然回到天家，達致完美，留下清越琴聲美妙天籟，撫慰一代又一代世人悲愴的心靈！

二〇二一年一月八日

萬古長青憶神農

消息傳來，「雜交水稻之父」袁隆平撒手塵寰了！怎麼可能？他在我心目中永遠那麼精神奕奕，老當益壯，甚至連「老」都扯不上，是位活力充沛，永不言休的「現代神農」！查閱資料，才醒悟他已屆九一高齡，此次大去，也可說是安享天年了！

第一次見他，是在二〇〇一年七月三日。那天，袁隆平先生以「偉倫訪問教授」的身份，來香港中文大學舉行公開講座。袁教授的講題是「我國雜交水稻的現狀和展望」。說起來，這樣的題目，對於我這個「四肢不勤，五穀不分」的文科城市人，原本不會具有吸引力。我為甚麼要出席去聆聽呢？原來是為了奉命替袁隆平撰寫讚詞而去接受惡補的。自從一九九六年開始，我就出任中大榮譽博士及榮譽院士頒授典禮的讚詞撰寫人，這是一項很特殊的任務，每位榮譽領受者，都是成就卓越的翹楚，能夠為他們寫讚詞，是我的機遇和榮幸，當然必須盡心盡力，好好準備。我前前後後為中大寫過幾十篇讚詞，撰寫的對象遍及各行各業，每一次，我都堅持不可僅靠檔案裏的履歷來依書直說，而必須事前跟當事人進行專訪，親睹大師的風采，聆聽他們的教誨，下筆才能傳神生動。曾經寫過季羨林和饒宗頤這樣的國學大師，余光中和白先勇這樣的文壇巨擘，準備時固然要遍讀他們的大作，虛心學習，才能領悟要訣，但是，文學畢竟是自己熟悉的範疇，仍然可以悉心揣摩，這一回，要去撰寫有關「雜交水稻之父」的生平業績，就實在有點忐忑不安，不知如何着手了。

記得那天講堂上來了一位身量不高的講者，頭髮粗短，皮膚黝黑，那臉上的紋路，一看就知道是長年累月暴曬在烈日下辛勤勞動的印記，假如不作聲，你會以為他是一位鄉間田陌上常見的老農。可是一開口，立即脱胎換骨，袁教授所作的科學報告，立論精闢，內容翔實，連串專門名詞和重要數據滔滔不絕而出，讓人聽得出神，咋舌！聽完了演講，我對雜交水稻仍然不甚了了，然而心目中，卻浮現了一幅春耕秋收、物阜民豐的完美景象！

第二天，經校方安排，讓我跟袁教授做一次專訪。這次專訪，終於使我弄清楚甚麼是水稻的特性，為甚麼解決世界糧荒，要依賴雜交水稻。原來自古以來，我國一直「四海無閒田，農夫猶餓死」，主要的原因，除了苛捐雜税，還是因為每畝田產量不足所致。坊間向來有「民以食為天」的説法，既然糧食不足，那就表示天有缺口了，袁隆平教授有見及此，乃矢志肩負起「補天」的重任，在這個意義上，他不啻是「現代女媧」。如何補天？原來必須從選擇優良的稻種開始。

袁隆平於一九五三年自西南農業大學畢業後，給分配到湖南安江農校任教。湘西黔陽地區，乃千古蠻荒之地。到了六〇年代，內地發生饑荒，這位年輕的有心人刻苦鑽研遺傳學，想方設法要在田野裏發現穗多粒大的特異稻株，經歷了屢試屢敗，屢敗屢戰，終於以孟德爾的遺傳分離律，悟出了箇中奧秘，發現了「天然雜交水稻」的特性，並從一九六四年開始，以三系配套，即通過培育不育系、保持系、恢復系的方法，來利用雜種優勢，正式展開培育人工雜交稻的課題。在培育的過程中，困難重重，挫折不斷，直到一九七〇年底，才在海南崖縣（即今三亞）發現一株花粉敗育的野生稻（簡稱「野敗」）；一九七二年培育出首個水稻雄性不育系；一九七三年育成首個雜交水稻強優組合；一九七五年製種成功，一九七六年將成果大面積施行推廣。

記得當時袁教授跟我解釋這一連串的業績和數據時，看到我似懂非懂的模樣，一定覺得有點吃力，尤其發現我對於雜交水稻何以只有一代，沒有第二代的情況，顯得一竅不通時，他更沒轍了，望着我茫茫然的眼神，他只好耐着性打個比喻：「你知道啊！馬跟驢交配，生出騾子，騾子可不會生騾子的呀！」接着，他實在按捺不住，索性從椅子上站起身來，繪聲繪色演示一番：「水稻是雌雄不同株的」，這我可有點明白，好像聽說過木瓜也是這樣的！「父本，母本，是要分開種植的，每次父本種兩行，母本就要種十二到十六行，中間相隔兩米。抽穗時，要把花粉從父本趕到母本去，用繩子一拉，嘩啦啦，這花粉呀！就像打石灰一樣啊！全都吹到母本那裏去了！」他說得起勁，我聽得高興，尤其是他那略帶四川口音的演繹，活靈活現，簡單明了，把我這個科學盲似乎也調教得頭頭是道了！

那次專訪，袁教授還跟我講了許許多多有趣的故事，關於他的童年，他的出身，他學農的起因，他奮鬥的經歷，成功的信條，奉行的格言，喜愛的嗜好等等。其中最使他津津樂道的是母親對他的教養。原來袁教授原籍江西，生於北京，於湖北武漢就讀小學，在重慶長大成人，畢業後去湖南就業，這到處奔波遷徙的結果，使他成為了善於駕馭南腔北調的語言天才，而母親原籍江蘇揚州，曾任小學教師，也是兒子的英語啟蒙老師，因此袁隆平自小說得一口流利英語，使他在日後出入國際會議，外交場合時，一開口往往揮灑自如，技驚四座。在我訪問期間，袁教授每當說得興起或表示認同時，就會一疊聲以「Yes, Yes, Yes」來加重語氣，他那興高采烈的神情，顯得一臉直率與童真！

二〇〇一年十二月中文大學頒授榮譽博士的當天，袁隆平因正隨同國家領導人訪問南美而不克出席。校方乃安排另一場合，待他遠訪歸來，再蒞校接受榮譽。那一天，校長李國章特地在「見龍廳」設宴招待。袁教授一進門，看到我也在座，馬上高高興興的嚷道：「你是個作家嘛！」原來，他看了我寫的讚詞，除了將他所傳授有關科學的心得規規矩矩表達出來之外，字裏行間還是忍不住增添了一些文學色彩。讚詞的起首是這樣寫的：「早春時期，秧苗秀秀，一片新綠；晚秋時分，稻穗纍纍，萬頃燦金，這一幅春耕秋收，物阜民康的圖畫，正是我國自古以來千家萬戶夢寐以求的景象，如今，神州大地上，夢想成真，良田處處，而促成這一切的幕後功臣，就是培植『東方魔稻』，創造『綠色神話』的『雜交水稻之父』袁隆平教授」。

那天，在午宴席上，袁隆平教授面對着滿桌菜餚，似乎興趣不大，但是吃完一碗米飯後，倒是再要了一大碗，他說，餐餐進食，即使只有醬油相拌也不打緊，大米飯可是必不能少！席間，他還殷勤邀約傳訊及公關處處長許雲嫻和我去

二〇〇一年，作者（右）與袁隆平博士（左）
合攝於香港中文大學「見龍廳」。

湖南長沙，他說會帶我們到農地裏去探望他的心肝寶貝稻米田。當然，假如成行，我想最愛騎車天天下田的他，一定會騎着摩托在前面威風凜凜的開道和引路！

二〇一六年，第一屆「呂志和世界文明獎」舉行頒獎典禮，我因為曾經參與籌劃經過，所以應邀出席。當天，袁隆平教授因促進世界糧食供應的傑出貢獻，而榮膺其中「持續發展獎」的得主。在席間遙望袁教授在講台上精神抖擻侃侃而談，感到衷心喜悅，雖然知道袁教授不會在意數目龐大的獎金，他連二〇〇〇年國企「隆平高科」上市，手擁逾億股票都儉樸如故，毫不在乎，然而這項特殊的榮譽，表揚了他畢生心繫寰宇，為天下黎民解決糧荒的宏願，肯定了他多年來孜孜矻矻，百折不撓的勇氣和壯舉，的確是實至名歸，令人振奮的。

那是我最後一次見他。如今，他已經飄然歸去了。天堂裏，應該是綠苗秀秀，金穗纍纍，沒有糧荒的，袁教授可以卸下重任，跟他最喜愛的舒伯特去暢談音樂，或悠悠閒閒的拉小提琴作樂了！

二〇二一年五月二十八日

懷念羅新璋——淡泊自甘的《傅譯傳人》

二〇二二年二月二十二日，正月廿二星期二，明明那天早上還不停收到手機上的種種訊息，說甚麼這是個讓人開懷、千年一遇、連續九個「二」字的吉祥好日，為甚麼到了晚上就收到好友羅新璋與世長辭的噩耗，難道是上天的惡作劇，讓人先喜後悲？抑或是一個謙遜的譯家，一輩子沉穩恬淡，遠離紅塵，連辭別人世的當天，也要挑一個看來普天同慶的日子，獨自悄悄飄然遠去？

我是一九八一年十月十九日在北京第一次見到羅新璋的。那次我因事赴京一行，在那裏約見傅敏，他帶了羅新璋一起來，我們三人在北京飯店共進午餐。羅新璋給我第一印象就是個平易近人的謙謙君子，臉上掛着祥和的笑容，一副大大的寬框眼鏡，說起話來，語調急促，帶着濃濃的江浙口音，雖在北京待了幾十年，跟標準京片子可一點也沾不上邊，倒是讓我聽起來倍感親切，後來才發現他原籍浙江上虞，竟然是我的小同鄉。

那次會晤，相聚的時間不長，傅敏卻帶來了許許多多寶貴的資料，包括傅雷的英法文書信，主要是寫給傅聰當年的夫人 Zamira 的，並且囑咐我有空時把這些信件翻譯為中文。事後回想，羅新璋當時在場，他又是鼎鼎大名的「傅譯傳人」，曾經翻譯過傅雷致羅曼羅蘭信件，傅敏沒把這批家書交給他，反而交給我這個後學去翻譯，實在令我有點赧顏，也許是因為這批信件包括英法兩種文字，傅氏昆仲為了省事，決定交給同一個人去辦妥吧！難得的是，羅新璋一點不以為忤，還在旁對我殷切的多加指點，這種泱泱氣度，令人感佩！

一九八五年，我隨同香港翻譯學會執行委員會一起去訪問內地翻譯界先進，第一站是北京。由於當時改革開放不久，對於接待香港來的學人，規格很高，我們去拜訪中國社會科學院外國文

作者與羅新璋及楊絳於一九八五年在北京合影

學研究所時，連所裏元老級的大人物都賞臉參加了。當時出席的有錢鍾書、楊絳、葉水夫、卞之琳、羅新璋等學者專家。我的座位恰好安排在楊、羅二人之間，可以就近跟他們交談請益。

還記得，我對着楊絳，一開口就出了個洋相。我把楊絳翻譯的《唐吉訶德》的「訶」字，念成「柯」音了，楊先生馬上給我指正，要不是羅新璋笑咪咪的在一旁支撐着讓我壯膽，我可能會覺得無地自容。有他在，看到他氣定神閒，與世無爭的模樣，你就會自然而然定下心來。

此後，我跟羅新璋一直往返不斷，我寫了文章，翻譯了作品，凡是寄給他看的，他總是不斷鼓勵，也不吝指正，該讚的讚，該說的說，一點虛言假話也沒有。我們之間，絕無同行敵國的排斥猜忌，只有同道中人的相知相惜。說真的，我接觸過那麼多專家學者談翻譯的高論，有的洋洋灑灑，有的天花亂墜，然而誰都沒有羅新璋說得那麼言簡意賅，一語中的。有一回，我收到他的北京來函，附有短短五百字的《譯書識語》，其中所述的「譯事三非」，精彩絕倫，讀之令人茅塞頓開。

所謂的「譯事三非」，即「外譯中，非外譯『外』；文學翻譯，非文字翻譯；精確，非精彩之謂」。這三句話，看來很淺顯，其實想深一層，的確已把翻譯的本質和要訣表露無遺了。很多人以為，翻譯的文字，應該帶半生不熟的歐化語言，看起來像外國話，才算保留原汁原味，殊不知，那是譯者功力不逮或偷工減料的結果，就如楊絳說的，翻跟斗翻了一半，東倒西歪的，根本站都站不穩，這樣的譯文，讓人看來彆扭，讀來拗口，怎麼還有興趣追看下去？翻譯的原著若是文學作品，翻出來的譯文，當然也得有文學意趣和品味，不能變成一堆毫無生命力的僵化文字。因此，翻譯時搬字過紙，自以為把原文傳達得精確無比，倘若不能再現原著的神髓，根本就不能自詡為忠實稱職的譯者。

羅新璋不但是出色的翻譯家，更是高明的理論家，但是為人太謙虛了，在《中國翻譯家辭典》中，名下的介紹只有短短數行；在他的散文集《艾爾勃夫一日》中的自我介紹，更只有寥寥數語：「編有《翻譯論集》及《古文大略》，輯有一薄本《譯藝發端》」。他還不時自稱為「一個沒有甚麼譯作的譯者」，原因是他的譯品，不是以量取勝，而是以質服人，所翻譯的《特利斯當與伊瑟》，《列那狐的故事》，《栗樹下的晚餐》等，莫不傳誦一時。羅新璋不但在翻譯手法上師承傅雷，在翻譯態度上也追隨傅雷，他是矢志要慢功出細活的。他翻譯《紅與黑》可是花了大功夫，每日淩晨四時起身，潛心翻譯到七時，再精雕細琢，仔細修改，前後耗時兩載，精益求精，才終於定稿，成為膾炙人口的經典名譯。

一九九八年十一月初，趁着赴京參加中國譯協第四次全國理事會之便，我提出要跟羅新璋做個專訪，正如所料，他起初不斷推辭，說自己沒有甚麼成就，不值得接受訪問云云，後來，經我堅持，才終於答應下來。那一回，我們在北京西郊賓館暢談了三個小時，凡是譯家多年來的學習過程、翻譯生涯、翻譯觀點、翻譯手法等詳情，都盡情探討，當然，最要緊的還是他把羅氏獨門武功——如何於一九五七年開始，刻苦自勵，不看電影不逛街，以多年工餘光陰，手抄傅雷譯文二百五十四萬八千字；如何於一九七三年在巴黎國家圖書館抄錄三百八十九件《巴黎公社公告集》並在回國後全部譯出的驚人創舉，和盤托出，娓娓道來。這篇訪談錄，經羅新璋小心校閱，再三審定，完全反應出他那講究而絕不將就，謙遜但毫不含糊的個性，完稿後，經他分別收編在自己的散文集和翻譯論集中，應可確認為他十分重視及肯定的文獻。

多年來，羅新璋曾經多次應我邀請來港參加學術活動，包括來中文大學翻譯系講學，接受香港翻譯學會頒授榮譽會士銜，參加「外文中譯研究與探討」

作者和夫婿與羅新璋夫婦及傅敏夫婦於北京合影

學術研討會等，而我有一段時期，為了撰寫中文大學榮譽博士的讚詞，也經常要出差去北京訪問名家如費孝通、季羨林、路甬祥等，因此我們就有機會時時會面。記得下榻的王府井飯店裏，有一家韓國餐館，區區五百人民幣的六人套餐，就豐富得佳餚滿桌，我們一行人（羅新璋，夫人高慧勤〔日文翻譯名家〕；傅敏，夫人陳哲明；我們夫婦），每次都會在此相約飯敘，那開懷暢談的歡樂情景，猶歷歷在目，可是當年共聚的這些親人摯友，如今竟已六去其三，天人隔絕，思之神傷！

羅新璋的畢生成就，可以參閱我當年的訪談錄，此處不贅，倒是有幾件日常生活的小插曲，可以窺見在他虛懷若谷的性格中，那幽默機智，即興率直而又細心周到的本質。羅新璋不趕時髦，但是永遠衣履整齊，彬彬有禮。他喜歡拍照，有一次帶他到香港山頂去觀光，他俯瞰山下景色，顯得興趣盎然，接着忽然鄭重其事的告訴我：「拍照要拍得好看，有個訣竅，你得側着身體四十五度角，兩隻腳一前一後站」，這以後，我細心查看他所有的照片，果然都是以四十五度丁字腳拍攝的。

自從二〇〇〇年開始，我曾經四訪三里河，其中有三次由羅新璋陪同，原因也許是楊先生多年來由於訪客眾多不勝其擾，所以非常挑剔，閒雜人等一概

作者與羅新璋於香港山頂合影

不願接見。每次打電話去要求拜訪，她一定會問問誰陪我去？我一說是羅新璋，她就欣然同意。第一次去特別難得，那是二〇〇〇年七月十七號楊絳農曆九秩華誕的日子。行前，我們琢磨着要買些甚麼賀禮，羅一想，說「她甚麼都不喜歡，我們買些 fromage（法文乳酪）去吧！」楊絳當年曾經留學法國，羅新璋非常貼心的知道她的愛好，可惜當天北京商店裏找不到好的乳酪，結果，唯有以巧克力代替了。二〇〇三年秋第二次跟羅去三里河，看到楊絳興致勃勃的在小樓上練字，想向她討一幅墨寶，她不肯，說等練好了字才能送人。羅趁老人不備，悄悄偷了一張塞給我，叫我藏好別作聲，誰知道老人一轉身望過來，我又老老實實招供了，結果給她一把搶了回去，使我追悔莫及。看來我的性格比起羅來，實在不夠他的跳脱俏皮！第三回跟羅新璋去探訪楊絳，我請老人為好友林青霞寫幾個字，老人對着卡片，正在沉吟躊躇，不知如何下筆時，羅立即提議寫「佳人難得」吧！他的急才機智，令人嘆服。

每次跟羅新璋在北京一同去訪客，都是他騎着自行車來旅館接我搭乘的士同行，完事後送我回旅館，他才轉身騎車，穿梭大街小巷而去。在我心目中，他永遠健步如飛，矯捷利落，也許他在二〇一七年摔跤之後，已經行動不便了，但是我不願想也不願接受。如今他已回到天上，擺脱了塵世的羈絆，應該不再受困於病軀的折磨了，但願他從此笑顏重現，再無拘束！

二〇二二年三月九日

後記：

三月十日跟浙江大學中華譯學館館長許鈞教授通電話，得知羅新璋在彌留時刻，向女兒羅嘉交託了後事，最重要的是，把他全部二十幾本手抄傅雷譯文的巴爾扎克小説（除了其中一本，借給了上海南匯傅雷博物館展覽），以及當年在法國巴黎國立圖書館善本室抄錄下來的五六百頁珍貴文件（其中包括一九七八年翻譯出版的三百八十九件《巴黎公社公告集》），全部捐獻給中華譯學館庫藏。這是一筆豐富珍貴的文化遺產，無論對文學翻譯範疇或中法文化交流的領域來説，都意義非凡。

為人不忘「悟聖」，處事樂聞「和聲」——懷念李和聲先生

打開電腦，對着鍵盤，卻怎麼也無法按下去，因為不知道怎麼落筆。早些年，原本跟李先生高高興興的説好，要替他寫傳記的，怎麼現在變成寫起懷念他的文章來？

早晨醒來做運動，每次伸展筋骨，一定會想起李先生的示範動作。不知道多少次，他曾經在上海總會二樓的會客廳中，興致勃勃的告訴過我，每天早上，他都會躺在地板的運動毯上，拍打四肢，努力鍛煉健身操。「運動完了，還會吃兩個獼猴桃」，他一心想傳授保健的秘訣給我，一面説，一面露出慈祥的笑容，和藹的雙眼，瞇成了兩枚彎彎的半月。

上海總會二樓，在還沒有裝修之前，中間有個偌大的客廳，房裏設置橢圓的長桌，平時可能是作為開會之用的，牆邊放着舒適的沙發，牆上掛着李和聲伉儷慈善演出的京劇照片。客廳安靜，還有私人洗手間，李先生喜歡在廳裏跟他心目中的「小朋友」飯敍聊天。

中午時分，李先生總是點三兩招牌冷盤，幾個素淨可口的熱炒，再加上生煎饅頭或鱔糊蝦仁麵，菜一上，邊吃邊開始了讓人難忘的「說書」時間。他一說話，那一口略帶寧波口音的上海話就聽來倍感親切，更別提他一輩子轉戰南北商場叱吒風雲的動人經歷了，在他身上，似乎每個細胞都會滲出故事來。

李先生跟我爸爸認識，他們一群上海幫曾經在上海總會舉辦過「千歲宴」，把十二個分屬十二生肖的朋友聚集在一起，笑談風雲，暢論人生。李和聲是其中最年輕的一位。因此，對我來說，他是既為父執輩，又像兄長似的人物。

一向知道李先生熱心公益，對於推動文藝，扶掖後進，尤其不遺餘力。其實，每次舉辦學術文化活動，例如為中文大學文學院籌辦《新紀元全球華文青年文學獎》，一開始並沒有得到大學的任何贊助，所有費用一分一毫都得自己去募款得來，每次去籌錢，都是囁囁嚅嚅，難以啓齒的，唯獨對着李和聲先生，一切都變得那麼自然順當，才一開口，話還沒有說完，他就會豪氣爽直的答應，「好！上海總會的慶功宴我包了！」那是他對我們第三屆文學獎的承諾。那次，我們在上總宴開十八席，李先生不但出錢還出力，他請了三桌在中大上課的內地生來捧場，另外，特地安排了餘興節目，邀約葛蘭等票友來演唱京劇，與眾同樂。

說起葛蘭，她退休之後，熱愛京劇，不但每星期來李先生票房票戲「吊嗓子」，還是個對京劇藝術熱心推廣的中堅分子。記得二〇〇六年，我有一回應李先生之邀去看京劇，因緣際會，恰好坐在一對外國夫婦的身邊。那位外國太太對舞台上的演出，非常好奇，然而又不明所以，於是，我就即興跟她稍稍解釋了一番京劇中花臉鬚生的台型，青衣花旦的扮相，演員揮動那根帶穗的長棍代表快馬加鞭等等基本的常識，她聽得津津有味，後來才知道這位女士原來是荷蘭駐港領事夫人，也是全港領事夫人團體的主席。不久，她邀請我去半山府邸出席領事夫人的午餐聚會，並在會上講授京劇藝術的欣賞要訣。眾位夫人聽了我的入門介紹，興趣更濃。我把經過告訴了京劇達人李和聲先生，他一聽之下，馬上提出一個構想，說不如邀請全港領事夫人來上海總會共進午餐，順便在席上向大家示範京劇演出，他的邀請一出，反應熱烈，幾乎所有的領事夫人都欣然應允了。到了餐敘的那天，各位夫人依時出席，在上海總會二樓會客廳的橢圓長桌上團團圍坐，精緻的上海本幫菜，以西式進餐的方式一道道奉上，她們一面品嘗美味的炒蝦仁、小籠包，一面欣賞月琴京胡伴奏的京劇唱段，並聆聽葛蘭用英文講

解生旦淨末行當的特色，度過了一個別開生面的文化雅敍。李先生對那次聚會感到非常滿意，自掏腰包還特別高興，他說：「男士都是聽太太話的，領事夫人學會了欣賞京劇，領事先生哪會不受影響？」看來，他無時無刻不以推廣京劇，弘揚國粹為念。

李和聲先生對京劇心神俱醉，不但入迷，幾乎達到了癡的境地。李先生擅長京胡，夫人尤婉雲則工梅派青衣，夫妻聯袂，琴瑟和鳴，多年來贊助策劃了不知多少次大型的京劇盛會，不但邀請鼎鼎大名的名伶要角來港，自己也粉墨登場，鼎力演出，使香港市民大飽眼福。李先生曾經說過：「京劇是糅合唱、唸、做、打、音樂、舞蹈於一爐的藝術，是任何其他文藝形式難以比擬的」，他又告訴我，「在台上唱戲，二胡跟隨京胡，京胡則跟隨伶人，人琴必須合二為一。一把好的京胡要能『托腔保腔』，與伶人完美結合，舒疾相隨，方能收牡丹綠葉之效。」如今想來，李先生當年不僅在教我京劇竅門，還在傳授我為人之道，的確，人生於世，豈可永遠以牡丹之姿傲然獨立，更多時候，必須退居綠葉，為身邊友好托腔保腔方能相得益彰啊！

跟李先生聊多了京劇，音樂，甚至舞蹈，發現他是個才華橫溢的藝術家，一時裏甚至會忘掉他原本是位財經金融界的老行尊。他原籍寧波，生於上海，十四歲「學生意」，在如今年輕人玩手機打電子遊戲的年華，已開始接觸黃金、公債、棉布、棉紗等業務；十七歲做買手；十九歲自立門戶，與友人開設金號。一九五〇年自滬來港，由低做起，憑藉待人以誠，處事以敬的作風，廣結善緣，不久就闖出一片新天地。一九五八年與友人徐國炯、應子賢合夥經營順隆行，享有「順隆三劍俠」的美譽，公司的發展，也隨着香港金融市場的拓廣，而一日千里，欣欣向榮。

然而天有不測風雲，更何況瞬息萬變的股票市場，一九八七年，一場前所未有的股災席捲全球，香港也不能幸免。在風雨飄搖的情況下，客戶蜂擁而至，急於提取現款，當時順隆行搖搖欲墜，唯獨李和聲先生一人秉承「受人之託，忠人之事」的原則，在驚濤駭浪中，挺身而出，獨立承擔。他不惜傾家盪產，力挽狂瀾。「命可拋而名不可毀」！李先生跟我說起這樁故事時，我清清楚楚記得他如何凝神屏氣、正色宣稱。然而，李先生的氣派和膽識，又豈止在這一場危急關頭中體現出來？一九九七年香港回歸，不久，金融風暴突然來襲，該年十月二十日俗稱「黑色星期五」當天開始，連隨三天，恆指暴跌，震驚世界！在此關鍵時刻，香港政府出面積極干預，李和聲先生應邀相助，在整個「打大鱷」的過程中，運籌帷幄，出謀獻策，在此生死存亡的戰役中，擔當了舉足輕重的一環，也因此贏得了「孔明神算」及「御貓展昭」的美譽。二〇〇三年，香港在沙士肆虐期間，經濟蕭條，房價暴跌，人心惶惶不可終日，李先生又一次展現了高瞻遠矚的睿智和眼光。他在這個時刻，力排眾議，主張趁房價劇降的難得機會，上海總會應自資買下位於中環黃金地段的南華大廈作為會所，以便發展會務，一勞永逸。當時，董事會的全體會員都深恐虧蝕，堅決反對，唯有李會長一人豪氣干雲，拍拍胸脯說：「由我買下南華大廈一樓與二樓闢為會所吧！此後若房價跌，上海總會無需負責；若房價漲，上海總會可按原價購入，作為永遠會址。」像這般聞所未聞的建議，「假私濟公」的善舉，也只有李和聲先生如此眼光獨到，智勇雙全的現代「俠客」，才能說到做到！多年來，在風雲變幻的連串事件中，他那「獨倚欄杆，浩歌長嘯」的身影，總是使我不期然想起「一身轉戰三千里，一劍曾當百萬師」的沙場老將來！

儘管如此，平日裏看到的李和聲先生，卻永遠笑容可掬，平易近人，像是個與世無爭的老人家。他對朋友的關懷和照顧，簡直到了無微不至，心細如髮的地步。那些年，父母與老伴在前後六年中相繼逝世，使我原本充滿陽光的世界，驟然間從暖春變為寒冬，李先生得知之後，曾經想方設法令我開懷，使我振作起來。他在上海總會多次為我設宴，要我去邀請一大幫中文大學的「小朋友」來同樂，席上大家說故事，講笑話，飯後再在會所附設的卡拉OK高歌跳舞，盡興盡情。我們這一群朋友之中，人才輩出，有歌聲嘹亮的歌王歌后，有舞姿妙曼的舞后，李和聲先生處身這群年輕的「小朋友」之中，以歌技舞姿來說，可一點也不遑多讓。眾所周知，他的京胡拉得出神入化，譽滿香江，可他原本是學唱京劇的，因常年累月工作於交易所而嗓音受損，才改弦易轍，學習京胡，因此，他

李和聲與中文大學眾小友合影

一開口唱，就有板有眼，悅耳動聽。他跳起舞來，平時略顯福泰的身軀，突然間變得靈活輕盈，無論是牛仔舞扭腰舞，都駕輕就熟，一點也難不倒他。群裏的女士都爭着跟他共舞，誰不喜歡有個舞技超卓而又幽默風趣體貼入微的舞伴呢？

李先生為人知福惜福，他對人好，從不提起；人對他好，卻經常掛在口邊，感念不忘。二〇〇五年，他榮獲中文大學榮譽院士名銜，由我替他撰寫讚詞，此後他每見我一次就誇一次，講者有心，聽者醺然。於是趁機問他，「您有那麼多故事，為甚麼不好好出版一本傳記？我來替您寫。」李先生一聽，連連搖頭，表示不妥。他可不是在說甚麼當事人活着，不能得罪朋友的場面話，而是由於出自內心，發乎真情的體卹和顧念。他不想將友儕之間的信任和交往，點點滴滴都暴露在公眾的目光之下。儘管多次游說，他仍然不為所動，最後終於同意讓我撰寫《李和聲先生傳略》一文。在多次訪談的過程中，他曾經表示，畢生最大的安慰，就是二〇〇七年，李氏家族以「秉花堂李氏基金會」的名義，合資捐贈一億五千萬元為中文大學創立「和聲書院」的善舉。「和聲書院」以「知仁忠和」為院訓，旨在知仁義，重和

李和聲於香港中文大學《校園傳承版牡丹亭》演出後，與眾小友合影。

德，培育人才，彌補了先生少時失學的遺憾。這篇傳略收編在拙著《樹有千千花》中。記得二〇一六年夏新書發表的時候，李先生親蒞致辭，會後還跟大家一起到中華游樂會的慶功宴上高歌酣舞，盡情歡聚呢！

多年來，一直都跟李先生經常相聚保持聯繫的，記憶中，最後一次見他，應該是在慶祝他的哲嗣李德麟先生榮獲中大榮譽院士的晚宴上。那是二〇一九年的五月，不久後，香港時局動盪，二〇二〇年開始又新冠來侵，我們各自宅在家中，雖時相問候，卻無法見面。李先生少用電腦及手機，然而通過他外甥邱先生的聯絡，我們仍不斷互通消息：今年六月，收到李先生送來的蜜桃；七月，我的新書《談心——與林青霞一起走過的十八年》出版，李先生曾經熱烈致賀；九月舉行新書發表會與林青霞對談的時候，得知李先生說，如非礙於疫情，必會親臨道賀；誰知道，世事無常，十月下旬，李先生竟然撒手塵寰，從此與他天人永隔了！

李和聲先生畢生家和事興，成就輝煌。他原名「悟聖」，十四歲出道學生意時，由其先翁改名為「和聲」（以滬語發音，兩者相同），取其在社會上安身立命應「以和為貴，聲氣相投」之意。觀其一生，為人則不忘「悟聖」，時時敦品勵行，謹記聖賢的教誨；處事則樂聞「和聲」，處處慷慨為懷，樂善好施，與眾共譜一片和諧的天地！如此圓滿人生，令人每每想起，心中都會湧現一股暖流和敬意。

二〇二二年十二月七日

李和聲參加作者新書發表會

「金」與「石」何以相同？

中國人一切都講「緣份」，有緣的不遠千里來相會，沒緣的對面相見不相識。

說到名字，姓氏，居然也有投緣不投緣的。譬如，那麼多年來教了那麼多學生，一屆又一屆的，偏偏就有三個叫 Teresa 的跟我特別親近；朋友之中，叫 Amy 的都是身手利落、辦事幹練的。我的另一半叫 Alan，最好的朋友叫 Ellen，這兩個英文名字，不少中國人唸起來，根本一模一樣分不清，聽着都像在叫「愛人」；而這位名叫 Ellen 的好友，追求她的男士大排長龍，卻又千挑萬選的嫁了個跟我同姓金的夫君。

那位幸運兒原籍東北，個子適中，長得雖不算俊，卻眉目分明，一臉憨厚，是個讓人一看放心、不折不扣的老實人。剛開始的時候，身為閨密，我總是替好友不值，老覺得像她那樣秀外慧中，才情出眾的花樣女子，應該要找個才華橫溢，瀟灑倜儻的浪漫情人才對，怎麼找了個不解風情的理科生來呢？雖是個化學博士，但是除了本行專業，他又怎麼有能耐閒來跟她吟誦唐詩宋詞，同賞莎士比亞的戲劇，共習亞里斯多德的詩學呢？

我跟 Ellen 是台北第一女子中學初中的同學。高二時我來了香港。其後，我們在大學畢業後分別赴美，在美國不同的城市唸碩士時，還經常爭取見面。結婚後，雖然她家住北美，我家在香港，但是多年來我們仍然時相往返，不是我去美國看她，就是她來遠東探訪。記得有一回，她帶夫婿來訪，我們倆老同學剛好都懷了第二胎，兩人挺着大肚子逛街，敍舊，談心，聊天聊得不亦樂乎，晚上都不肯睡覺。她的另一半覺得不可思議，這兩位女士「怎麼像個幼稚園生似的？嘰嘰喳喳，這麼多話可聊？」他恨不得要來參加一腳，發表一下早睡早起身體好的高見；我的另一半，見狀趕緊上前將他一把拉開，「走走走！別管了，我們去看電視上的球賽，讓她們女生去說悄悄話吧！」

唸理科的到底不一樣，做人得講求理性，凡事則都要刨根究底，找出其中的原因和規律。金家孩子小的時候，快要考試了，臨時抱佛腳，想找老爸來個惡補，老爸偏偏要跟他講道理，說原則，把書本中所有的定律公式從頭細說一遍，弄得原想急就章的孩子，心慌意亂，落荒而逃，從此再也不敢在考試前煩勞爸爸了。

化學博士為人簡樸，實事求是，對於一切奢侈虛妄的事物都不感興趣。結婚多年，從來沒有給老伴買過生日禮物。有那麼一次，他忽然靈機一動，心想：「這麼多年了，還沒有給太太買過甚麼生日禮物，這次不如破個例，給她一個驚喜吧！」於是，他下定決心要御駕親征了。好不容易放下手邊工作，從實驗室來到百貨公司，一走進女裝部門，就有點眼花繚亂，不知如何取捨，心想不如去買瓶香水吧！誰知道香水也是林林總總，大瓶小樽的，怎麼挑呢？看到大男士在櫃檯前猶豫不決，滿臉疑惑的模樣，化妝小姐趨前招呼：「請問，您要挑選香水嗎？給多大年紀的女士呀？」這一問，卻引來結結巴巴的答案：「哎！我……我太太生日，想……送她一瓶香水，不知道怎麼挑呢！」打扮入時的小姐甜甜一笑，「選這瓶吧！目前最流行的了！名牌貨，你太太一定喜歡！」博士一問價錢，馬上就愣在那裏了，「這麼貴呀？你知道這香水裏有甚麼成份嗎？」這下輪到化妝小姐瞠目結舌了。化學博士接着發連珠炮：「你知道香水是怎麼製作的嗎？甚麼牌子都一樣的，裏頭就是些酒精，提煉些香料，再加點甚麼化學成份而已，我在實驗室裏都做得出來」，看着小姐木無表情的臉龐，為了解釋清楚，他再向她好心的開示一番：「你知道這香水為甚麼賣得這麼貴嗎？大部份的錢都花在包裝、運輸、促銷廣告上了呀！」說完，他就理直氣壯的揚長而去了。回家途中，經過一家冰淇淋店，想起了家中的一大三小，於是買了一大盒充當生日禮物，忘記了太太是一向不太喜歡吃甜食的。

化學博士認為在世界上安身立命，最要緊的是有內在美，那外在的衣着打扮，只要保暖護體，就已經足夠了，甚麼華衣美服，都是多餘的奢侈品。有一回要出差參加學術會議，極有品味的夫人替他打點衣物，每天換一件襯衣配一條領帶，放在行李箱中，誰知道一週後博士返家，手上只帶了一個藏着論文的公事包，那行李箱放在辦公室裏，壓根兒就忘了帶上飛機。

記得十多年前，有一回，他們夫婦退休後從內地大江南北遨遊返來，途經香港，我們帶他們去山頂觀光。那裏新闢了一個商場，有一家販賣男裝的連鎖店正在大減價。聰明的店家自有招徠顧客的妙計，例如買三件八折，買四件七折，買五件六折，依次類推。看到這些價廉物美的產品，再用美金一折算，簡直便宜得像撿來似的，我們的大博士也不得不心動了，再加上本來跟他志同道合，總是自詡身材永遠不變，結婚時做的禮服西裝，幾十年後還照樣能穿的我家那一半，自己最捨不得添置衣服，居然在一旁搖旗吶喊，竭力慫恿起朋友血拼來了。於是，

左起：金石同夫婦與作者夫婦合影。

歷來第一次，看到節儉成性的朋友，戴上他那副一邊掉了長柄，用幾條橡皮筋綁牢的眼鏡，試了一件又一件，最後狠狠的買了七件新衣褲。「買了這麼多，這輩子到老都穿不完了！」他手上提着大包小包，口中不斷在喃喃自語。

多年來，好友跟夫婿就這麼一文一理，南轅北轍的相處下來了。原本文弱嫺靜的她，給另一半訓練得林中穿梭，山上露營，開着汽車穿州過省，扛着沉甸甸的背囊長途跋涉周遊列國，樣樣皆能。而化學博士呢？退休後除了經常雲遊四方，還好學不倦，不斷嘗試新事物。他喜歡去上社區裏的老人大學，除了聽課，也講課，甚至還給老外教起中國哲學來。閒來喜歡拉大提琴，聽音樂看歌劇，甚至欣賞莎士比亞和希臘神話的故事。看到《傅雷家書》出版了，他就努力在電腦上用英文給兒女寫家書，儘管英文系出身的夫人老是嘀咕他常常弄錯文法拼錯字。夫人參加北一女校友同學會了，他也欣然隨伴出席，在會上踴躍發言，積極參加各種活動，包括為各位與會女士開車及攝影，當然，還少不了臨場發揮，出謀獻策一番。記得二〇一六年在加州召開的同學會，他居然為大家填了一首《念奴嬌》，以兹紀盛：

光陰飛逝，催白了，多少黑髮紅顏。
大洋東岸，北一女，海邊相聚重歡。
圍火當歌，粉墨登場，豪情勝當年。
平生勞碌，老來娛孫艱難。

遙想吾輩從前，小姐出國了，氣盈意滿。
香扇粉巾，談笑間，迷倒多少俊男。
今日重聚，想將來再遇，未知何年。
人生如夢，幸有明月相伴。

這首詞填得這麼有趣，誰會想到竟然是位理科生的傑作呢？

我曾經多次在他家做客，吃過男主人親手烹調的薄餅，是可口得讓人回味無窮，一試難忘的；也曾經無數次坐着他開的車，在不熟悉的路上奔波，看着他一面跟 GPS 定位系統吵架，一面努力嘗試找路，務求把我平安妥當的送達目的地。我欣賞他把三個子女都教育得正直善良，各自在工作的崗位上兢兢業業，卓然有成。我更深深體會到他對我好友從一而終的真情與摯愛，他的確是個好丈夫，對其他女士從來目不斜視，在他心中，Ellen，就是一輩子唯一的愛人！

終於明白，「金」與「石」在某個意義上，是可以相同的。這世界上，有人「金玉其外，敗絮其中」，卻也有人外表硬朗如「磐石」，內心真摯如「純金」。

親愛的 Ellen，你沒有選錯，這一輩子，有幸跟彬彬君子相依相守，雖然他最近撒手塵寰，然而他忠心耿耿守護着你，跟你共度了數十寒暑，這樣的人生，應已然無憾了！

謹以此文，紀念我的亡友——金石同！

二〇二三年二月二日

當時明月在——懷念林文月教授

打開書櫃，一長排林文月的作品呈現眼前，有翻譯、有散文、有論文，幾乎佔滿了整整一層；拉開抽屜，一封封字體娟秀的書信映入眼簾，有卡片、有郵簡、有信箋，甚至還有最為珍貴的手稿和複印件。

東翻翻，西看看，思緒茫然，不知道自己在做甚麼，至今，我仍然不敢相信好友林文月真的走了，正如她的愛子郭思蔚所說：「我們親愛的媽媽，今天早晨安詳地於加州奧克蘭家中展開一段新的旅程」。對了，她沒有消逝，只不過是展開另一段旅程，進入永恆罷了。

與林文月最早相識於一九八六年。那年十二月，香港翻譯學會執委，應台灣文建會之邀赴台訪問，與各大學及翻譯界人士交流。記得在一次會上，與會的名家很多，有王曉寒、姚朋、黃驤等人，其中最令人矚目的就是林文月，她靜靜地坐在席上，話不多，卻嫻雅端莊，儀態萬千。那時，她已經譯畢洋洋一百萬言的《源氏物語》了，問她前後花了多少時間？「五年半」，出版後感覺如何？「寂寞」，她平靜地說。

這以後，我跟林文月開始時相聯繫，並且經常互訪，究其原因，不但因為我們是漫漫譯途上的同道中人，而且因為大家學術興趣類似，生活背景也大同小異吧！譬如說，我跟她都生於上海，自幼在溫馨單純的環境中成長，隨後在台灣度過青葱歲月，大學時，雖然她唸中文系，我唸外文系，然而畢業後不久，都返回母校執教，一待就是幾十年，直至退休為止，從來沒有另起爐竈的打算。除此之外，我倆的外子都非學術圈中人，然而對我們的學術生涯都竭力支持；雖然身為一子一女的母親，我們卻不甘當個全職主婦，在子女年幼時，分別出國進修，她前往京都、我遠赴巴黎，也因此在各自的學術領域中，取得了始料不及的突破。林文月在翻譯業績、散文創作和學術研究三方面，都出類拔萃，卓然有成，令人高山仰止，永遠無法企及，然而我們的興趣、愛好、努力的方向卻是相契相近的，正如林文月在她替拙著《齊向譯道行》所撰的序言中所說：「金聖華大學時代讀的是英語系，其後留學法國，多年來她擔任翻譯系的教授，又致力於推廣翻譯工作。我雖讀的是中文系，教授中國文學，但由於生長背景而具備中、日雙語能力，也實際上做一些翻譯工作，兩人的興趣和關注點接近，使我們在公私的場合上都有許多說不完的話。」

不錯，我們之間的確有許多說不完的話。自從三十多年前結識開始，我們曾經無數次相聚交會，不是她請我去台灣，就是我邀她來香港。回首細想，過往幾十年，林文月蒞臨香港出席種種學術場合，十之八九都是應我的邀約而來——香港翻譯學會的、中文大學翻譯系的、新亞書院的、崇基學院的、全球華文青年文學獎的……，所有我悉心策劃的重要活動，凡是跟翻譯與文學相關的，都有林文月的支持和參與；每次遭遇到困頓與艱辛，更因為有她在前面領路，而使我信心充沛、勇氣倍增。

最記得一九九四年，林文月應我邀約，來中大新亞書院講學，雖然我們平時經常聊天，我仍爭取時間，跟她作了一次較有系統的專訪。那是個十月天，香港最好的季節。她住在「會友樓」，從午後的窗口望出去，「吐露港」柔和地躺着，波光瀲灩，秋陽下，輕帆點點，一切都顯得那麼寧謐、安詳，窗外的風光，襯托着窗裏女主人清秀端麗的姿容，恰似一幅精緻典雅的仕女圖。我給她帶上一個日本的陶盆，插滿了色彩鮮艷的小花，讓愛美的她，在客居增添繽紛；她為我泡了一杯檸檬茶，加兩匙蜜糖，體貼地說「初秋乾燥，潤一潤喉」。

話匣子打開了，我們幾乎推心置腹，無所不談，完全不像在訪問。林文月在唸台大時，已經名聞遐邇，多年後，坊間仍然盛傳當年的種種事跡，例如「台大校花」，「望月樓」等等，儘管如此，當事人自己卻從來沒有把這些傳聞掛在口邊，想來也不會放在心上。趁此機會，我直接問她的感受。她很坦率地回答：「說到『校花』，其實是個『笑話』」，她接着說：「因為在那個保守的年代，校內並沒有舉行甚麼校花選舉，所以人人都是校花」。林文月當年在台大中文系師承台靜農先生，因為成績優良，一畢業，就應聘留校當助教，一九六九年，獲得國科會遴選，前往日本京都大學人文科學研究所遊學一年，因緣際會，遂開始了《源氏物語》的翻譯，從此踏上不歸路，多年來繼續完成了《枕草子》、《和泉式部日記》、《伊勢物語》、《十三夜》等經典名著的中譯，在中日文化交流中，作出了舉足輕重的巨大貢獻。這個過程，大家都耳熟能詳，然而很多人未必知道，除了師長的提攜，眾人的愛寵，命運的眷顧之外，林文月畢生的成就，最要緊還是靠自己不眠不休的堅持和努力換取的，「我的所得，每一步都是我自己走出來的」，她斬釘截鐵地說，聲調溫柔而語氣堅定，一雙秀目凝望着遠方——在那個晴朗明媚的秋日午後。

的確，常感到世間總有一些看法，認為外表儀容出眾的女性，通常內涵不

林文月攝於老師台靜農墨寶前

足，做人做事往往不夠專精，這種偏見，在學術界尤其明顯。我們都是過來人，箇中滋味，一言難盡。他們哪裏想到，這世上各行各門的事業女性之中，確實還存在一個物種，叫做「披着蝶衣的蜜蜂」！那天我問她，以一個躋身學術界的女性來説，「才貌雙全」這種説法，到底是一種「助力」，還是一種「阻力」？她答得率真，「為甚麼假定一個女的好看就一定沒才呢？」她繼續説：「我個性之中，有一份好強，要證明給自己看，也給別人看，我不是徒有外表而已」，因此，她做甚麼，都比別人加倍勤奮，加倍用功，加倍付出，加倍投入！為的是她喜歡「很努力地過一輩子，很充實地經歷各種階段，然後很優雅地老去」，觀乎她成績輝煌、碩果纍纍的一生，她當年的祈望，如今確已一一如願實現了。

由於我們天生愛美，興趣相投，所以，在多年公務交往的餘暇，也經歷了許多只有女性摯友之間才能體會得到的歡樂時光。林文月每次來港，我們都會相約忙中抽暇去逛街。很多回，她一下飛機，把行李往車上一放，由我另一半看着，就直接跟我上店舖去血拼了。最記得有次去銅鑼灣批發店買法國絲巾，那批絲巾特別美，每一條色彩都是漸進式的，搭配得柔和適宜，例如粉紅襯淺灰、姹紫配翠碧，林林總總，看得人眼花繚亂，我們挑了一陣，越看越愛，結果把店舖裏所

林文月在香港與翻譯家羅新璋喜相逢

一九九四年，林文月來香港中文大學講學。

有顏色的絲巾都囊括了，各買了幾十條，林文月那次來訪的演講酬金，給她一下子全花光了。後來她說，那條淺米、橘黃、濃綠漸進式、美如斑斕秋色的絲巾，送給了連戰夫人（她的表弟媳）連方瑀，對方很喜歡；而我呢？至今仍然天天巾不離身，人家老是說，「你怎麼穿甚麼都有一條絲巾可相襯」，每次聽到這樣的評語，總會想起遠在彼岸的林文月。又有一次，我們走進時裝店，分頭去找合適的衣物，林文月購物一向慷慨爽朗，從來不會小眉小眼、斤斤計較的，不一會，我們已經各自找到了心頭好，開開心心的付了賬，走出了舖子。上一分鐘還在挑選當時最流行的豹紋衫；下一分鐘，我們就在談論翻譯中該怎麼掌握原文風格，何時該一詞一譯，何時該一詞多譯的問題了。除了相約逛街，我們也經常互贈禮物。林文月在一封信中說：「你送我的 Scarf，真是好看。薄如蟬翼，所謂的『霓裳』，就是這樣的吧。今天碰巧是我農曆生日……今晚我赴宴，就要披上這條美麗的霓裳」（二〇〇四年八月三十一日）；而我在櫃子裏珍藏的，除了她送的紫綠絲巾、純銀首飾、精美胸針，還是一串紅綠相間的項鏈，這可是由林文月那雙翻譯出數百萬字經典名著、撰寫過數十本精彩散文集，最最勤勉的雙手，一珠一珠親自穿成的啊！

林文月的卡片

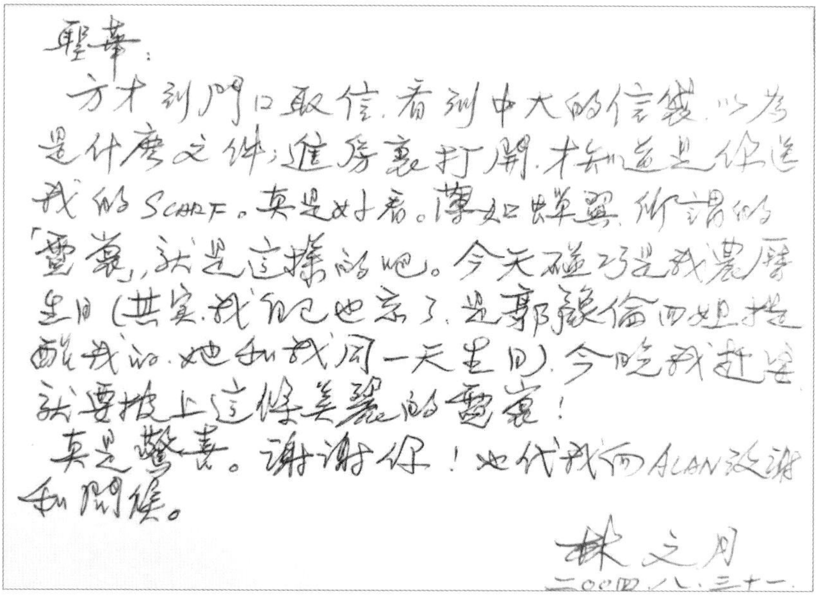

聖華：

方才到門口取信，看到中大的信封，以為是什麼文件；進房裏打開，才知道是你送我的SCARF。真是好看。薄如蟬翼，所謂的「霓裳」，就是這樣的吧。今天碰巧是我農曆生日（其實我自己也忘了，是鄭穎倫四姐提醒我的，她和我同一天生日），今晚我赴宴就要披上這條美麗的霓裳！

真是驚喜。謝謝你！也代我向ALAN致謝和問候。

林文月
二〇〇四.八.三十一.

林文月的卡片內容

身為學術界的女性，要內外皆美，事業與家庭兼顧，的確不易。她是個溫柔體貼、心細如髮的人，看她的文章，字裏行間，處處透顯出深深的情，真摯的心。寫到晚年鋸除雙腿、臥床四年的父親，儘管她幾乎風雨無阻晝夜探望，然而望着在病床上昏睡無語的老人，她黯然寫道，「怎麼辦呢？而父親總是沉沉地睡，沒有春夏秋冬、沒有悲歡哀樂。我輕輕撫摸那一頭白髮，不免自問，當時我們為他所做的抉擇是對的嗎？」（《父親》）；說到母親病後需人照顧，卻拒絕護士為她沐浴，於是由女兒代勞，林文月這樣寫，「我的手指不自覺地帶着一種母性的慈祥和溫柔，愛憐地為母親洗澡。我相信當我幼小的時候，母親一定也是這樣慈祥溫柔地替我沐過浴的。」沐完浴，她更替母親梳頭：「我輕輕柔柔地替她梳理頭髮……不要驚動她，不要驚動她，好讓她就這樣坐着，舒舒服服地打一個盹兒吧。」（《給母親梳頭髮》）談到成長後從遠處歸來的兒子，臨別前夜與母親對酌，林文月說：「我們飲酒、吃宵夜，談文學和音樂，彷彿又回到往昔。我們一直都是很談得來的知己。……人際關係很微妙，即使親如父母子女，一生之中，能有幾回這般澄淨如水地單獨相處呢？」（《飲酒及與飲酒有關的記憶》）提起她最愛惜的女兒思敏，這個幼年時曾經用小手，替母親為學生批改的作文本上畫滿大大小小紅圈圈的小女孩，長大後成為修讀耶魯建築系的出色設計師，她設計的飾物，每件作品都獨一無二，充滿了「流動的安靜之美」，林文月在思敏作品展的專訪中說：「就像白居易的詩，大家覺得老嫗能解，一定是太簡單了，其實他是經過一再的修改和淬煉，才能變成濃縮精練的文字」，這裏說的既是白樂天的特色，也是女兒思敏的創作和自己散文的經營。林文月一向低調謙遜，那次她卻忍不住把《聯合報》上的報道寄來：「今天忽想將《聯合報》的專訪彩色影印寄給你，分享我做為母親的喜悅。」接着她又聲明「這訪問以她為主，我是配角」（二〇〇六、一、五）一字一句，那份做母親的自豪感，壓也壓不住地流溢出來。

對於先生郭豫倫，眾人心目中能夠有幸跟大才女緣定終身的幸運兒，林文月在文章裏向來着墨不多，然而三言兩語，卻道出了伉儷之間的似海深情。「很多年以前，我遇到一雙赤手空拳的手。那雙手大概與我有前世的盟約，於是，再也沒有任何一雙手能夠吸引我一顧。」這雙手是家庭裏「最重要的支柱」，使得家中其餘的三雙手「可以隨心所欲去做想做的事」（《手的故事》）。就因為如此，林文月得以多年來盡情盡興地投入學術、翻譯和創作生涯，而絕無後顧之憂。對於夫君，林文月除了全心愛護，更有疼惜感念之意。二〇〇〇年秋，林文月在來信中說：「我們明天想去日本小遊十天，舒解一下壓力。退休的人還被種種『任務』壓迫着，真不像話！其實，這次是郭豫倫提議的，我雖然還在趕寫十一月在台北東吳大學的講稿，但不好意思不答應。初夏回來後，不是忙着接待親友，便是對電腦打稿。我的先生大半天都只看到我的背影」。（二〇〇〇年九月二十四日）我不知道這是不是他倆攜手共遊的最後一次旅程？二〇〇〇年十二月，我為香港中大創辦的「新紀元全球華文青年文學獎」頒獎典禮如期舉行，散文組終審評判林文月如約前來，與我歡慶盛事，那時我們誰也沒有料到她的先生不久會罹患危疾，更不到半年，於二〇〇一年六月二十五日即在加州撒手塵寰了！（《人物速寫》）先生走後，林文月的哀傷可想而知，然而她沒有搶天呼地，痛不欲生，而是將無盡的思念默默埋在心底，繼續讀書、研究、翻譯、寫作。那年下半年，我們有緣在東京相遇，我與她竟然在沒有預約的狀態下，同時訂了東京的 Keio Plaza 旅館。記得那天早上，我們相約一起進早餐，事前心中忐忑，不知道到時該怎麼安慰她，因為知道說甚麼都是蒼白無力的。然而見到她，除了面容消瘦，神色黯淡，雙眸中卻依然透顯着一絲堅強，她從手袋裏拿出一個精緻細巧的鼻煙壺，靜靜望着我說，「這裏放着我先生的一撮骨灰」。後來，看到林文月的一篇文章，敍述她跟女兒於弗洛倫斯造訪布契拉蒂（Buccellati）名店的經過，其中有一段提到她讓熱情好客的店員看看中國的精美藝術品，於是從皮包中取出一物，並淡定地說道：「這隻鼻煙壺約莫是三百年前的，是我先生的收藏品之一。我封藏了他的一小撮骨灰，出遠門總帶着，彷彿就像和他一起旅行似的。」（《人物速寫》A.L.）突然間，東京旅舍中的一幕，又鮮明清晰地重現眼前了。原來，看似柔弱的林文月，其實是溫婉而從容、優雅而堅韌的，正如楊絳，她們都是忙亂過後，在現場打掃一切的人！

林文月在二〇〇一年之後，繼續出版了《生活可以如此美好》、《回首》、《人物速寫》、《蒙娜麗莎微笑的嘴角》、《千載難逢竟逢》、《文字的魅力》等散文集，也完成了《十三夜》的翻譯。她之所以能在痛失愛侶、孤獨寂寞的狀態下，繼續筆耕不輟、創作不斷，完全是由於她堅毅不拔的個性、勤勉不休的態度、以及悲憫大愛的胸襟所致。先說她的勤奮。她做甚麼都一絲不苟，也有本事把任何工作，不管是做家務、教學生或寫文章，都變成一種「享受」，宴客時等朋友上門，哪怕只有五分鐘、十分鐘，也會在書房裏多譯一行字。一九九九年，我替崇基學院邀請她來校出任「黃林秀蓮訪問學人」，她一口答應，事前我並不知道在短短兩個星期的訪問期間，她得出席七次大大小小的演講，然而她不但毫無怨言，還把七次講稿都在事前準備妥當，一個個字整整齊齊寫在稿紙上。我認識的學者朋友之中，除了余光中，沒有誰的字體是這麼端正工穩的。問她為何不請主辦單位錄了音，講完後讓年輕人去轉變為文字，她告訴我此事不可行，因為將來校對時滿紙錯別字加上「的麼麼」，更加費勁！這以後，我發現她這番金玉良言，的確使人受用不盡！原來在某次活動中，中文系的研究生，竟然可以把「世說新語」轉錄為「細說心語」的！

再談她的慈悲為懷和奉獻精神。有一次，帶林文月到香港太平山上去觀賞，望着山下密密麻麻的樓宇，她忽然感嘆說：「身上壓着這麼多房屋，土地好累啊！」於是，使我想起了她的一篇名作〈蒼蠅與我〉，原本對着這可惡的小蟲，她「準備展開一場轟轟烈烈的追捕厮殺」，誰知道，突然看到牠停在桌面上搓動細細的足部，令她想起了小林一茶的俳句：「莫要打哪，蒼蠅在搓着牠的手，搓着牠的腳」，因此始終下不了手。這樣一位面對天地間萬物蒼生皆抱着悲憫同情之心的淑女，一方面柔情似水，另一方面，卻懷着猶勝鬚眉的豪情壯志和使命感，對於翻譯及中外文化的交流，雖然明知艱辛，卻依然毫不猶豫邁步前行，「大家不做，我來做」，這就是林文月畢生奉行不逾的諾言與守則！

文月曾經對我說：「白色的背後，有七種顏色，我但願我的一生是純白的，但背後卻仍然七彩繽紛。當我一生結束的時候，我至少盡了力，但也享受過。」如今，閃耀的明月回到天上去了。這世界，曾經因為文月的來臨，變得更美好，更多姿多彩。名詩人布邁恪（Michael Bullock）形容她為「文字的月」，以「束華光」，為世人「送下月華的詩」，如今她雖已返回天國，然而她的洋洋譯品和巨著，正如她的藹藹容顏和奕奕神采，將會永遠遺愛人間，澤被後世。

此後，每當夜色蒼茫時，想起故友，我將會舉頭望明月，也寄望明月來相照！

二〇二三年六月七日

思念永難盡

六月底七月初，曾經與家人到首爾一遊，那是宅在家中避疫三年半後的第一次，旅途上一切順利，平安歸來，心中充滿感恩。然而在歡樂的背後，總有那麼一層縈繞心頭的思念，不去想，不去想，還是想！

文月走了，真的走了，雖然寫了懷念她的文章〈當時明月在〉，然而每當夜深人靜時，許多曾經相處的片段，就會自然而然浮現腦海，原來，會晤共聚時的細枝末節，日常生活中的點點滴滴，才是最讓人念念不忘、長留心中的。

讀了吳宏一的文章，才知道雖跟林文月在台大共事數十年，他仍然尊稱她為「林先生」或「林老師」，的確，林文月的為人處世及卓越貢獻，值得尊重和敬仰，坊間也有不少其他知名學者，自己早已德高望重了，但一見到林文月，卻會必恭必敬稱她一聲「林先生」，反倒是我沒大沒小，一開始認識，她就堅持要彼此連名帶姓直呼對方，就如台灣同學之間慣常互稱一般，如此一來，兩人之間的距離，霎時間就縮短了，也因此對以後的交往，開啓了暢通無阻的綠燈。

大家都知道林文月是名聞遐邇的大才女，秀外慧中，蕙質蘭心，平時為人內向謙遜，略帶靦腆，其實，認識深了，就知道她也有不拘小節、爽朗率直的一面。記得一九九四年夏，太平洋文化基金會在台北召開「外國文學中譯國際研討會」，會議連續舉辦了三天，當時應邀與會的名家衆多，發表的論文更是林林總總，多姿多彩，到了最後一天，身為主辦機構成員的林文月上台致辭，原以為她會一板一眼規規矩矩把所有論文做個詳盡的總結與交代，出人意表的是，她竟然只說了短短一兩分鐘的話，言簡意賅，乾脆利落，她更表示，一般人都以為女性說話，常常絮絮叨叨，言不及義，她執意要打破這個慣性的偏見，告訴大家，身為學術界的女性，絕對不做「長舌婦」！她說這番話時，讓許多在座的男性學者瞠目結舌，不知道如何反應！

又有一次，林文月在秋冬之際來到了香港，一天，她反客為主，堅持要邀請我去吃大閘蟹。到了北角的老飯店，點好了大閘蟹，她又說：「我們再來點豬肉吧！」這可令我大感意外，我還以為她會再點一些清淡的小菜，沒想到柔弱斯文的她，竟然毫不惺惺作態，完全沒有裝出一股淑女不沾肥膩的模樣，她接着說：「最近台北鬧豬瘟，好久沒有吃肉了」，說得那麼坦率而自然。多年後才得知，她原來是撰寫《飲膳札記》的大家，能烹紅燒蹄參的高手呢！

又一年，林文月來港，某天晚上，她帶我去拜訪在科技大學客座的楊牧。楊牧殷勤招待，留我們在他家晚餐，席間，還說了一個有關自己不諳粵語的笑話。話說楊牧初到香港時，有一天讓人領着來巡視即將入住的宿舍，在各處繞了一圈之後，領路的看更對他說：「我現在下樓了，你 jigei（自己）taitai（睇睇）。」（粵語「你自己看看」的意思），楊牧一聽，不由得大怒，叱喝道：「說甚麼『幾個太太』？我只有一個太太！」他話猶未了，林文月已經忍俊不住，揚聲大笑起來了，原來在熟朋友面前，她是可以這麼開懷放鬆的！那晚賓主盡歡，雖然只吃了一頓便飯，性情仁厚、出手寬綽的林文月還是塞了一個大紅包給菲傭。

林文月待人真誠，溫柔體貼，這一點我是多番親身領受過的。有一回，我去台北參加會議，下榻在老牌五星級酒店仁愛路福華，剛抵達，就約了一群小學同學來大廳相聚，大家握手言歡，互道近況，才短短幾分鐘，一回頭，我放在座椅上的手袋已經不翼而飛，也不知道是哪個神偷施展了妙手空空的絕技，這麼一來，護照、錢、信用卡，連帶放在袋中的珠鏈，都渺無蹤影了，令我失魂落魄，不知所措，當場淪落為身無長物的 shopping bag lady 了！林文月一得知我的窘態，馬上帶我到她家裏去支援整頓，首先得提供一個女士不可或缺的手袋，結果，她找出了一個藍色皮包，因為知道全新的我不會要，太舊的我不適合，這個八成新的正恰當，大可以緩解我的燃眉之急。她的細心周到，由此可見。

二〇一四年，我回台北參加由筆會主辦的「紀念嚴復誕生一百六十週年文學翻譯研討會」，下榻在福華國際文教會館，跟林文月在台北的寓所很近。由於知道好友即將離台赴美，我特地早一天抵台跟她會晤。她約我在會館的一樓咖啡廳共進午餐，說是那裏人少安靜，可以好好聊聊。她要我點豐富的

左起：楊牧、林文月、作者及夫婿。

全餐，因為知道我三點後才能check-in，雖然我倆都胃口小，但是全餐可以一道道上，慢慢吃，盡情聊，結果，我們足足暢談了三個鐘頭，「把三年來要說的話都說了」，她這麼表示。我們聊家庭、聊學業、聊寫作，還交換了各自剛出版的新書，「都是紫色的封面，開本也一樣，好像啊！」她輕輕摸撫着我送她的《笑語千山外》，跟自己的《千載難逢竟逢》對比，笑語盈盈。飯後，我可以check-in了，由於會館不設行李員，偌大的箱子只好自己搬上房去，我一向手無縛雞之力，沒想到弱質纖纖的文月，竟然幫上了大忙，是她，替我把行李箱抬上了行李架；是她，替我校好空調，洗淨水壺，放滿淨水，插上插頭，見一切妥當，才安心離去的。

二〇一六年一月，林文月和女兒思敏來港，參加由台灣目宿媒體《他們在島嶼寫作》的宣傳活動。我們一連見面了三天。第一天，林文月應邀出席本地作家的飯局，請我作陪；第二天，台灣作家出席香港大學舉辦的文學座談會，會後，在我的安排下，促成了史無前例的「白金雙林會」（林文月與林青霞初次會晤，白先勇、金聖華作陪）；第三天，參加光華中心舉辦的林文月與董橋對談，只見林、董二人在台上笑談寫作，暢論文學，使人訝異平時靦腆羞怯的講者，怎麼一

林文月身穿粉紅色披肩與作者合影

上台就脱胎換骨了呢？林文月是應該永遠屬於講台的，我心想。當時，我並不知道，這竟然是我見她的最後一面了。

有個細節，當年聽到時不以為意；如今回想時，卻感慨萬千。二〇〇〇年，林文月來港出席我籌辦的《新紀元全球華文青年文學獎》頒獎典禮，會後，還參加了中文大學舉辦的聖誕舞會。她當晚所穿那件一面淡灰、一面淺紅的華麗披肩，就是我陪她在畢打行二樓一家永不減價的名店選購的。這件披肩她很喜歡，返台後，還穿了出席重要的盛典，因為她當年將手中現存的著作手稿、著作自藏本及畫作等資料全部捐贈台灣大學圖書永久典藏了。在會上，大家對她讚譽有加，歌頌不斷，「我坐在那裏，好像已經不在人世，在身後聽到他們對我的評論似的」，她在電話裏對我説。

誰知道，當時的一句戲言，竟搬演眼前了！此時此刻，真想舉頭問文月，如今大家對你無盡的懷念和追思，你又可曾聽到？

二〇二三年七月十四日

鳴謝

本書的出版，要感謝的人實在太多了。

首先，感謝本家金耀基教授忙中賜序。他這篇序言，字字珠璣，閃閃燦金，文中的溢美之詞雖讓我汗顏，但是也確實照亮了全書的每一個角落，令人想起了「大金小金落文林」的畫面。每念及本家為寫此序而挑燈夜讀，忍着累眼看遍四十多篇拙文，實在是既感動，又過意不去。

接着，要感謝好友林青霞博士為我設計封面。這是青霞第一次設計封面的亮麗成果。青霞年來醉心於馬蒂斯的畫作，往往廢寢忘食，通宵臨摹，埋首一畫就是七八個鐘頭，不知睏，不知累，再抬頭，天已大亮了。這次的封面設計，別出心裁：兩個紫色的人形，一前一後，象徵着「人來人往」；兩人相依，高舉雙手，一個擁抱過去，一個迎向未來，訴説着生命的美好和愉悦。

本書收編的文章，幾乎全部出自《明報月刊》。這是香港歷史悠久、最負眾望的文化期刊，多年來承蒙明月總編潘耀明的厚愛，及編輯葉國威的垂青，能夠在如此寶貴的園地中，佔一席之地，深感榮幸，特此致謝。

在本書的撰寫過程中，特別要感謝遠在北美的大哥大嫂，以及近在身邊的女兒，他們經常是我文章最初的讀者，為我仔細校對及悉心把關。

成書需要經過連串的繁瑣過程，獨力難以支撐，幸虧總有好友在旁仗義相助，解決難題，在此，向趙夏瀛醫生、汪卿孫博士、廖建基先生及陳妙芳女士在不同階段給予的協助，致以由衷的謝意。

此次出版《人來人往》，承蒙香港天地圖書公司鼎力支持，再次結緣，誠為幸事，在此，特向天地公司董事總經理陳儉雯女士及本書責任編輯王穎嫻女士，致以最深切的謝意。

二〇二三年九月十二日

www.cosmosbooks.com.hk

書　　名　人來人往
作　　者　金聖華
封面設計　林青霞
責任編輯　王穎嫻
美術編輯　蔡學彰
出　　版　天地圖書有限公司
香港黃竹坑道46號新興工業大廈11樓（總寫字樓）
電話：2528 3671　傳真：2865 2609
香港灣仔莊士敦道30號地庫（門市部）
電話：2865 0708　傳真：2861 1541
印　　刷　亨泰印刷有限公司
香港柴灣利眾街德景工業大廈10字樓
電話：2896 3687 傳真：2558 1902
發　　行　聯合新零售（香港）有限公司
香港新界荃灣德士古道220-248號荃灣工業中心16樓
電話：2150 2100　傳真：2407 3062
出版日期　2024年1月 初版・香港

ISBN : 978-988-8551-24-8